비폭력적인 이슬람 전사

바드샤 칸

Nonviolent Soldier of Islam

비폭력적인 이슬람 전사

바드샤 칸

에크나스 에아스와란 지음 | 김문호 옮김

무슬림 성자, 바드샤 칸.

파탄 청년들과 이야기하는 바드샤 칸.

바드샤 칸의 본명은 칸 압둘 가파르 칸이다. 파탄의 각 마을을 지휘하는 직책인 '칸' 가운데서도 왕이라는 뜻으로 '바드샤 칸'으로 불려지게 되었으나, 정작 자신은 '바드샤(왕)'라는 호칭을 별로 좋아하지 않았다. 그는 왕이기보다는 종이기를 원했다.

1930년 4월, 쿠다이 키드마트가르의 첫번째 모임.

그들은 스스로를 쿠다이 키드마트가르, 즉 '신의 종들' 이라고 불렀다.
그들의 표어는 '자유' 였고, 그들의 무기는 '섬김' 이었다.

나는 쿠다이 키드마트가르이다. 신은 섬김을 필요로 하지 않기에,
그의 피조물을 섬기는 것이 그를 섬기는 것이며,
따라서 나는 신의 이름으로 인류를 섬길 것을 약속한다.
나는 폭력과 보복을 삼갈 것을 약속한다.
나는 나를 억압하고 학대하는 자들을 용서할 것을 약속한다.
나는 다툼과 분쟁에 가담하여 원수 맺는 일을 삼갈 것을 약속한다.
나는 모든 파탄 사람을 나의 형제요 친구로 대할 것을 약속한다.
나는 반사회적인 관습과 관행을 삼갈 것을 약속한다.
나는 검소한 생활을 하고 덕을 실천하며 악행을 삼갈 것을 약속한다.
나는 착한 예절과 선행을 실천하고 게으른 생활을 하지 않을 것을 약속한다.
나는 적어도 하루에 두 시간씩은 사회활동에 헌신할 것을 약속한다.

— 쿠다이 키드마트가르 군대에 입대하기 위한 선언문

쿠다이 키드마트가르의 장교들과 함께 한 바드샤 칸.

간디와 바드샤 칸.

간디는 이렇게 이야기한다. "나나 바드샤 칸이 비난을 받을 때가 있습니다. 우리가 용감한 국경지역 사람들에게 비폭력을 전해서 인도와 이슬람을 무력하게 만들었다고. 만일 여러분이 총을 포기해서 이전보다 더 약해졌다고 생각한다면, 비폭력의 맹세를 포기하는 편이 나을 것입니다. 비폭력을 깨닫는다는 것은 여러분이 마음속으로 신을 알 수 있는 힘, 즉 영적인 힘이 있다는 것을 느끼는 것입니다."

간디, 네루와 함께.

74세 때의 바드샤 칸.

그의 장례식 날, 아프가니스탄은 소련의 점령 이후 처음으로 파키스탄 사람들에게 국경을 개방했다. 수천 명의 파탄인 애도 인파는 바드샤 칸의 관을 메고 키베르 관문을 통과하여 이슬라바마드에 있는 그의 고향으로 갈 수 있었다. 아프가니스탄 안에서는 그의 죽음을 슬퍼하는 애도인 수천 명이 따로 운집했고, 파탄의 게릴라들은 모두가 이 '칸들 가운데 왕'의 죽음을 추모할 수 있도록 하루 동안 전투를 중지할 것을 선언했다. 간디와 마찬가지로, 칸 압둘 가파르 칸 역시 자신의 죽음을 빌려 사람들을 모이도록 만들었던 것이다.

나에게는 하나의 큰 꿈이 있습니다.
나는 이 온화하고, 용감하고, 애국적인 사람들이 그들을 욕보이고 치욕스럽게 한 외국의 독재로부터 구제되기를 원합니다.
나는 그들을 위해서 자유의 세계를 건설하기를 원합니다.
그들이 평화롭고, 웃음 넘치며 행복하게 살 수 있도록.

나는 빗자루를 들고 이 땅의 골목과 길 구석구석을 쓸어내고 싶습니다.
그리고 나는 내 손으로 그들의 집을 깨끗이 청소하고 싶습니다.
나는 그들의 옷에 묻은 피로 물든 얼룩들을 닦아내고 싶습니다.
나는 산지 출신의 이 사람들이 얼마나 아름다운지 온 세계에 보여주면서
이렇게 외치고 싶습니다.
"이 사람들보다 더 온순하고, 더 정중하며, 더 문명화된 사람들이 있다면
보여주십시오."

— 바드샤 칸

1895년 무렵의 키베르 관문 지역.

| 바드샤 칸이 활동했던 북서부 국경지역 |

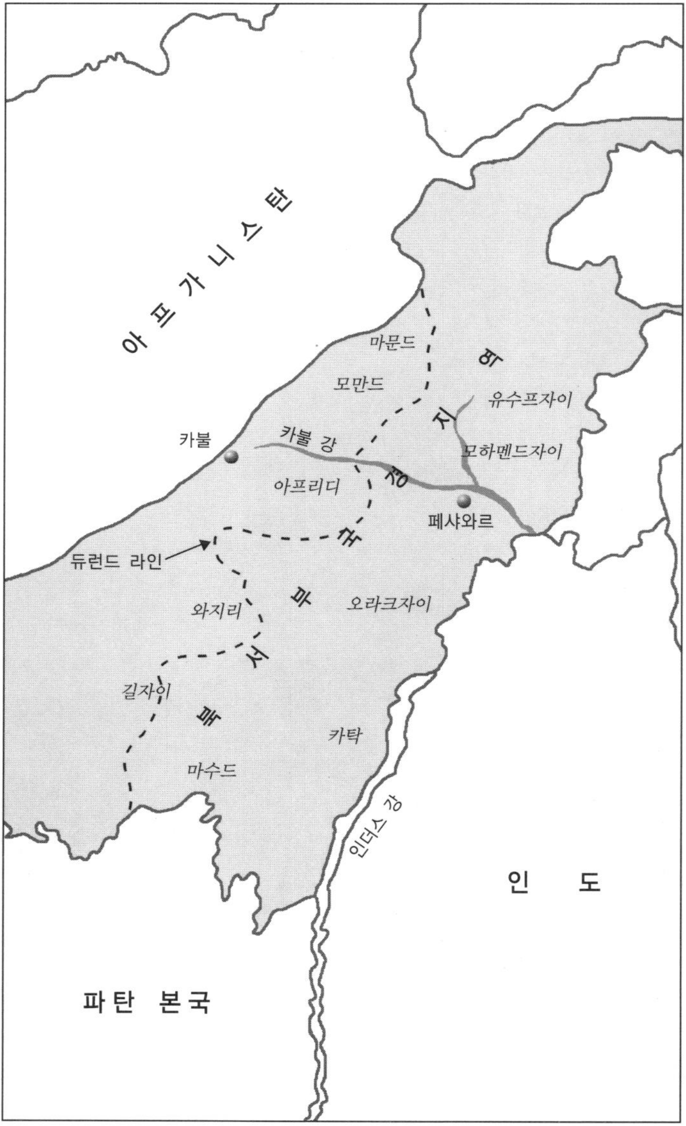

차례

오늘날의 세계는 오로지 '비폭력' 을 통해서만 대량 생산되고 있는 핵무기에서 살아남을 수 있습니다. 지구에서 문명과 인류가 사라지는 것을 원치 않는다면, 지금 우리는 간디의 사랑과 평화의 메시지를 이전 어느 때보다도 절박하게 필요로 합니다.

—바드샤 칸

1983년에 저자에게 보낸 메시지

책머리에

21세기를 위한 비폭력

이 책이 제2판의 출간에 들어가면서 새로운 천년이 시작되는 지금, 세계는 점점 더 확대되는 핵무기 개발 경쟁과 발칸 반도와 아프리카에서의 끔찍한 인명 살상에 직면하고 있다. 지구의 그 어느 지역도 이 같은 폭력의 재앙에서 예외일 수는 없다. 세계 각국은 핵무기 생산을 위해서, 또는 '가련한 인간의' 생화학 무기공장 설립을 위해서 자원을 낭비하는 방향으로 나아가고 있으며, 한편으로 다른 민족, 다른 종교, 다른 국가, 다른 이익집단에 대한 두려움은 세계 곳곳에서 증오와 폭력의 불꽃을 계속 부채질하고 있다.

바드샤 칸(Badshah Khan)은 21세기에 하나의 출구를 제시한다. 독실한 무슬림이자 마하트마 간디의 헌신적 동맹자였던 이 진정한 자유의 투사는, 80년이라는 긴 세월을 무기라고는 손에 대지도 않고 민족의 권리를 위해서 투쟁해 왔다.

1985년 아프가니스탄에서의 한 인터뷰에서 그는 이렇게 말했다. "오늘날의 세계는 이상한 방향으로 나아가고 있습니다. 우리는 세계가 파괴와 폭력으로 치닫고 있는 것을 보고 있습니다. 새로운 형태의 폭력은 사람들 사이에서 증오를 만들어내고 있고, 두려움을 자아내고 있습니다. 나는 비폭력을 신봉하는 사람입니다. 그래서 나는 평화나 마음의 평정이, 세계의 모든 사람들이 비폭력을 실천하기 전까지는 결코 얻을 수 없는 것이라고 말합니다. 비폭력은 사랑이며, 사람들에게서 용기를 불러내는 것이기 때문입니다."

이 위대한 무슬림 지도자의 메시지가 지구상의 모든 나라, 모든 언어, 모든 종교에 전파되기를 바라는 간절한 마음으로 나는 이 작은 책을 세상에 내놓는다.

에크나스 에아스와란

서문

제2차 세계대전이 발발하여 한창 전쟁이 확산되기 시작할 때, 나는 나그푸르 대학교의 대학원생이었다. 나그푸르는 지리적으로 인도의 중심에 가까워서 사방으로 오가는 열차들이 교차하는 곳이다. 남에서는 마드라스로부터, 서에서는 봄베이로부터, 동에서는 캘커타로부터, 북에서는 델리로부터 오는 열차들이 바로 나그푸르에서 만나게 된다.

그러나 당시 인도의 실질적인 중심지는 나그푸르에서 남쪽으로 1백50킬로미터 떨어진 와르다라는 작은 마을 근처의 세바그람 아슈람(ashram)*이었다. 그곳에는 마하트마 간디가 그의 가까운 추종자들과 함께 살고 있었다. 인도 독립운동의 지도자들은 그의 지도를 받기 위해서 종종 그곳을 방문했고, 인도 국민회의파 실무위원회가 자주 열리곤 했다. 결국, 당시 명성을 떨치던 인도의 지도자들은 누구나 와르다로 가는 도중 내가 살고 있던 도시 나그푸르를 거쳐 가게 되었던 것이다. 주말이면 나는 우리 인도를 자유로 이끌어가는 인사들의 얼굴을 보기 위해 기차역으로 나가곤 했다.

나는 인도의 지도자들이란 지도자는 죄다 보았다. 인도의 초대 수상이 된 자와할랄 네루, 후에 인도의 초대 내무장관이 된 사람으로 간디의 충실한 막료였던 사르다르 파텔, 위대한 무슬림 지도자 마울라나 아자드는 물론이거니와, 엄격한 아차리아 크리팔라니가 포테이토칩을 한 자루씩이나 먹는 것을 보았던 일도 기억한다. 나는 또한 재능 있는 시인이자 헌신적인 애국자였던 사로지니 나이두, 뛰어난 법률가이자 정객이었던 C. V. 라자고팔라차리, 인도의 초대 대통령이 된 라젠드라 프라사드도 보았고, 언젠가 특별한 계기가 있어 칸 압둘 가파르 칸(Khan Adul Gaffar Khan)도 보았다.

바드샤 칸을 나는 진심으로 좋아하게 되었다. 인도 북서부 국경지역에서 온 이 기품 있는 파탄인(Pathan,

인도 북서부에 거주하는 아프가니스탄인—옮긴이)이 삼등칸에서 성큼성큼 걸어나오던 모습은 내게는 마치 거인의 모습처럼 각인되어 있다. 오랜 기간 옥고를 치러 몸이 많이 상해 있었지만 1백90센티미터에 이르는 그의 건장한 체구는 여전히 강인해 보였고, 풍모에는 위엄 있는 자비로움 같은 것이 배어나왔다. 그럼에도 불구하고 그는 조심스러웠고, 우쭐대지도 않았으며, 어린아이처럼 순박했다. 그의 소박함에 매료되어 나는 그의 옆에 나란히 앉아서 차분히 이야기라도 나누어보고 싶을 정도였다.

당시 나는 감히 그에게 가까이 가서 말을 걸어볼 엄두조차 내지 못했다. 나는 어렸고 말수도 적었다. 그러나 그를 잠깐 만나보았을 뿐인데도 내가 그에 대해서 생각하고 있던 모든 것들이 사실이라는 걸 곧 확인할 수 있었다. 간디의 주변에 있던 모든 훌륭한 지도자들 가운데 유독 바드샤 칸이 내 마음을 가장 크게 사로잡았다. 그는 간디의 가르침을 이해하고 있었을 뿐만 아니라 그 가르침을 완벽하게 따르고 있었기 때문이었다. 부유한 지주였던 그는 자신이 가지고 있던 모든 것을 자식들에게 물려주고 그 자신은 오로지 신을 섬기고 가난에 시달리는 자신의 민족을 섬기는 일에 평생을 헌신했다. 집에서 손으로 짠 간단한 면옷만 걸치고 작은 가방을 둘러멘 그의 모습은 비폭력에 몸바치기로 한 10만 파탄인들을 이끄는 유명한 지도자의 모습이라기보다는 종교적 수행자인 파키르(fakir)*의 모습처럼 보였다.

그와 만난 지 얼마 지나지 않아 바드샤 칸은 자신의 진정한 기개를 보여주었다. 당시 인도는 큰 불안에 휩싸여 있었다. 일본 군대가 인도 동쪽 국경에서 그리 멀지 않은 곳까지 쳐들어와 인도를 공격할 기세를 보이고 있었기 때문이었다. 그 때문에 국민회의파 실무위원회가 와르다에서 모였는데, 그곳에서 실무위원회는 처음으로 간디의 의견에 반대하여 인도가 군사적으로 방어태세를 갖추어야 한다고 선언했다. 그러나 바드샤 칸은 그들의 결정을 따르지 않았다. 그는 국민회의파 실무위원회에서 즉각 사임하여, 자신이 주장하는 비폭력은 방편으로 사용할 수 있는 하나의 정책이 아니며 신앙의 신조라고 설명했다. 간디와 마찬가지로 그에게 비폭력이란 일종의 생활 방식이었다. 후에 그 실무위원회가 간디와 바드샤 칸의 조건을 수락하여 입장을 바꾸게 되자, 바드샤 칸과 간디는 다시 그들과 합류했다.

나는 당시 간디를 따라서 독립운동에 열렬히 참여했던 사람들이, 바드샤 칸과 같은 극소수의 사람들을 제외하고는, 다른 문제들에서는 간디를 추종하지 않는다는 사실에 대해서 크게 고민했다. 아마 그가 그렇게 크게 나에게 다가왔던 것도 바로 그런 이유 때문이었을 것이다. 그는 1919년에 아무런 조건 없이 간디와 손을 잡았다. 그 후로 그 어떤 일도 간디를 따르고 그의 가르침을 실천하고자 한 그의 결심을 바꾸어놓지 못했다. 나는 다른 인도의 지도자들도 존경하지만 나는 그들 대부분은 간디의 활동의 영적인 기초를 온전하게 이해하지 못했다고 생각한다. 하지만 바드샤 칸은 간디의 가르침을 이해했을 뿐만 아니라 그 가르침을 철저히 몸으로 살아냈다.

한동안 나는 간디가 지니고 있던 힘의 근원이 무엇인가를 이해하려고 애썼다. 그렇게 작은 사람이 어떻게 그리도 큰 힘을 지니게 되었을까? 바드샤 칸이 하나의 실마리를 제공해 주었다. 그는 간디의 정책뿐만 아니라 그의 영적인 규율들을 분명하게 따르고 있었기 때문이었다.

간디의 진정한 힘은 그의 전 존재 속에 있는 이기적인 충동들을 완전히 포기한 데에서 나오고 있다는 것을 깨닫기까지에는 오랜 시일이 걸렸다. 그가 이야기했던 대로 그의 힘은 '자신을 영(零)으로 낮추는 것'에 있었던 것이다. 오랜 기간 나는 그 말이 무슨 뜻인지 알지 못했다. 그런데 바드샤 칸의 표현은 더 쉽게 다가왔다. 그는 이렇게 말하곤 했다. 그가 그토록 간디에게 끌렸던 이유는, 간디가 스스로의 의지를 신에게 완전히 내맡길 수 있는 능력이 있었기 때문이라고. 그 말은 나에게 하나의 실마리를 주었다.

바드샤 칸이 사람을 섬기는 일을 통하여 신을 섬기며 자신을 포기하고자 했던 수십 년에 걸친 영웅적인 노력은, 인간이 지니고 있는 가장 심오한 자원들이 누구나 수련과 용기를 통해 드러날 수 있다는 것을 보여주는 생생한 예증이다.

인도가 독립을 얻자 바드샤 칸의 고향인 파탄 지역은 파키스탄에 속하게 되었다. 영국 통치하의 인도에서와 마찬가지로, 그는 민족의 기본적인 권리들을 진척시키는 일을 계속하며 많은 시간을 감옥에서 지냈다. 미국으로 건너온 이후, 나는 세계가 그를 주목하는 특별한 경우를 제외하고는 그의 행방을 잃어버리게 되었다. 1962년, 국제사면위원회는 그를 '올해의 죄수'로 선언함으로써 그의 곤경에 주목했다. 20년이 지난 후 나는 그가 93세의 노구로 다시 감옥에 갇힌 것을 알게 되었다. 그래서 나의 모든 역량을 동원하여 세계가 그를 주목하도록 노력하는 가운데 노벨 평화상 후보로 추천했고, 바로 이 책을 쓰게 되었다. 바드샤 칸의 인물됨을 검토하던 사람들은 그의 생애에 매력을 느끼게 되었고, 『뉴요커』의 황금 지면 한 페이지에 다루어지도록 했다. 그때 나는 「그 마을 이야기」라는 제목으로 인터뷰를 했다. 그러나 그 잡지의 보도는 물 위에 쓴 글씨처럼 점차 세인들의 기억 속에서 잊혀지게 되었다.

세계는 변하고 있었다. 1979년 소련이 아프가니스탄을 침공하자, 그 '거대한 게임'의 불행한 인질이었던 아프가니스탄은 한 세기 동안의 무관심을 벗고 다시 전 지구적인 문제로 떠오르게 되었다. 파탄 사람들은 자신들이 세계 뉴스에서 '자유의 투사들'로 칭송받고 있음을 알게 되었다. 압둘 가파르 칸이 1988년 1월 20일 98세를 일기로 세상을 떠나자, 『뉴욕타임스』를 비롯한 세계의 언론들이 그를 주목했다.

그의 장례식 날, 아프가니스탄은 소련의 점령 이후 처음으로 파키스탄 사람들에게 국경을 개방했다. 수천 명의 파탄인 애도 인파는 바드샤 칸의 관을 메고 키베르 관문을 통과하여 이슬라바마드에 있는 그의 고향으로 갈 수 있었다. 그가 생전에 죽으면 묻히기를 원했던 바로 그곳이었다. 아프가니스탄 안에서는 그의 죽음을 슬퍼하는 애도인 수천 명이 따로 운집했고, 파탄의 게릴라들은 모두가 이 '칸(khan)*들 가운데 왕'의 죽음을 추모할 수 있도록 하루 동안 전투를 중지할 것을 선언했다. 간디와 마찬가지로 칸 압둘 가파르 칸 역시 자신의 죽음을 빌려 사람들을 모이도록 만들었던 것이다.

그 모임은 단 하루뿐이었다. 이 일이 끝나자 소련군은 곧 철수했다. 그러나 10년이 지난 오늘에도 내전의 살육은 계속되고 있다. 파탄인들이 대부분인 탈리반 사람들은 평화를 정착시키지 못했다. 그들과 적대자 게릴라 무리들은 아직도 서로에게 폭격을 가하면서, 무수히 많은 여자와 어린아이를 비롯한 무고한 인명을 살상하고 있다.

이 사람들은 용감하기로 유명하다. 그들은 적에게 무릎을 꿇기보다는 기꺼이 죽음을 선택한다. 그 어떤 외부 세력도 그들의 손에서 총을 내려놓도록 만들지 못한다. 평화는 오로지 아프가니스탄 사람들 스스로의 손에 의해서만 이루어질 수 있는 것이다. 그러나 평화란 인명을 죽이는 것 이상으로, 더 숭고한 용기를 요구하는 것이다. 간디는 언젠가 비폭력이 갈등을 해결하는 가장 훌륭한 방법이라고 생각하느냐는 질문을 받은 일이 있다. 그때 그는 이렇게 대답했다.

"아닙니다. 비폭력은 가장 훌륭한 방법이 아닙니다.

그것은 유일한 길입니다."

폭력은 폭력을 부를 뿐이다. 간디가 '용기 있는 자들의 비폭력'이라고 불렀던 것만이 이런 폭력의 악순환의 고리를 끊고 폭력을 사용하는 자들의 마음을 감동시켜 평화로 인도할 수 있는 것이다.

간디 시절뿐만 아니라 오늘날에도 이런 일은 이루어질 수 있다. 바드샤 칸은 죽지 않았다. 그의 모범은 아직도 살아서 사람들에게 감동을 주고 그들이 믿음과 용기를 가지고 비폭력으로 돌아서도록 인도하고 있다. 이것은 단지 아프가니스탄만을 위한 메시지가 아니다. 내전이 있는 곳, 또는 민족 간의 폭력이 있는 곳, 특히 중동지역에서 바드샤 칸은 평화의 길을 제시하고 있다. 독실한 무슬림이었던 그는 자신의 삶을 통해서 비이슬람 국가에서 찾아보기 어려운 이슬람의 참모습을 보여주었으며, 이슬람의 영토 안에도 폭력에 대한 숭고한 대안이 있다는 것을 증명하였다. '신의 종들(Servants of God)'이라고 불렀던 그의 비폭력 군대는 온전히 무슬림들이었으며, 고대 이슬람의 원리, 즉 보편적인 형제애, 신에 대한 복종, 그리고 신의 피조물을 섬기는 것을 통하여 신을 섬기는 것 등과 같은 원리에 기초를 두고 있었다.

바드샤 칸은 이렇게 말했다.

"이슬람은 아말(amal)*, 야킨(yakeen)*, 무하바트(muhabat)*, 즉 이타적인 섬김, 믿음, 사랑이라고 나는 깊이 확신하고 있습니다."

야킨, 즉 믿음은 모든 생명의 저변에는 영적인 법칙들이 내재한다는 흔들림 없는 신앙이며, 인간 본성의 아름다움에 대한 확신을 말한다. 특히 모든 인간 존재는 그러한 영적인 법칙들에 대해서 감동을 받고 표현할 수 있는 능력을 가지고 있다는 확신이다. 그것은 또한 간디가 그랬던 것처럼 바드샤 칸이 자신의 삶으로 표현했던 바 인간사를 변화시킬 수 있는 무하바트, 즉 사랑의 힘에 대한 깊은 확신을 의미하기도 한다. 이 무하바트는 영화에서 묘사되는 감성적인 사랑과는 다르다. 그것은 체계적으로 이끌어내질 경우 착취를 근절시키고, 분노를 행동하는 사랑으로 변화시킬 수 있는 하나의 영적인 힘인 것이다.

바드샤 칸은 이러한 심오한 원리를 자신의 삶과 활동의 기초로 삼았으며, 그 원리를 실천할 수 있는 용기 있는 사람들을 모아 군대를 양성했다. 만일 그의 본보기가 더 널리 알려졌더라면 세계는 이슬람교가 지닌 가장 고상한 종교적 가치들이 심각한 불평등에 대해서까지도 대립과 갈등을 해소할 수 있는 힘을 가진 비폭력과 심오하게 맥을 같이하고 있음을 인식할 수 있었을 것이다.

이스라엘과 팔레스타인에서, 인도와 파키스탄에서, 이라크와 이란에서, 그리고 발칸 반도에서, 비폭력적인 자유의 정예 투사들이 1930년에 간디가 인도의 서사적인 소금행진에서 그러했듯이 서로 대립하고 있는 국경을 넘어 행진할 수도 있을 것이다. 다른 투쟁들과 마찬가지로 이 투쟁도 훈련을 요구한다. 그 훈련은 온 힘을 쏟아부어야 하는 정신과 마음과 의지의 훈련이며, 그것은 믿음과 용기 없이는 이루어질 수 없는 것이다. 다행스럽게도 지구상의 모든 위대한 종교들은 그런 훈련의 기초가 되는 강력한 영적인 규율들을 가지고 있다. 바드샤 칸이 이 세계에 남긴 유산은 이런 훈련이 이슬람 안에서도 이루어질 수 있음을 보여준 것이었다.

소금행진이 이루어진 지 70년이 지났지만, 아직도 세계는 모든 전쟁을 일거에 종식시킬 수 있는 비폭력의 힘을 제대로 인식하지 못하고 있다. 나는 폭력 없는 전쟁을 수행함으로써 인류를 한 걸음 더 발전시켜 나아갈 모든 사람들에게 이 책을 바치고자 한다.

에크나스 에아스와란

프롤로그

* 본문에 나오는 단어 중 *표가 된 것은 파탄족의 용어인데, 이에 대한 풀이는 책 말미의 '용어 해설'(432쪽)에 실려 있다.

1947년 8월 14일

프롤로그

빅토리아 여왕의 증손자이자 인도제국의 총독인 니콜러스 마운트배튼은 찌는 듯이 숨막히는 더위 속에서도 미소를 잃지 않은 채 카라치 홀에 운집한 많은 사람들을 내려다보며 연단에 앉아 있었다. 그는 일을 서두르려 하지 않았다. 지난 6개월 동안, 그는 다른 일에는 손댈 시간이 전혀 없었다. 인도의 전임 총독으로서, 런던에 있는 애틀리 행정부에 의해서 인도의 우두머리로 명실공히 전권을 위임받았고, 14개월 동안 인도에서 영국의 통치[1]를 해체시키라는 임무를 띠고 뉴델리에 도착했다. 이미 그 일에 착수한 지 6개월이 채 안 되는 시일이 흘렀다.

마운트배튼은 사람들이 모인 파키스탄 의회 회의실에서 독립한 지 얼마 안 되어 이제 막 걸음마를 시작하는 이 나라에 조지 6세의 선의의 의지를 선언할 참이었다. 그는 적절한 품위를 갖추어 그 일을 치르려고 결심한 듯 보였다. 그러나 겉으로는 짐짓 서두르지 않고 평온을 유지한 듯 보였지만 여전히 외줄타기를 하고 있는 심정이었다. 그는 본래는 한 나라였으나 이제 두 나라로 고통스럽게 태어나는 태동을 주재하고 있었다. 인도 대륙 중 무슬림이 힌두교도보다 우세한 지역인 두 모퉁이 지역에서, 파키스탄은 인도와는 별도로 분리되었던 것이다.

영국인들이 인도에 온 것은 실로 3백50여 년 전의 일이었다. 영국인들이 군권통치를 정착시킨 이래로 그 나라는 둘이었다. 인도 사람들은 처음부터 영국 통치의 멍에가 점점 더 무거워지는 것을 견디지 못하고 고통스러워했으며, 그래서 가장 오랜 기간 식민통치하에 있던 그 나라 곳곳은 반역과 보복의 역사로 점철되어 있었다. 그리고 지난 30년 동안 마하트마 간디는 인도인들의 상상력을 사로잡아 전대미문의 항거를 계속했다. 그의 저항은 결국 영국으로 하여금 '인도를 포기하도록' 만들었고, 그들을 친구로서 떠나보내도록 만들었던 것이다. 그것은 실로 인류 역사상 최초로 제국의 세력을 비폭력으로 타도한 사례였으며, 그러한 성공은 세계의 이목을 집중시켰다.

다양한 인종이 모여든 의회에서 키가 크고 머리에 터번을 두른 펀자브 사람들의 성품이 거친 남부 종족들의 칸들과 우두머리들과 함께 뒤섞여 있었다. 발루치 사람과 신디 사람과 파탄 사람들이 홀에 모인 사람들의 피부색을 더욱 다양하게 장식해 주었다. 그들은 거의가 유력한 무슬림 지도자들이었다. 리아카트 알리 칸, 크와자 나지무딘, 이스칸더 미르자, 그리고 총독의 편에는 모하메드 알리 진나가 있었다. 모하메드 알리 진나는 곧이어 세계 최초의 이슬람 공화국의 총독이 될 인물이었다.

그러나 한 유력한 무슬림이 그 자리에 참석하지 않았다. 압둘 가파르 칸은 세계에서 가장 난폭한 종족으로 손꼽히는 파탄 사람들 가운데에서 비폭력 전사 10만 명을 양성하여 영국을 당황하게 만들었고, 또 인도 사람들을 깜짝 놀라게 만들었던 인물이었다. 그의 민족인 북서부 국경지역 주민들은 그를 성자로 존경했고, 그를 '칸들의 왕'이라는 뜻으로 '바드샤 칸'이라고 불렀다. 인도 전역을 통해 그는 '국경지역의 간디'로 알려져 있었다. 그는 간디의 모든 추종자들 가운데 간디의 길을 가장 온전하게 반영하고 있었기 때문이었다.

마운트배튼에게는, 자유의 투쟁을 위해서 다른 어떤 파키스탄 무슬림보다도 더 연료를 공급했던 인물이 그 투쟁이 완성되는 자리에 참석하지 않았다는 사실이 아이러니하게 생각되었음이 분명하다. 하지만 상황이 상황이니만큼 총독은 놀라워하지는 않았다. 경건한 무슬림이었던 칸은 무슬림 독립국가를 건설하기 위해 인도를 분할하는 것을 반대해 왔기 때문이었다.

마운트배튼은 당당한 모습의 진나에게 고개를 끄덕이고는 자리에서 일어났다. 이런저런 이야기를 나누고 있던 사람들은 왕의 호의가 담긴 메시지에 귀를 기울이려고 말을 멈추었다.

단 몇 시간 후에, 마운트배튼은 왕실 전용기 요크호를 타고 뉴델리를 떠나 이미 외국에 있었다. 거기서도 자정이 되면 독립을 축하하는 기념식이 반복될 참이었다. 밤공기를 가르고 감격에 겨운 나직한 목소리가 인도공화국의 탄생을 선언했다. 수많은 인도인들을 혁명과 자유로 이끌었던 그 외침은 이제 커다란 함성이 되어 뉴델리 도시 전체를 뒤덮었다. 마하트마 간디 키 자이! 승리를 마하트마 간디에게!

그러나 간디는 8백 킬로미터나 떨어진 곳에 있었

다. 자유를 얻기 위한 대가로 인도를 분할하는 것은 너무나 희생이 크다는 이유로 기념식에 참석하기를 사양했던 그는, 독립 전야를 기도와 단식으로 맞이하고 있었다.

간디가 캘커타에서 단식을 하고 있는 동안, '국경지역의 간디'는 파키스탄의 고향마을 근처에서 저녁기도를 마치고 있었다. 창백한 하늘을 향하여 손을 쳐들고 메카를 향하여 앉은 바드샤 칸은, 이전에 수많은 사람들이 그러했듯이 신성한 코란의 구절들을 음송하고 있었다. 깊은 곳에서 우러나오는 코란경 음송소리가 공기를 흔들어놓았다. 비스밀라 이르 라만 이르 라민……. 지극히 자애로우시고, 지극히 자비로우신 신의 이름으로…….

칸은 작은 기도용 방석에서 몸을 일으켰다. 구불구불 이어지는 페샤와르 계곡을 가로지르는 키베르 산의 황폐한 언덕과 기슭을 내려다보던 그는 마을에서 벌어지고 있는 독립 축하 잔치 자리에서 들려오는 떠들썩한 소리도 거의 듣지 못했다. 그에게 자유란, 골짜기와 낮은 산지에 흩어져 있는 수백 개의 마을에서 나락에 빠져 말할 수 없이 어렵게 살아가고 있는 파탄 사람들이 더 잘살 수 있을 때에만 의미가 있는 것이었다. 무지하고 촌스러운 파탄 사람들은 대부분 아직도 가난과 두려움 속에서 살고 있었다. 바달(Badal)*, 즉 복수의 의무는 그들의 핏줄 깊숙이 흐르고 있었다. 그들의 생활은 형제, 경쟁자, 가문과 씨족 사이에 벌어지는 폭력 사태의 사회적인 그물 조직 속에 나날이 갇혀 있었고, 또한 영국 침략자들에 대항하여 조국을 지키려고 투쟁하는 가운데에서도 그런 보복의 의무감이 도사리고 있었다. 한마디로 파탄 사람들의 생활과 역사는 피로 물들어 있었던 것이다.

국경의 전투는 수많은 가족들에게 가난은 둘째 치더라도 파괴라는 커다란 후유증으로 남게 된다. 권리는 없고 힘만 있는 야만적인 종족들에게, 정치뿐만 아니라 인간성과 관련하여 그들이 할 수 있는 유일한 일이란 오로지 모든 사람을 고통스럽게 하는 일뿐이다.

그런 야만적인 사람들에게 가해지는 형벌을 반문명적인 것이라고 하여 반대하는 것은, 결국 야만적인 사람에 대해 문명화한 전투로 대응하거나 맞설 수 없게 되는 것을 의미한다. 그래서 그들의 집과 군대를 그대로 남겨두는 것은 결국 그들에게 벌을 가하지 않고 내버려두는 꼴이 되어 고삐 풀린 말처럼 방치하게 되고 마는 것이다. 간단히 말하자면 그런 자들에게는 문명화한 전투란 적용될 수 없는 것이다.

네빌 체임벌린(Neville Chamberlain) 경은 펀자브 전선군 사령관이었다. 그는 1859년 파탄 사람들에 대해 보복 전투를 벌이면서 위 전문을 런던으로 보냈다. 그의 전문은 영국인들을 동요시키기에 충분했다. 문명화하지 못하고 인간 이하의 상태에 있는 파탄 사람들은 '야만인', '잔혹한 사람', '표범처럼 잔인한 자', '반역적인 살인자'였다. 칸의 부족은, 단순히 그들이 전략적 요충지인 키베르 관문 주변의 산악지역에 거주하고 있다는 이유만으로 대영제국의 주목을 받고 분노의 대상이 되었던 것이다. 키베르 산은 인도로 들어가는 관문으로, 대영제국의 입장에서 보자면 가장 큰 부의 근원이었다. 영국인들은 어떤 희생을 치르고서라도 그곳을 장악하려고 벼르고 있었고, 독립만이 그들의 전부라고 생각하고 전쟁을 생활의 일부로 여겼던 파탄 사람들 또한 자유를 쟁취하려고 전의를 다지고 있었다.

1842년 1월 어느 날 아침, 영국 군대와 파탄 사람들 사이에 소름끼치는 전투가 한바탕 벌어진 뒤, 파탄 사람들의 이마에는 항상 두려움과 증오라는 낙인이 찍혀 있었다. 당시 '인더스의 군대'라고 불리던 4천5백 명의 영국군 가운데 단 한 명의 생존자만이 말을 달려 잘랄라바드 요새로 돌아왔던 것이다. 그 후로 80

년이 넘도록 이어진 게릴라전을 통해 이 같은 감정은 굳어질 대로 굳어져 하나의 신조처럼 되어버린 상태였다. 영국은 수십 차례에 걸쳐 파탄 지역에 원정군을 파견하여 그들의 요새에 포격을 가하고, 마을을 불사르고(나중에는 폭탄을 퍼부었다), 수많은 파탄 사람들을 때리고 감옥에 가두었다.[2] 그런 전쟁 중에서 잠깐잠깐 찾아오는 평화로운 시기에 영국인들은 파탄 사람들을 복종시키려고 매수 작전을 쓰기도 했다. 그러나 그 어떤 작전과 술책도 오래 가지 못했다. 파탄 사람들의 지역은 대영제국의 영토에 끝내 복속시키지 못한 땅으로 남아 있었다. 영국 통치 기간 내내 어떠한 영국인도 전선의 마을이나 도시에서, 그리고 심지어는 자국의 병영 안에서조차 단 하룻밤도 편안히 잠을 이룰 수 없었다고 해도 과언이 아닐 것이다. 그들은 멀리서 잠복해 있는 파탄 사람들이 언제 총격을 가할지, 또한 언제 은밀하게 예리한 단검을 들고 기습해 올지 몰라 전전긍긍했던 것이다.

영국군은 전선에 대해서 단 한 가지만은 확신하고 있었다. 즉, 언젠가는 평화가 깨질 것이며, 영국군은 열을 지어 그 적막한 산악지역으로 들어가게 되리라는 것이었다. 지구상의 다섯 대륙에 주둔해 있던 영국군 가운데 그 북서부 국경지역에 주둔해 있던 군대는 단순히 '재수 없는 군대(the Grim)'라고 불렀다.

그러나 최종적으로 영국군을 전선에서 몰아낸 것은 파탄족의 정확한 사격술이나 계략이나 폭력적인 영웅적 전투가 아니었다. 아무리 많은 저격과 자살공격도 영국군이 가지고 있던 무기나 그곳을 장악하고자 하는 그들의 결의를 당할 수는 없는 일이었다. 제국주의의 의지를 꺾어놓고 그들을 고향으로 돌아가도록 만든 것은 역사적인 환경의 변화, 다시 말하면 역사적인 규칙 자체의 반전이었다.

간디는 '비폭력 전투'라는 놀라운 발명품을 제공했고, 바드샤 칸은 그 발명품이 얼마나 놀라운 것인가를 보여주었다. 역사는 영국 통치체제를 건설한 제국주의자들에게 한 번의 큰 재주를 부리게 되었다. 그 '재수 없는 군대'의 핵심부에서 한 사람이 튀어나와서 파탄족의 전투성과 절제하는 평화의 정신을 결합시킨 것이었다. 그것은 도저히 있을 수 없는 일이었다. 아무도 그런 현상, 즉 무슬림의 성 프란체스코라 할 만한 인물이 전화(戰火)로 요동치던 파탄이라는 불모지에 등장하리라고는 전혀 예측할 수 없었던 것이다. 그 사건은 사실이 그러했듯이 지극히 강력한 힘으로 터져나와 역사상 가장 특별한 순간으로, 그리고 역사상 가장 알려지지 않은 순간으로 우뚝 자리를 잡게 되었다.

보잘것없는 칸의 부족들은 영국의 문제에 대해서 전세를 반전시켜 놓았다. 바로 이 악의에 찬 파탄 사람들이 전 인도대륙을 뒤흔들어놓았다. 그들은 단검과 수제 총을 내려놓고, 보복하지 않고, 제국의 군대가 당황하고 전전긍긍하게 만들어 격퇴시킬 수 있었던 것이다.

극단적인 입장을 취하는 것은 쉬운 일이 아니다. 1930년 인도의 비폭력운동이 최고조에 달했을 때, 네빌 체임벌린이 보낸 보고서보다 세련되지는 않지만 보다 더 솔직한 보고서는 이렇게 결론을 내리고 있다.

"그 난폭한 사람들은 난폭하게, 그리고 난폭한 사람들에 의해서 다스려져야만 합니다."

영국인들이 보기에는 칸의 비폭력투쟁은 하나의 위장전술에 불과했다. 비폭력을 주도하는 이 파탄 사람은 사기꾼에 지나지 않았다. 영국인들은 겉으로는 그럴듯하게 보이지만 결국은 보잘것없는 것으로 드러났던 수많은 예들을 보아왔기에 달리 생각할 도리가 없었다. 간디의 비폭력이라는 것도 마찬가지였다. 아마도 그저 성가신 골칫거리이기는 하지만 적어도 평화로운 힌두의 모습과는 일치하는 어떤 것 정도로 여겼을 것이다. 비폭력적인 파탄족이란 상상할 수도 없는 일, 거짓 계략이 숨어 있는 교활한 반역적 속임수에 지나지 않으리라는 것이었다.

따라서 인도의 자유를 위한 투쟁 기간 내내 칸과 그의 비폭력 군대는 야만적인 탄압의 표적이 되었다. 어떤 경우에는 그 지역 전체가 외부 세계의 눈으로부터 차단된 채, '수단과 방법을 가리지 않고 그들의 운동을 진압하라'는 전권을 위임받은 영국 정부 세력의 손아귀에서 신음하던 때도 있었다. 칸과 그의 민족에 대한 야만적인 탄압은 외부 세계와 차단되어 알려지지 않은 채, 인도에서는 영국 사람들이 그래도 공정하고 관대한 편에 속하는 적대자들이라는 인상이 널리 깔려 있었다. 1930년대에서 1940년대 초 사이에 파탄 사람들은 집중적인 총격과 고문, 전답과 가옥의 파괴, 투옥, 태형, 그리고 비인간적인 모멸을 견뎌야만 했다. 칸 자신도 예외는 아니었다. 그는 15년간을 영국 감옥에서 지내야 했고, 종종 독방에 감금되는 신세가 되었다. 결국 그는 감옥에서 하루하루를 자유인으로 살았다. 그러나 파탄 사람들은 비폭력의 입장을 고수했고, 자유를 얻기 위해 수많은 사람들이 고통을 당하고 죽어갔지만 그들의 입장은 한결같이 확고했다.

역시 비폭력운동을 하고 있던 인도인들조차도 파

탄 사람들의 소식을 듣고 놀랐다. 인도의 초대 수상인 자와할랄 네루는 "자신의 자녀나 형제보다도 총을 더 사랑하는 사람들, 생명을 값싸게 취급하고 죽음에 대해서도 걱정하지 않는 사람들, 조금만 모욕을 당해도 칼을 빼들고 복수를 하는 사람들이 갑자기 가장 용감하고 가장 참을성 많은 인도의 투사가 되었다"는 사실을 믿을 수 없다고 했다. 역사의 한 전환점에서, 거칠고 초라한 칸의 사람들이 비폭력이란 기존에 평화롭게 살던 자들만이 실현할 수 있다는 신화를 여지없이 무너뜨리는, 도저히 있을 수 없을 것 같던 일을 해낸 것이다.

간디는 비폭력이란 진정으로 과감하고 용기 있는 자들의 몫이라고 내내 주장해 왔다. 지구상의 그 어떤 민족도 파탄 사람들처럼 과감하고 용기 있는 자들은 없었다. 파탄 사람은 평범한 사람이라도 수치를 견디기보다는 차라리 죽음을 선택하는 기질을 가지고 있다. 간디조차도 이렇게 우쭐대는 명사수들이 자신의 주장을 뒷받침해 주리라고는 예측하지 못했던 것이다. 그는 그런 기적의 가능성이 없다고 생각하고 있었다. 그래서 그는 이렇게 말했다.

"사람을 죽이는 것을 양이나 닭을 죽이는 것처럼 대수롭지 않게 생각하는 그 사람들이 단 한 사람의 명령을 듣고 무기를 내려놓고 더 훌륭한 무기로 비폭력을 선택했다는 사실은, 거의 동화처럼 믿을 수 없는 이야기 같다."

진실을 사랑하는 사람이었던 간디도 진실을 잘 모르고 있었다. 이런 많은 동화 같은 이야기들처럼, 압둘 가파르 칸의 생애는 그 안에 더 심오한 진리의 씨앗들을 숨기고 있다. 그 씨앗은 폭력으로 들끓으며 비틀거리고 있는 오늘날 우리의 세계가 절박하게 필요로 하는 바로 그것이다. 이제 그 이야기를 할 시간이 되었다.

제1장

기쁨의 해

오, 파탄인들이여! 여러분의 집은 무너져 폐허가 되었다. 일어나서 집을 다시 세우라. 그리고 여러분이 어느 민족에 속해 있는가를 기억하라.

—바드샤 칸

1897년 6월

기쁨의 해

1897년 6월 22일 아침 11시가 막 지났을 때, 빅토리아 여왕은 버킹엄 궁전 타전실에서 놋으로 만든 전보발신기를 두드리며 대영제국의 3억 7천2백만 신민들에게 보내는 메시지를 전달하기 시작했다. 그날은 그녀의 다이아몬드 주빌리(Diamond Jubilee), 즉 그녀가 왕으로 즉위한 지 60주년이 되는 기념일이었다. 전보발신기를 두드리는 여왕은 다소 흥분한 기색을 보이고 있었다.

"나는 진심으로 백성들에게 감사한다. 그들에게 신의 축복이 있기를!"

단 몇 분만에 여왕의 메시지는 대영제국 전역에 있는 전신국들에서 전보로 찍혀져 나왔다. 서쪽으로는 아일랜드, 캐나다, 뉴펀들랜드, 트리니다드, 토바고, 버진아일랜드, 바베이도스, 바하마, 리워드, 윈드워드 아일랜드, 어센션, 버뮤다, 영국령 기아나, 온두라스, 포클랜드, 그리고 동쪽으로는 지중해 지역에 있는 지브롤터, 몰타를 지나 나이지리아, 이집트, 잠비아, 골드코스트, 로디지아, 남아프리카공화국 케이프 주, 소말릴란드, 우간다, 잔지바르, 그리고 홍해 지역에 있는 아덴, 모리셔스, 인도양에 있는 세이셸 제도, 그리고 그 너머로는 인도, 실론, 미얀마, 말레이시아, 홍콩, 싱가포르, 그리고 거기서부터 오스트레일리아, 북보르네오, 파푸아, 피지, 피트케언, 그리고 남태평양에 있는 수십 개의 군도까지. 이 모든 땅들이 영국의 통치하에 있었다. 그런 곳들 가운데에는 민족국가도 있었고, 식민령, 보호령, 종주권국, 섬 요새, 석탄 공급 기지도 있었다. 영국 국기 유니언잭이 나부꼈고, 통치는 백인 장교들이 맡았으며, 공무원들은 사근사근한 여왕풍의 영어를 구사했다.

메시지 전송이 끝나자 여왕은 검은 옷을 입고 여덟 마리 백마가 이끄는 무개 마차에 올랐다. 대영제국 산지사방에서 모인 5만 병력의 행렬과 합류한 여왕은 런던 시내를 통과하여 감사 예배를 올리기 위해 세인트폴 성당에 도착했다.

빅토리아 여왕은 물론이고 전 잉글랜드는 신에게 감사할 일이 너무나 많았다. 대영제국은 유례가 없는 큰 권력과 영토를 누리고 있었다. 이 제국의 현란한 부귀영화와 쌍벽을 이룰 만한 것은 없었다. 전 세계의 모든 대륙과 해양으로 돌진해 나가 그 소유지는 온 지구 땅의 거의 사분의 일에 달했다. 지구상에 거주하는 사람들의 사분의 일에 달하는 사람들의 안녕이 그 제국에 대한 충성의 맹세에 책임을 다하는 일에 달려 있었다. 문어발식 성공이기는 했지만 그것은 엄청난 것이었다. 그 엄청난 성공의 이유는 단 한 가지, 영국의 해군이 바다를 지배하고 있었기 때문이었다. 언제라도 영국의 배들은 40만 명의 승객과 승무원을 태우고 어느 곳으로든 갈 준비가 되어 있었다. 그곳이 항구든, 암석 요새든, 섬 정착지이든, 아니면 유럽, 아시아, 아프리카, 아메리카, 남극해 어디에 있는 내륙 산간 지방이라도 진군할 준비가 되어 있었던 것이다. 빅토리아 여왕 즉위 60주년이 되는 그해에는 1천 톤의 화물을 선적하고 수에즈 운하를 통과한 배들이 무려 7백 척에 달했다.

잉글랜드 자체는 보수적인 사람들의 손 안에서 안정되어 있었다. 솔즈베리 내각은 2년 전에 후작 두 사람, 공작 두 사람, 백작 한 사람, 자작 한 사람, 남작

한 사람, 준남작 세 사람을 선출했다. 귀족 자격자들로 이루어진 행정부는 그 시원한 여름에 잉글랜드에 퍼져나갈 '새로운 제국주의'의 폭발을 완벽하게 반영해 내도록 구성되어 있었다. 60주년 기념일이 되는 바로 그날 아침은 대영제국의 절정기로 기록될 만했다. 즉위 기념식에 참석했던 사람들에게는 60주년 기념의 해 자체가 전 세계 모든 나라들 가운데 잉글랜드가 가장 많은 사랑을 받고 있다는 것을 말해주는 증거였다. 한 신문은 "그렇게 엄청난 힘과 권력을 지닌 이 나라는 어제까지도 결코 해가 진 일이 없다"고 우쭐대며 떠들어댔다. 또 어떤 비평가는 60주년 기념식이 "인류역사상 가장 비용이 많이 든 사건"이 될 것이라고 평가했다. 열한 개 식민령의 수상들은 빅토리아 여왕과 함께 마차를 타고 퍼레이드에 참가했으며, 23명의 공주들, 대공 한 사람, 40명의 인도 토후국왕들, 그리고 타국에서 온 왕세자 한 사람도 그 행렬에 참가했다. 행진에 참여한 5만 군대는 "역사상 런던에 모인 가장 큰 규모의 군대"로 추산되었다. 구경꾼들은 세계 각지에서 모여든 부대의 깃발을 보는 것만으로도 열광했다. 캐나다의 경기병, 뉴사우스웨일스의 창기병, 트리니다드의 기병대, 키프로스의 잡틱스 부대, 자메이카의 포병대, 벵골의 창기병, 비카너의 낙타부대, 나이지리아의 왕립 경찰대 등등.

'여왕의 날씨'라고 사람들 입에 오르내렸던 맑고 화창한 하늘은 그날 해가 지기까지 그렇게 깨끗하기만 했다. 군대는 열을 지어 지나가고, 북소리가 진동했으며, 1천 개의 유니언 잭이 바람에 나부꼈다. 그 행렬의 마지막으로 수백 만의 사람들이 박수를 치고 환호를 하는 동안, 빅토리아 여왕은 눈물을 흘리기도 하고 손을 흔들기도 하면서 지나갔다.

"일찍이 나만큼 이렇게 열렬한 환영을 받은 사람은 없을 것이라 생각된다."

빅토리아 여왕은 궁으로 돌아와 일지에 그렇게 적었다. 그리고 아마도 그녀의 생각은 옳았을 것이다.

그날의 현란한 화려함에 젖어 있던 영국인이라면 누구나 대영제국은 영원히 통치하도록 운명지어져 있다고 믿을 수밖에 없었을 것이다. 영국이 다스린다면, 지구상의 수많은 어두운 구석들에서 법의 통치가 세워지고, 무지한 야만인들이 계몽되며, 그들의 고통의 짐이 가벼워지게 될 것이라고. 대영제국의 힘과 선한 일을 통해서 그렇게 되리라고. 인도에서 공무원을 지낸 바 있는 어떤 사람은 영국 하원에서 이렇게 말했다.

"인도에 있는 모든 영국인들은 누구나, 가장 높은

지위에 있는 사람부터 가장 낮은 지위에 있는 사람까지, 외딴 방갈로에 있는 식민자의 협력자나 그가 주재하고 있는 도시의 모든 것을 살펴보고 있는 편집자, 그리고 주요 지역을 관장하고 있는 행정장관으로부터 총독에 이르기까지, 모든 사람들은 하느님이 다스리고 지배하도록 운명을 결정하신 바로 그 민족에 자신이 속해 있다는 확신을 가지고 있습니다."

누가 감히 그 주장에 대해서 반론을 제기할 수 있었겠는가? 화창한 6월 바로 그날에는 아무리 영국을 싫어하는 사람일지라도 그 주장에 이의를 제기하기 어려웠을 것이다. 로마 시대 이래 그와 같은 영화는 없었다. 그야말로 팍스 브리타니카가 지배하고 있었다. 그 제국은 굳건하기만 했다.

*

대영제국에서 멀리 떨어진 변방 한 모퉁이, 영국이 통치하는 인도의 북서부 끄트머리에 펼쳐진 푸른 들판에 인접한 곳의 6월 어느 날 아침에, 빅토리아 여왕의 어린 신민들 가운데 하나인 일곱 살 난 압둘 가파르 칸이 스와트 강의 얕은 여울목에서 떠내려가는 통나무를 붙들기 위해 젖 먹던 힘을 다해 씨름하고 있었다. 해는 밝게 빛나고, 골짜기를 뒤덮은 공기는 상쾌했다. 소년의 뒤에는 그의 아버지의 농장이 아스라이 먼 곳까지 펼쳐져 키베르 관문 능선까지 푸른 빛으로 땅을 뒤덮고 있었다.

가파르 칸은 빅토리아라는 이름을 들어본 일도 없었다. 이곳 북서부 변방에서는 영국의 정치적 대리인이 왕이었고, 수천 마일 먼 곳에서 왕좌에 앉아 있는 여자 군주는 파탄 사람들에게는, 심지어 교육을 받은 지식인들에게도 별 의미가 없는 존재였다. 그 순간에 소년에게 중요한 문제는 강둑에서 먼 곳으로 떠내려가려는 통나무였다.

"가파르!"

강 너머로 희미하게 그를 부르는 소리가 들려왔다. 마치 사라져가는 종소리 같았다. 소년은 통나무에 더 가까이 다가가서 막대기를 빙글빙글 돌리고 있었다.

"가파르!"

부르는 소리가 다시 들리다가 사라졌다. 소년은 계속 막대기로 젓고 있었다.

가파르 칸은 여러 번 불러도 대답을 하지 않기 일쑤였다. 아버지의 농장에는 수수밭과 목화밭이 있었고, 자두나무와 오렌지나무, 복숭아나무와 감나무 과수원이 있었다. 가파르는 집중력이 대단하여 아버지의 농장에 있을 때나 혹은 천천히 흐르는 스와트 강의 검은 물을 바라보고 있을 때면 곧잘 모든 걸 잊고 자신의 세계에 몰두하곤 했다.

가파르는 베람 칸의 막내아들이었다. 그에게는 누이 둘과 형 하나가 있었는데, 형 압둘 자바르는 그 지역의 수도인 페샤와르에서 기독교 학교인 에드워즈 메모리얼 고등학교에 다니고 있었다. 가파르는 형과 함께 지내는 시간이 많지 않았다. 그러나 이제 6월이고, 학교가 방학을 하여 형과 오랜 시간을 함께 지낼 수 있었다. 강을 따라서 한가롭게 걷기도 하고 때로는 뗏목을 타고 강 한가운데 있는 작은 섬까지 가기도 했다. 지금처럼 혼자 있는 시간이면 그는 종종 친구들이 살고 있는 마을까지 걸어가곤 했다. 그는 특히 노동자나 장인(匠人)의 아들을 좋아했다. 칸의 아들치고는 흔치 않은 일이었다. 그가 가장 좋아하는 친구 두 명은 청소하는 아이들이었다.

상쾌한 아침은 막대기로 강물을 젓기에는 아주 안성맞춤인 것 같았다. 그래서 그는 아침 일찍 농가를 떠나 얕은 물가로 나가 오리들과 야생 백조들에게 먹이를 주었다. 바로 그때 거기서 그 통나무를 보게 되었다. 그냥 떠내려 보내기에는 너무 아까웠다.

"가파르!"

이번에 부르는 소리는 총소리처럼 날카롭게 공기를 가르고 울려퍼졌다. 소년은 깜짝 놀란 듯 뒤를 돌아다보았다. 아버지가 부르고 있었다. 그는 강가를 따라서 난 샛길로 뛰어들어 수수밭 이랑을 지나 농가를 향해 달렸다.

베람 칸은 발효되지 않은 밀가루 동이를 머리에 이고 오크나무 문 옆에 서 있었다.

"가파르!"

소년의 모습이 눈에 들어오자 아버지의 목소리가 활기를 더했다.

"함께 가자꾸나. 아버지 좀 도와줘야겠다."

전날 밤에 여행객 몇 사람이 그의 숙소에서 잠을 잤기 때문에 그들에게 먹을 것을 대접할 참이었다.

베람 칸은 오래전에 비옥한 페샤와르 계곡에 정착했던 파탄의 한 농부 가정에서 태어났다. 그들은 영국 통치하의 '안정된' 지역에서 번영하기 위해, 이론적으로는 자유롭지만 전체적으로 보자면 가난한 산지의 부족으로서 누리는 자유를 포기한 상태였다. 전략적인 이유로 영국은 그 국경지역을 지리적으로 세 묶음으로 나누어놓고 있었다. 북부에 있는 대리 통치 지역과 인더스 강과 산악지대 사이에 있는 소위 정착지역, 그리고 서부 국경을 따라서 있는 '자유지역'이었다. 자유지역에서는 파탄 사람들이 푸쉬툰왈리(Pushtunwali)*, 즉 '파탄 사람들의 법' 아래서 스스로 자치적으로 살아갈 수 있도록 허용되었다.

빅토리아 여왕 즉위 60주년이 되던 바로 그해 여름은, 대략 2백만에 달하는 파탄 사람들이 열두 개의 부족과 작은 집단으로 나뉘어서 살아가고 있었을 것이다. 비교적 큰 규모의 부족들 가운데 아프리디족이 있었는데, 그들은 영국 사람들에게 품삯을 받고 (그들 스스로의 약탈로부터) 키베르 관문을 '지키고' 있었고, 모만드족과 유수프자이족은 페샤와르 계곡 북쪽 산악지역에서 살고 있었다. 키베르 관문 남쪽 아프리디족 가까이에는 오라크자이족이 살고 있었다. 거기서 더 남쪽으로는 와지리족과 마수드족이 살았는데, 아마도 파탄 부족들 가운데 가장 성격이 사납고 급한 부족들이라고 할 수 있을 것이다.

영국 통치세력은 평화를 유지하기 위해 이들을 용병으로 고용했다. 종종 그랬듯이 영국은 말썽만 일으키지 않으면 대체로 이들에게 간섭하지 않았다. 40년 동안 그 변방지역을 통치하면서 반역적인 부족들을 징벌하게 위해서 '자유지역'에 50차례나 군대를 파견했다. 그 정책은 실제로 효과는 없었으나, 그렇게 하는 것이 전면전을 벌이는 것보다는 나았다.

베람 칸의 부족인 모하메드자이족은 대부분의 파탄 부족들보다 규모가 작았으며, 대체적으로 잘살고 또 평화로웠다. 베람 칸 자신도 부자였다. 그는 커다란 농가 너머 스와트 강을 따라서 펼쳐진 모든 농지를 소유하고 있었다. 더욱이 그는 페샤와르 계곡에서 북쪽으로 30킬로미터 가량 떨어진 곳에 있는 우트만자이 마을의 촌장 칸이었다.

우트만자이는 부유한 마을이었다. 도로는 넓었고, 두꺼운 목재와 진흙으로 만들어진 이층집들이 즐비했다. 지리적으로는 북서부 국경지역의 중심에 위치하고 있었고, 북쪽으로는 중국 국경을 남쪽으로는 이란 국경을 인접한 불모지대 발루치스탄 사막의 중간 위치에 해당했다. 그 마을의 북쪽은 스와트, 디르, 부네르, 바자우르와 같은 산악지대로서, 울창한 삼림과 힘찬 소리를 내며 흐르는 강줄기를 끼고 있었다. 페샤와르 주변에 있는 언덕들은 넓은 페샤와르 강 밑바닥과 쿠람 골짜기를 향해서 아래로 뻗어 있었다. 우트만자이 마을의 동편에는 넓은 인더스 강이 있었고, 그 너머는 인도였다.

만일 그 6월 아침에 어린 가파르 칸과 그의 아버지가 손님들이 묵고 있는 숙소로 가던 발걸음을 멈추고 서쪽을 바라보았더라면, 중앙아시아와 영국령 인도 사이의 관문인 키베르의 햇빛이 내리쬐는 불모의 언덕들을 볼 수 있었을 것이다.

이런 지역들에서 온 여행객들은 베람 칸의 집 손님 숙소에서 잠자리를 얻을 수도 있었을 것이다. 우트만자이 마을은 페샤와르와 북부 고지대를 잇는 간선도로 가운데 한 도로와 인접해 있었기 때문에, 그들은 북부에서 온 사람들이었을 것이다. 그 나그네들이 어디에서 온 사람들이든, 그들이 찾아온 의도가 무엇이든, 파탄 사람들의 사회적 규범인 멜마스티아(melmastia)*, 즉 환대의 법전은 나그네들을 영예로운 손님들로 대접해야 하며, 그들에게 먹을 것과 잠자리를 제공해야 한다고 명하고 있다. 이런 목적을 위해서 모든 파탄 마을에는 적어도 한 채 이상의 데라(derah)*, 즉 접객소가 있었다. 베람 칸처럼 살림살이가 넉넉한 사람들은 개인적으로 크고 편안한 데라를 지어 좋은 음식과 숙소를 제공했으며, 파탄 마을에서는 이러한 관행이 사회적 위상을 가늠하는 하나의 척도로 여겨지고 있었다. 그래서 칸들은 종종 나그네를 접대하는 일을 마을사람들과 함께 나누기 위해 사람들을 끌어들이는 데에 경쟁을 벌이다시피 했다. 마을사람들은 데라에 모여서 이야기를 나누기도 하고, 당시 흔하던 물파이프로 담배를 피우기도 하고, 찻주전자에 끓인 뜨거운 카와(qahwa)*를 음미하기도 했다. 저녁이면 시작되는 이런 사랑방 모임들은 종종 밤이 늦도록 이어지기도 했다. 진한 차와 이웃 간의 정에 감정이 고조된 사람들은 이야기를 하기도 하고, 노래를 부르기도 하고, 때로는 누구를 골려주고 티격태격 다투기도 했다. 때때로 베람 칸은 베개에 기대어 앉아 파탄 사람들의 명예를 위해서 교수형을 당했던 그의 할아버지 아바이둘라 칸의 이야기를 들려주기도 했다.

명예라! 아마도 명예라는 말보다 더 파탄 사람들의 가슴을 뒤흔드는 단어는 없을 것이다. 자신의 사회적 지위가 어떠하든 파탄 사람들은 명예를 지키는 일을 가장 소중한 천명으로 알고 있었다. 설사 아프리디족, 모만드족, 유수프자이족, 마수드족, 와지리족, 모하메드자이족, 오라크자이족 등 모든 파탄 부족들이 그들의 차이를 과감히 뛰어넘어 하나의 국가로 결집하여 외국인 이교도들을 고국에서 몰아낸다고 하더라도, 신이 영국인들을 도운다면 사람들은 기꺼이 동의할 것이다. 그들이 영국인들이 맞이하게 될 형언하기 어려운 운명에 대해서 곰곰이 생각을 하고 있는 동안 피에 굶주려 있는 그들의 욕망의 흔적들이 희미한 불빛 속에서 번들거리는 암울한 얼굴들에 은밀하게 오갔다. 파탄 사람들에게 자유가 없는 삶이란 아무런 의미가 없는 것이었다. 자유가 없다면 어떻게 명예가 있을 수 있겠는가?

해가 떨어진 저녁에 긴 두루마기 차림을 한 사람이 수르나이(surnai)*라는 갈대피리를 꺼내 들고 심금을 울리는 피리 소리를 들려주는 일도 드문 일이 아니었다. 또 어떤 사람은 천천히 정해진 가락에 맞추어 불멸의 시인 쿠샬 칸(Khushal Khan)[3]의 시를 음송하기도 했다.

젊은이들은 그들의 손을 붉게 물들였네
매가 먹이의 피로 발톱을 물들이듯이!
그들은 창백한 칼날을 피로 물들였다네
그들은 한여름에 튤립을 피워냈다네

베람 칸의 접객소는 길고 나지막했다. 가파르는 그 접객소에 갈 때마다 흥분을 억제할 수 없었다. 거기서 밤을 지낸, 키가 크고 터번을 두른 낯선 사람들이 어떤 사람들인지 궁금했기 때문이었다. 손님들은 키베르 산길에서 내려온 푸른 눈동자의 아프리디족일 수도 있고, 말라칸드 산지의 계단식 농장에서 온 하얀 피자마(pyjama)* 차림의 유수프자이족일 수도 있고, 대도시로 나가는 길에 들른 스와티족 사람일 수도 있었다. 그들은 대개 머리에는 향수를 뿌리고, 눈에는 세안약을 넣어서 눈동자가 유난히 검게 보였으며, 귀 뒤에는 장미꽃을 꽂고 있었고, 어깨에는 총 한 자루를 둘러메고 있었다. 아니면 나그네는 수염이 없고 눈꼬리가 올라간, 멀리 북쪽에서 온 하자라족일 수도 있었다. 그런 사람들은 모두 파탄인에 속했다. 그들은 가파르가 속한 모하메드자이족이 사용하는 것과 똑같이 아프가니스탄어로 농담을 했으며, 한결같이 빙 둘러앉아서 물파이프를 피우며 이런저런 소식을 나누기를 좋아했다.

베람 칸은 많은 하인을 부리고 있었다. 그럼에도 그는 손님들의 숙소에 직접 음식을 들고 가 손수 손님들을 접대했다. 환대의 법전이 그렇게 할 것을 명하지는 않았지만, 그리고 그 지역의 다른 어떤 칸도 그렇게 하지는 않았지만, 그만은 그렇게 했다. 신실한 칸은 아들에게 꼭 이렇게 말하곤 했다.

"낯 모르는 나그네는 신이 우리에게 보내신 손님이다. 내가 직접 모셔야겠다."

1897년 6월 바로 그날, 우트만자이 마을의 접객소에서는 수만 리 먼 곳에 떨어져 있는 여왕 즉위 60주년 기념행사 소식보다 훨씬 더 흥미진진한 소식이 오가고 있었다. 북부에서 온 오하만드족과 스와티족 손님들은 페샤와르로 가는 길에 베람 칸의 집을 방문하여 목청을 높여가며 말썽쟁이 사제인 물라(mullah)* 마스툰의 이야기를 전해주었다. 그 사제는 최근에 아프가니스탄 순례를 마치고 돌아와서, 지금은 우트만자이 마을 북쪽 산악지역을 돌아다니며 이제 영국인들을 몰아낼 때가 되었다고 설교를 하고 다닌다는 것이었다. 모하메드 예언자가 그에게 때가 되었다는 것을 직접 말해 주었다고 한다. 물라 마스툰은 "그가 스와트 강물에 돌을 던질 것이며, 그렇게 하면 그 돌이 포탄으로 변하여 불신자들에게 떨어지게 될 것이다"라고 약속했다고 말했다.

베람 칸은 놀라지 않았다. 파탄의 이슬람 학자들은 종종 추종자들에게 무기를 들고 싸울 것을 촉구했다. 그러나 2년 전 치트랄에서 일어났던 봉기로 인해서 영국 군인 1만5천 명이 파견되었고, 그 봉기는 영국인들에게 더 많은 요새와 도로가 필요하다는 것만 확신시켜 주는 결과를 낳았다. 북부 사람들이 이 모든 일들을 그렇게 쉽게 잊을 것 같지는 않았다. 베람 칸이 생각하기에, 그것은 약 50년 전부터 영국이 그 국경지역을 지배하기 시작한 이래로 계속된 독립전쟁의 긴 역사 속에서 또 한 번의 봉기를 촉구하는 것에 지나지 않는 것 같았다.

제2장

예언자 모하메드의 자녀들

우리 민족의 역사는 승리와 영웅적 행위의 이야기로 가득 차 있다. 그러나 결점도 있다. 내적인 불화와 개인적인 질투는 항상 엄청난 희생을 치르고 얻은 소득을 앗아가버렸다. 그들은 내적인 결함들로 인해서 좌절했으며, 결코 외부의 세력으로 인해 좌절하지는 않았다. 전장에서 그들과 맞설 수 있는 사람들은 없기 때문이다.

—바드샤 칸

1897년 7월

예언자 모하메드의 자녀들

적어도 처음에는, 영국은 하나의 제국을 건설할 의도는 없었다. 일이 한 가지씩 한 가지씩 그렇게 되어간 것이다. 그들이 인도에 간 것도 정복을 위한 것은 아니었다. '거래는 하되 소유하지는 말라.' 그것이 영국과 인도가 오랜 기간 관계를 맺기 시작했던 초기 1599년에 동인도회사가 설립되면서 내세웠던 정책이었다. 그럼에도 불구하고 동인도회사의 관리들은 저절로 표출되어 나오는 팽창의 기회들을 열심히 이용했고, 19세기 초에 들어서 그 회사의 감독위원회는 세계에서 가장 큰 제국, 즉 '제국의 왕관 중에서도 다이아몬드'인 인도를 손에 쥐게 되었던 것이다.

이 모든 일은 5파운드의 순은을 후추와 교환한 일에서 시작되었다. 당시 인도의 향신료 상권을 지배하고 있던 네덜란드의 민간 무장선(武裝船)들이 갑자기 가격을 인상했다. 그리하여 더는 가격의 안정을 기대할 수 없다고 생각한 런던 상인들이 1599년 9월에 동인도회사를 설립하게 되었다. 3개월 후에 엘리자베스 여왕은 이 회사에 '처음 15년 동안 희망봉 너머에 있는 모든 나라들과의 독점거래권'을 허가하는 헌장에 서명했다. 1600년 8월에 영국 동인도회사는 인도 서안 봄베이 근처에 첫 배를 상륙시켰다. 영국 군인들이 사업상 오게 되었던 것이다.

봄베이 근처 한 곳과, 남쪽으로는 마드라스, 동쪽으로는 캘커타 등지에서 무역거래를 위한 창고를 지을 수 있는 권한을 얻어낸 이 회사는 재빨리 배를 이용하여 엄청난 양의 향신료, 고무, 설탕, 생사, 모슬린 면사를 영국으로 실어 날랐고, 인도로 돌아오는 배에는 공업제품을 실어 날랐다. 지역의 통치자들은 영국인들이 옴으로써 이익이 생긴다는 것을 알고는 영국 상인들을 환영했다.

필연적으로 경쟁이 생길 수밖에 없었다. 이 회사는 곧 상업적인 이익을 보호하기 위해서 지역 정치에 개입하지 않을 수 없었다. 회사는 백인 용병과 인도인

용병을 고용하게 되었고, 얼마 지나지 않아서 야심을 품은 회사의 관리자들이 회사의 공식적인 정책에도 불구하고 그 땅에 대한 지배권을 움켜쥐게 되었다. 그렇게 하여 돌이킬 수 없이 진행된 정복 과정은 결국 '인도제국'이라는 결과를 낳게 되었다.

1757년 로버트 클리브라는 한 젊은 대령이 벵골의 지역 군대와 싸워 이기고 북부 인도를 영국의 영향력 하에 있도록 만들었다. 자신도 모르는 사이에 회사의 관리들은 상인에서 제국주의자로 변모해 가고 있었다. 야심에 찬 동인도회사 관리들은 "인도 원주민들에게 영국 권위의 확장보다 더 큰 신의 축복은 없다고 확신한다"라면서 남으로는 미소레와 트라반코레, 중앙 인도에서는 히데라바드와 마라타, 그리고 데칸 고원과 벵골, 갠지스 평원에 이르기까지 지배권을 확장해 나갔다.

1800년대 초에 이르러 동인도회사는 인도 땅덩어리의 사분의 삼을 지배하게 되었으며, 영국인과 인도인 용병 7만5천여 명을 거느렸다. 이 숫자는 전 유럽 대륙의 군대를 능가하는 대규모 군대였다. 그리고 이 회사가 내는 연간 순이익은 대영제국의 총 세입보다도 많은 액수였다. 왕립 해군은 점점 더 많은 배를 소유하게 되었다.

엄청난 성공과 더불어 따라온 것은 부정부패, 방만한 경영, 그리고 제약이었다. 런던의 정객들은 일억에 달하는 사람들을 한 개인회사의 감독위원회가 지배하고 있는 어쩔 수 없는 현실에 대해서 점점 더 불안하게 생각하기 시작했다. 인도는 역사상 가장 엄청난 규모의 상업적 기업으로 전락하고 말았다. 점차로 영국 행정부는 동인도회사의 독점권과 무역권에 재갈을 물리기 시작했고, 회사의 총독을 사실상 정부가 임명하는 직책으로 만들었다. 동인도회사는 그간 실질적으로 수행하던 역할을 이제 공식적으로 수행하는 회사가 되었다. 즉, 영국의 외교정책의 도구가 되었던 것이다.

정복이란 빨리 취하게 만드는 포도주와 같은 것이었다. 19세기 초가 되자 런던과 인도 대륙에 있던 제국 건설자들은 정복을 하는 일이 포기할 이유가 없는 일종의 습관처럼 되어버렸다. 그들은 영국의 지배가 거기에 관련된 모든 사람들에게 가장 큰 유익이 된다고 확신하고, 또 한편으로는 적어도 국민들을 그렇게 설득시키면서 노골적인 침공을 감행하곤 했다. 합병은 영국의 팽창주의에 대해 한 비평가가 서술했던 방식대로 이루어졌다.

먼저 총독대리가 가고(종종 그 나라의 강요에 따라

서), 그다음에는 조언으로 끈질기게 압박하고, 그다음에는 잘못된 정치에 대한 불평을 끊임없이 공표하고, 그다음에는 간섭을 하고, 그다음에는 강제를 하고, 결국 공개적으로 합병한다.

아무도 바보처럼 자신의 것을 거저 빼앗길 사람은 없다. 처녀지 인도 영토에 대한 무역사업은 필연적으로 탈취로 이어졌다.

"악은 이미 저질러졌다."

한 지역의 수장이 영국인으로는 최초로 인더스 강을 따라 신드를 방문했던 알렉산더 번스에게 그렇게 말했다.

"당신이 이미 우리 나라를 보았으므로."

그의 말이 옳았다. 그로부터 10년 후인 1843년에 동인도회사의 총독 엘렌보로 경은 찰스 네피어 장군에게 "신드의 수장들과 분쟁을 일으켜서 산적들로 오염된 땅을 점령하라"고 명령을 내렸다.

종종 이 회사는 엄청난 무리를 범했다. 파탄 사람들에게 결정적으로 중요한 의미를 가지고 있던 한 가지 예는 엘렌보로 경의 전임자인 오클랜드 경이 아프가니스탄(파탄 사람들의 본고장)의 수장을 제거하고 카불에 영국군 영구 주둔지를 세우려고 시도한 것이었다. 오클랜드는 "아프가니스탄 사태에 단호하게개입한다"는 지침을 가지고 '인더스 군대'를 창설했다. 군인 1만5천여 명에 그것과 맞먹는 수의 말, 노새, 낙타, 코끼리까지 갖춘 그야말로 어머어마한 규모의 군대였다. 1838년 10월 1일, 오클랜드는 아프간 통치가 "군대를 증강시키고 인도 국경의 안정과 평화를 위해하려는 야망을 노골적으로 계획하고 있다"는 내용의 성명서를 발표하고 아프가니스탄을 침공했다. 그렇게 하여 제1차 아프간 전쟁은 영국군의 달콤한 승리로 시작되었다. 젊은 빅토리아 여왕이 거둔 첫번째 군사적 성공이었다.

그러나 그 승리는 얼마 가지 못했다. 파탄인들이 많았던 아프간 사람들은 패배한 것이 아니라 단지 안전을 위해서 산악지대의 요새로 잠시 퇴각한 것뿐이었다. 1841년 겨울, 그들은 영국군 주둔지를 폭풍처럼 공격하여 총독대리를 살해하고 군대의 철수를 압박했다.

1842년 1월 6일, 4천5백 명의 영국군과 1만2천 명의 부대 귀속자들이 카불을 출발하여 얼어붙은 관문을 지나 인도로 발걸음을 돌렸다. 아프간 부족과 파탄 부족은 퇴각하는 영국군 대오를 급습하여 전군을 쓸어버렸다.[4] 모든 게 꽁꽁 얼어붙은 1월 중순에, 군의

관이자 유일한 생존자였던 윌리엄 브리든 박사는 거의 초죽음이 되어 말을 달려 잘랄라바드 요새로 피신했다. 후에 석방된 한 민간인 포로는 당시의 상황을 이렇게 기록했다.

> 우리가 카불을 떠나기 전에 들었던 이야기가 그대로 입증되었다. 모하메드 악바르[5]가 잘랄라바드 요새에 돌아와서 이야기를 전해줄 단 한 사람만을 남겨두고 군대 전체를 다 쓸어버릴 것이라는 이야기를 들었다.[6]

이듬해 여름에 엄청나게 많은 보복군이 다시 카불로 쳐들어와 그곳에 불을 질렀다. 그러고 나서 그들은 "지형과 품위가 허용하는 한 재빠르게" 사페드코 산맥을 지나 영국령 인도로 되돌아갔다. 총독은 그 상황에서도 온갖 잘난 체를 다하면서 "아프간 사람들의 범죄로 인해 무정부상태에 있던 그들에게 스스로 정부를 건설할 수 있도록 허용한다"고 선포했다.

패배가 영국의 자존심을 잠시 짓밟아놓기는 했지만, 그 날개까지 묶어둘 수는 없었다. 1840년대가 다 지나가기 전에 동인도회사의 군대는 시크교도들과 벌인 두 번의 전쟁을 승리로 이끌어 신드, 펀자브, 라지푸타나를 합병하고, 시크교도들로부터 인더스 강과 아프간 국경 사이에 있는 길고 좁은 전략적 요충지이자 말썽 많은 땅을 접수하였다. 바로 그곳이 '북서부 국경지역'이라고 불리게 된 땅이다.[6]

1850년대 중반에 이르러 동인도회사는 하나의 군주권과 맞먹는 권력을 손에 쥐게 되었다. 총독이 지배하는 사람들보다 많은 사람들을 다스리는 군주는 지상에서 중국의 황제와 러시아의 황제밖에 없었다.

1857년에는 인도 군대가 영국인 관리들에 대항해서 반란을 일으켰으며, 뒤이어 일어난 봉기에서 영국은 인도를 완전히 잃어버릴 뻔했다. 영국인들이 '인도폭동'이라고 부르는 이 폭동으로 인해 런던에서는 동인도회사에 대한 감정이 악화되었다. 그리하여 동인도회사는 1858년에 왕령으로 해체되고 그 책임이 여왕의 손으로 넘어가게 된다. 그리하여 '존 회사'는 역사 속으로 사라지고, 결국 영국의 통치권이 생겨나게 된다. 즉, 영국의 통치가 공식적이 된 것이다.

영국인들은 더 많은 승리를 거두었다. 패배는 단지 두어 번 있었을 뿐이다. 이제 남은 문제는 북서부 국경지역이었다. 인도폭동과 빅토리아 여왕 즉위 60주년 사이 40년간 인도에서의 대영제국 소유는 점차로 팽창했으며, 이전의 소유권들도 더욱 공고하게 되었다. 1897년에는 대영제국의 신민 3억7천2백만 가운데 3억8백만이 인도에 살았다. 아무리 써도 부족함이 없을 것 같은 자원과 영국에서 생산된 공업제품을 소비하는 수많은 사람들이 있는 인도는 대영제국의 다른 지역과는 달랐다. 인도가 영국의 한 부분이라는 의식이 있는 한 인도는 영국인들의 손안에 있었다. 대부분의 인도 사람들은 대영제국이 그들을 신민으로 생각하여 베푸는 지위와 물질적인 이익을 소중하게 생각하게 되었다.

60주년 그해 여름에, 인도의 장래는 너무나 화사하고 밝은 장밋빛으로만 생각되었다. 특히 시믈라에 있는 총독 관저의 창문으로 내다보이는 인도의 장래는 그러했다. '인도폭동'에서 좋은 교훈은 얻을 만큼 얻었고, 인도의 군대는 그 어느 때보다 충성심을 잘 드러내고 있었다. 인도는 평화로웠다. 국경지역까지도 몇 년간 잠잠하지 않았던가.

*

1897년 7월 28일 국경지역의 날씨는 뜨거웠다. 태양이 거의 수직으로 내리쬐는 한낮에 베람 칸과 가파르는 우트만자이 마을 간선도로 양편으로 늘어선 상점과 장인들의 가게를 지나 걸어가고 있었다. 60주년이 지난 지 한 달이 되었다. 거리는 조용했다. 마을사람들은 대부분 들에 나가고 없었다. 그들은 구두상점을 지나서 포플러 나뭇가지로 만든 큰 작업대에서 일하는 두 형제, 옹기장이, 구리 세공인을 차례로 지나쳤다. 칸이 옆을 지날 때 그들은 한결같이 고개를 끄덕여 인사를 했다.

"페 케르 랄레?"

그들은 흠뻑 미소를 지으며 큰 소리로 인사를 했다.

"안녕하세요?"

"스트레 마셰."

칸도 미소를 지으며 대답했다.

"스트레 마셰. 자네들이 힘들지 않았으면 좋겠구먼."

만일 베람 칸이 집에 갈 일이 없었더라면 발걸음을 멈추고 그들과 이야기를 나누었을 것이다. 그들도 칸과 똑같은 사람들이었다. 재산과 지위는 다르더라도 모든 무슬림은 이슬람법에 따라서 동등한 존재이다. 그는 저녁이 되면 구두장이나 구리 세공인과 함께 둘러앉아서 물파이프 담배를 즐길 수 있었을 것이다. 그러나 그는 계속 걷고 있었다.

그는 지금 마을 접객소에서 오는 길이었다. 거기서

그는 스와트와 바자우르에서 온 여행객들에게서 불길한 소식을 들었던 것이다. 한달 내내 칸은 북부에서 사고의 화근이 끓어오르고 있다는 소식을 접하고 있었다. 이제 곧 무슨 일이 터질 것만 같았다. 물라 마스툰은 추종자들과 함께 군대를 일으키는 데 성공했고, 이제 다음에 어떤 일이 일어날지는 아무도 알 수 없었다. 여행객들이 이야기하는 것으로 미루어 짐작하건대, 언제라도 폭력 사태가 일어날 수 있는 상황이었다. 베람 칸은 가족들에게 그 문제를 이야기하고 싶었다.

칸과 그의 아들은 우트만자이 마을에 있는 옛 방어벽 쪽으로 갔다. 아이들이 넓은 길을 가로질러 그들을 지나쳐 달려갔다. 방어벽 아래로 드리워진 좁다란 그늘 아래 앉아서 쉬려는 것이었다. 망루까지 갖추고 있는 파탄 마을은 종종 성벽으로 싸인 중세의 도성처럼 보이기도 했다. 망루의 네모난 창에는 부싯돌 발화포가 고개를 내밀고 있어 적이 다가오면 불을 내뿜을 것만 같았다. 한 마을에 살더라도 가문들 사이에 오랜 기간 반목을 하면서 지내온 곳에서는 개인 주택에도 그런 망루가 있었다.

아이들 가운데 나이가 좀 많은 사내아이들은 성문 옆의 허물어져 가는 성벽을 기어 올라갔다.

"야, 가파르!"

칸의 아들이 지나가자 사내아이들이 그를 불렀다. 그는 소년들을 보고 싱긋 미소를 지었고, 사내아이들은 성벽에서 뛰어내려 다시 다른 아이들과 섞였다. 그곳에서는 염소와 젖소들이 여름 풀을 뜯고 있었다.

칸과 그의 아들은 시가지를 벗어나서 강물을 따라 걸었다. 사내아이 두 명이 강물에 몸을 무릎까지 담근 채 물소를 목욕시키고 있다가 그들을 보고는 잠시 일을 멈추고 손을 흔들었다. 부드럽게 불어오는 미풍에 나부끼는 포플러 나뭇잎이 서걱이는 소리와 함께 마을에서 기도 시각을 알리는 사람이 신도들에게 기도하라고 부르는 소리가 멀리서 뒤섞여 들렸다. "알라후 악바르!" 하고 외치는 소리가 부드러웠다.

"신은 위대하시다!"

때는 정오 기도 시간이었다.

"어서 가자."

칸이 아들에게 말했다.

"이제 다 와가는구나."

기도할 때 깔고 앉는 방석을 포플러나무 옆에 펴놓고 그는 메카를 향해서 무릎을 꿇었다.

가파르의 아버지는 하루에 다섯 번 기도하는 시간

을 좀처럼 잊지 않았다. 들에서 일을 하다가도 기도 시간이 되면 어김없이 일손을 멈추고 사탕수수 밭이랑 사이에 방석을 깔고 기도를 올렸다. 그는 모하메드자이 부족, 즉 '모하메드의 아들'이라는 부족에 속한 사람이었다. 이런 혈통 때문에 베람 칸은 그 예언자의 가르침의 빛 속에서 살아야 할 책임이 있다고 생각하고 있었다.

그는 파탄의 명문가 출신으로 계곡에 살았지만, 마을사람들은 그가 자신만의 푸쉬툰왈리(Pushtunwali), 즉 파탄의 불문율을 따르는 생활 방식을 가지고 살아간다는 것을 알고 있었다. 바달(Badal), 즉 보복의 법전은 파탄 사람들에게 조금만 모욕을 당해도 복수할 것을 명하고 있었다. 오랜 세월 동안 바달은 형제와 형제가, 가문과 가문이, 부족과 부족이 대결하도록 만들었다. 빅토리아 여왕 즉위 60주년 당시, 반누에서 선교사 병원을 운영하고 있던 존경받는 의사이자 목사인 T. L. 펜넬은 바달의 정신이 파탄 사람들의 심성에 얼마나 깊이 뿌리내리고 있는가를 기록했다. 그는 이렇게 설명하고 있다. "보복이라는 말은 파탄 사람들에게는 달콤한 단어이다. 그래서 심지어 어떤 사람이 야밤에 치명적인 타격을 입어서 숨이 끊어지기 직전에 자신이 속았다는 것을 의식하더라도, 살인을 하여 결정적인 보복을 할 수만 있다면 자신이 공격을 받은 것은 문제가 아니라 보복을 한결 더 달콤한 것으로 생각한다."

펜넬 목사의 이야기는 한 와지리족 파탄 사람이 적에게 시력을 잃었던 경우를 예로 든 것이다. 그는 선교사 병원에 찾아와서 의사에게 단 하루 만이라도 시력을 회복시켜 달라고 애걸했다.

"선생님, 만일 제게 하루만 시력을 회복시켜 주셔서 원수에게 총을 쏠 수 있게 해주신다면, 남은 일생은 맹인으로 지내도 한이 없을 것입니다."

의사가 그에게 '선의와 용서의 복음'을 이야기해 주자, 그는 고개를 가로저으며 한숨을 쉬면서 말했다.

"안 됩니다. 그런 가르침은 우리에게는 소용이 없습니다. 내가 원하는 건 복수, 복수뿐입니다!"

일단 피를 보게 되면 복수의 악순환이 시작되며, 상대의 목숨이 끊어져야만 그 악순환이 멈추게 된다. 왜냐하면 바달의 의무는 아버지에게서 아들에게로 이어지기 때문이다. 그 지역에서 있었던 한 복수극에서는 1백 명 이상이 목숨을 잃었다고 한다. 그러나 그 복수극이 어떻게 시작되었는지는 아무도 기억하지 못했다.

보복을 피할 길은 없었다. 만일 원수의 모욕에 대

해서 피로 보복할 수 없다면, 그를 어떻게 남자라고 할 수 있겠는가? 어떻게 그가 그의 부족이나 아내를 대면할 수 있겠는가? 보복을 하다가 죽는 것이 오히려 더 영예로운 일이었다.

베람 칸의 생각은 달랐다. 그는 적을 만들지 않았다. 불화를 피했다. 보복을 좋아하지 않았다. 그가 가장 파탄 사람 같지 않은 성품, 즉 용서하는 마음을 가지고 있다는 것은 그 지역에서 널리 알려진 사실이었다. 그는 받을 만한 모욕이면 감내했고, 그래서 그렇게 믿을 만한 그의 성품을 이용하는 사람들도 있었다. 그러나 그는 명예란 보다 더 인내하는 방법으로, 그리고 신이 더 기뻐할 만한 생활 방식으로 얻어진다고 믿고 있었다. 그는 보복을 하기보다는 용서를 선택했다. 그러한 그의 결심은 막내아들의 성품과 생애에 깊은 영향을 끼쳤을 것이다.

베람 칸을 보고 마을사람들은 적잖이 당황했다. 도대체 이 칸은 어떤 사람이지? 그러나 그들은 그가 신뢰할 만한 사람이라는 것을 본능적으로 알고 있었다. 수확 철이 되면 마을사람들은 저장할 곡식을 안전하게 보관하기 위해 그에게 맡기고는 어떤 보증도 요구하지 않았다.

영국인들도 이렇게 원한을 가지지 않은 베람 칸을

좋아했다. 그는 그 지역의 다른 칸들처럼 영국인을 떠받들지는 않았다. 그러나 그는 정직했고, 영국인들을 존중해 주었다. 영국인들은 까다로운 문제에 대해서는 그의 조언을 구했고, 또한 그가 오말리, 워버튼, 쇼트와 같은 이국적인 이름들을 혼동하여도 불평하지 않았다. 그들은 베람 칸이 자신들을 모욕할 의도가 없음을 알고 있었고, 그 생각은 옳았다.

기도가 끝나자 베람 칸은 농가를 향해 걸었다. 아내와 막내아들이 마당에 있었다.

"자, 가파르, 오늘 먹을 도다이 빵이다."

가파르의 어머니가 아들에게 납작한 빵 두 덩이를 건네주었다. 작은 방석 위에 책상다리를 하고 앉은 가파르는 오른손으로 수저를 잡고 부드럽게 조리한 푸른 완두콩을 퍼서 입으로 가져갔다.

아이들과 아버지가 식사를 하는 동안, 가파르의 어머니는 한쪽 구석에 앉아서 마을 소식을 이것 저것 물었다. 여성을 남성 사회로부터 격리시키는 푸르다(Purdah)*라는 관습은 파탄의 귀족사회에서 엄격하게 통하는 제도였다. 가파르는 그렇게 어머니가 격리되는 것을 좋아하지 않았고, 그래서 마을에서 이것 저것 주워들은 소식을 어머니에게 들려주었다. 하지만 오늘 이야기를 하는 사람은 아버지였다. 또 하나의 소요가 일어난다는 소식을 듣고 어머니의 얼굴이 백지장처럼 하얗게 변했다. 그녀는 전쟁의 무서운 대가를 직접 목격한 일이 있었다. 파탄 사람이라면 누구나 그것을 목격하지 않았던가.

가파르의 어머니는 경건한 여인이었다. 처녀 시절에도 매일 습관처럼 기도를 올렸는데, 그 기도 시간은 종종 긴 침묵의 기도로 이어지곤 했다. 청년 시절 베람 칸이 그녀에게 끌렸던 것은 비단 그녀의 그윽한 미모 때문만은 아니었다. 그녀의 혈관 속에 배어 있던 신앙심을 그의 자녀들에게도 물려주었으면 하고 원했던 것이다. 그는 그녀의 기도의 분위기를 아는 체하거나 하지 않았다. 오히려 그녀에게 다가와 그런 분위기를 경외스럽게 바라보곤 했다. 어쩌다가 가파르가 어머니의 어깨에 가만히 손을 얹어 그의 체온이 어머니에게 전해질 때면, 그녀는 그제야 기도를 마치곤 했다. 그럴 때 그녀의 커다란 눈동자에는 눈물이 맺혀 있고, 마치 날개를 치며 높이 올라갔다가 오랜 비상을 마치고 하늘에서 돌아오는 사람과도 같은 느낌을 자아냈다.

가파르는 막내였기에 아마도 어머니에게 가장 강한 애착을 가지고 있었을 것이다. 어머니는 이 아들의 기질을 알고 있었다. 그도 역시 파탄의 사내려니! 그러나 누구보다도 순수하고 믿음직한 사내가 아닌가. 그에게 어느덧 경건한 분위기가 스며들어 있다는 것을 그녀만은 알고 있었다. 그녀가 아궁이에 불을 지피고 식사 준비를 하는 동안 시심나무 아래 말없이 앉아 타오르는 아궁이 불이 다 식어 재가 될 때까지 물끄러미 바라보고 있는 아들의 모습을 보면서, 그녀는 아들이 그런 경건함을 가지고 있다는 것을 알 수 있었던 것이다.

아버지 베람 칸조차도 아들이 독립적이고, 또한 무언가 다른 곳에 마음을 두고 있다는 것을 이해하지 못했다. 소년은 심하다 싶을 정도로 청소부들과 어울리기를 좋아했고, 강가를 따라 걸으며 보내는 시간이 너무도 많았던 것이다. 참다 못해 아들에게 무언가 이야기를 하려고 하면 아내는 항상 그를 안심시키곤 했다.

"그 아이는 강한 사내아이예요."

그녀는 확신에 차서 그렇게 말하곤 했다.

"그는 바드샤* 감인 걸요."

"왕이라, 왕감이란 말이지."

베람 칸은 수염을 쓰다듬으며 그렇게 웅얼거리곤 했다. 아내가 그렇게 이야기를 한다면, 아이가 잘못

되지는 않을 것이다.

그날 늦은 오후, 저녁이 채 못 되어 베람 칸에게 소식이 들려왔다. 그 전날 이미 북부에서는 소요가 시작되었다는 것이었다. 처음에 들은 소식은 불확실하기는 했지만 고무적인 것이었다. 엄청난 규모의 파탄 사람들이 차크다라와 말라칸드에 있는 영국군 요새를 공격하고 있으며, 여왕의 군대를 도륙하고 있다는 것이었다. 작은 규모의 파견대는 견딜 수가 없을 것이다. 구원의 날이 이미 왔다는 물라 마스툰의 말이 옳은 것 같았다.

제3장

티라 계곡

우리의 약점은 우리 지역이 인도의 관문이라는 사실이다. 우리는 국경지역에서 태어났다. 바로 이 사실로 우리가 불행해졌다.

—바드샤 칸

1897년 7월~12월

티라 계곡

7월 27일, 국경지역의 한 전쟁 통신원은 런던에 있는 독자들에게 이렇게 타전했다.

노셰라에 있는 벵골 창기병 제11부대 장교들은 흥분한 한 전보 타전병 때문에 놀라서 한밤중에 잠에서 깨어났다. 그 타전병은 전보기에서 타전되어 나오는 소식을 듣고 놀랐던 것이다. 이 사람은 셔츠 차림에 미친 듯이 타오르는 눈길로 장전도 되지 않은 총을 들고 주변을 돌아다니며 사람들을 깨우기 시작했다. 그 지역 전체가 흥분의 도가니가 되었다. 말라칸드 주둔군은 그 부족 사람들 수천 명을 보고 겁에 질렸다. 모든 군대가 즉시 행군하기 시작했다.

윈스턴 처칠은 당시 스물세 살로, 인도에 주둔하고 있던 제4경기병 중위였다. 1897년에 벌어진 국경지역 전쟁의 발단에 대해서 이 기록을 남긴 사람은 바로 그였다.[7] 그는 빈던 블러드 장군 휘하에서 말라칸드 야전군에 가담하여 통신병으로 있었다. 바로 그때 반역적인 부족들에게 가차없이 '집단적인 보복'을 감행하라는 명령이 내려졌다. 그는 이렇게 기록했다.

"대부분의 젊은 바보들과 마찬가지로 나도 고생을 자초하고 있었다."

처칠의 발신은 그 세기의 전환기에 일어난 제국의 전쟁에 대해 감동적이고 투명한 기록을 제공해 주고 있다. 누더기를 걸친 부족의 군중들이 제국 군대의 포격을 향해서 몸을 던졌으며, 이 젊은 중위는 런던에 있는 『데일리 텔레그래프』의 독자들을 위해서 그들의 대담성과 모험심에 대해서 기록했다.

> 내가 말하려 하는 이야기는 국경지역 전쟁이다. 이런 전쟁의 결과에 따라서 제국의 운명이 좌우되지는 않는다. 그러나 이 이야기는 흥미로운 것이거나, 아니면 성찰의 자료가 될 수 있을 것이다.
>
> 전쟁이 벌어질 것이라는 소문이 점점 무성해졌다. 지난 세기 런던의 커피하우스와 같은 역할을 하는 인

도의 시장은 항상 놀라운 이야기들로 무성하다. 이런 이야기들은 머리가 비상한 이야기꾼이 만들어낸 것이다. 중요하지 않은 사실이 과장되거나 왜곡되어 도저히 인정할 수 없는 정도로 발전하기도 한다. 그 이야기로부터 조잡하고 비논리적이고 공상적인 결론들이 나오게 된다. 이런 결론은 또다시 사실로 전파된다. 그렇게 게임은 계속된다.

그러나 이런 헛소문과 근거 없는 보고 가운데 종종 중요한 정보가 들어 있기도 하다. 1897년 7월이 깊어질 무렵, 말라칸드에 있는 시장에서는 미친 고행자 이야기는 무성했다. 그가 일으켰다는 기적에 관한 이야기는 그럴싸한 내용이 덧붙여져서 입에서 입으로 전해졌다.

이슬람을 위한 위대한 날이 다가왔다. 한 강한 사람이 그들을 영도하기 위해서 일어났다. 영국인들을 쓸어버릴 것이다. 새 달이 뜨는 시기가 오면 아무도 남지 않을 것이다. 그 위대한 고행자는 강한 군대를 산 속에 숨겨두었다. 때가 되면 이들이 기병과 보병과 포병으로 출격할 것이며, 불신자들을 파멸시킬 것이다…….

노셰라 유격대에 있던 젊은 타전병이 그 소식을 듣

고 '놀랄 수밖에' 없었던 데에는 그럴 만한 이유가 있었다. 1895년 치트랄 봉기 이후로 파탄 사람들은 유달리 잠잠했다. 그리고 불과 한 달 전에 여왕으로부터 온 믿을 만한 메시지를 읽었던 것이다. 차크다라, 말라칸드, 페샤와르 등지에서 열린 여왕 즉위 60주년 기념식에 많은 파탄 사람들이 참석했다.

하지만 더 많은 정보를 가지고 있던 사람들은 7월 그 저녁에 파탄 사람들의 폭력 사태가 벌어진 것에 대해 그리 놀라지 않았다. 그 국경지역에서 20년 동안 펼쳐왔던 영국의 정책은 그와 같은 사태를 초래하는 것이었다. 아이러니하게도, 이런 것들은 파탄 사람들을 목표로 한 정책이 아니라 오히려 그 지역에 전혀 발도 들여놓지 않았거나 발을 들여놓을 생각도 없는 사람들의 군대를 목표로 한 것이었다.

1807년 틸지트 강 위의 뗏목에서 나폴레옹이 러시아의 황제 알렉산드르 1세를 만나 러시아와 프랑스 연합군을 만들어서 인도를 공격하자고 제안했던 이후로, 러시아인들은 영국인들의 비위를 건드리고 있었다. 그들이 중앙아시아 평원을 넘어서 꾸준히 동쪽으로 팽창해 오고 있다는 사실은, 영국 외무성에 있는 많은 사람들에게 러시아의 궁극적인 목표지가 인도가 아닐까 하는 두려움을 갖게 했다. 1865년 러시아 황제의 군대는 타슈켄트를 합병한 다음 사마르칸드를 합병했으며, 1868년에는 부하라를 러시아의 위성국가로 만들어놓았다. 러시아와 영국 간의 제국주의적 음모의 '큰 도박'은 본격적으로 시작되었다.

1842년 막심한 피해를 입고 카불에서 퇴각한 영국군은 아프간 제국의 파탄 사람들과 거리를 유지해 오고 있었다. 영국 외무성의 '국경 봉쇄파'는 수십 년 동안 아프간 부족들에 대한 최상의 정책이 그들을 고립시켜서 버려두는 것이라고 주장했고, 그 정책은 성공적이었다. 음모로 가득 차 있던 아프간 고지대 평원은 영국이 점령하고 있던 인도와 러시아의 위협 사이에서 영국인들이 꼭 필요로 했던 완충지대였다.

영국 외무성의 매파인 '전진파'는 생각이 달랐다. 그들은 독단적인 정책을 주장했다. 아프간 사람들을 영국의 손아귀에 넣어 러시아의 음모에서 벗어나게 해야 한다는 것이었다. 국경지역의 파탄 부족들 가운데서 일어난 작은 폭력 사태가 불러일으키게 될 위험은 인도의 안전을 위해서 지불해야 할 작은 대가에 불과하다는 것이 그들의 지론이었다.

1874년 디즈레일리의 주도하에 보수주의자들이 실무를 장악하자 전진파의 주장은 공식적인 영국의 정책이 되었다. 새로운 총독으로 리턴 경이 임명되었다.

그는 인도의 국경을 아프간 영토 안으로 확장시켜 힌두쿠시 산맥까지 넓히고자 압박적인 팽창주의 프로그램을 시작했다. 리턴은 카불을 향하여 3만 군대를 진군하도록 명령하고, 아프간의 왕에게 키베르 고개를 비롯하여 영국에게 요충지가 되는 다른 지역들을 양도할 것을 강요했다. 그는 또한 카불에 영국 공사를 두고 아프간의 외교정책을 감독했다. 1879년 7월 루이스 카바나리 경은 1842년의 참패가 재현되지 않을까 두려워하면서도, 80명의 군인들을 호위대로 두고 카불에 주재했다. 9월 3일에 영국 공관은 급습을 당했고, 그곳에 거주하던 모든 사람들이 살해당하고 말았다. 10월에 두번째로 영국군이 카불을 점령했고, 이번에는 친영국적인 왕을 자리에 앉혔다. 결국 아프가니스탄은 대영제국의 부속물이 되었던 것이다.

그러나 이런 조치만으로는 전진파의 두려움을 달래는 데 충분치 않았다. 아프가니스탄과 인도 사이의 국경은 명확하지가 않아서 방어하기가 쉽지 않았다. 1885년 러시아 군대가 아프간 사람들과 충돌했을 때, 보수주의자들은 영국이 점령한 인도와 러시아제국 사이의 영구적인 완충지대를 안정된 경계를 따라서 분명하게 그어놓는 것이 영국인들의 '필수적인 의무'라고 주장했다. 아프가니스탄과 인도 사이의 국경을 분명하게 나타내는 위치는 그 사이에 있는 산맥지역이었다. 그곳의 산들은 높고 험준하여 관문이 좁기 때문에 방어하기가 쉬웠다. 유일하게 남는 문제는, 완충지대의 수비대가 파탄 사람들의 고향 땅인 이곳에 정식으로 자리잡고 있다는 점이었다. 전진파 가운데 극단적인 매파들조차도 파탄 사람들의 비위를 건드리지 않으려고 했다. 그러나 대영제국의 보호를 주장하는 사람들은 달리 선택할 방법이 없다고 느끼고 있었다. 영국의 전리품인 인도만은 어떤 대가를 치르더라도 지켜내야 했던 것이다.

마침내 1893년 가을, 아프가니스탄과 영국령 인도의 국경문제를 협상하기 위해서 헨리 듀런드가 파견되었고, 결국 역사적으로 보자면 아프간제국에 속하던 파탄 사람들의 고향 땅 대부분을 영국이 넘겨받게 되었다. 그때 제안된 국경인 '듀런드 라인'은 파탄 사람들 땅의 심장부를 관통하면서, 파탄 사람들 가운데 삼분의 일 가량을 아프가니스탄에 남겨두는 꼴이 되고 말았다.

아프간의 왕은 영국인들에게 그곳에서는 자신들이 잃었던 것보다 더 많은 것을 영국인들이 잃게 될 것이라고 경고했다. 그는 자포자기하는 심정으로 총독에게 이렇게 편지를 썼다.

설사 당신이 파탄 부족들을 나의 영토에서 베어간다고 하더라도, 그들은 나에게나 당신에게 아무런 유익이 없을 것입니다. 당신은 언제나 그들과 싸움을 하게 되거나, 그들로 인해서 이런저런 문제에 휘말리게 될 것이며, 그들은 항상 노략질을 계속할 것입니다.

영국은 결정을 내릴 것을 강요했다. 1893년 11월 12일, 영국인들은 힌두쿠시 산맥에서 발루치스탄의 서쪽 끝 경계에 이르는 모든 영토를 그들의 지배하에 둔다는 조약에 아프간 왕의 서명을 얻어냈다. 그리하여 그들은 파탄 사람들과의 갈등을 피할 수 없게 되었고, 결국 그 갈등은 대영제국의 마지막 날까지 지속되었다.

영국인들은 영국령 인도를 모든 외부의 위협들로부터 영구적으로 차단해 줄 완충지대를 조성하는 일에 착수했다. 파탄 사람들은 저지대 계곡의 '안정된' 부족과 고지대의 '자유로운' 부족으로 나뉘었다. 영국이 존재한다는 것을 확실히 못박아두기 위해 더 많은 요새들이 건설되고 더 많은 군대가 주둔하게 되었다. 독립심이 강한 파탄 사람들은 산지가 요새와 유격대로 둘러싸고 제국이 자신들을 지배한다는 사실을 오래 두고 볼 수도 없거니와 도저히 견딜 수도 없었다.

영국군 원정대는 1891년에 이미 '검은 산맥'에 있는 아카자이족을 향해서 파견되었고, 1894년에는 다시 와지리스탄 안으로 투입되었다. 1895년 1월, 북부 지역의 치트랄에서 소요가 일어났고, 영국군은 질서를 회복시키기 위해 군대 1만5천 명을 파견했다. 봉기가 확산되는 것을 막기 위해 스와트 지역 말라칸드와 차크다라에 요새가 건설되었다. 그러나 그 지역은 말로만 영국령이었다. 독립적인 부족은 새로운 요새들이 항구적인 지배의 조짐이라고 보았다.

2년 동안 그들은 서서히 들끓어올랐다. 그 이후 1897년 초여름에 물라 마스툰이 북부의 마을들을 순회하기 시작했다. 그는 부족 사람들에게 그들의 수치를 상기시키고, 예언자 모하메드가 직접 말해주었다고 선포함으로써 사람들을 선동하여 종교적 발작증으로 이끌고 갔다. 예언자의 말인즉, 영국인들을 그 지역에서 몰아내고 이슬람이 3백 년을 기다려왔던 델리의 왕좌를 회복할 지하드, 즉 성전의 때가 왔다는 것이다. 예언자는 열세 살이 된 무굴 왕조의 후계자를 찾아냈으며, 그를 직접 왕좌에 앉힐 것이다. 그렇게 메시지를 전파한 지 한 달 만에, 처칠이 '미친 고행자'라고 말한 물라 마스툰은 피가 끓는 파탄 사람들을 모아 군대를 일으켰다. 그 수가 1만이었다.

*

거사는 7월, 어느 날 밤 10시에 이루어졌다. 말라칸드와 차크다라에 있는 요새들로 일제히 내려온 파탄 사람들은 칼과 구식 총으로 무장하고 외곽 유격대를 급습했다. 경비병들은 잠들어 있었으나 그것도 잠시일 뿐, 영국군과 시크교도 군대는 지뢰와 포탄, 그리고 후장총을 비 오듯 퍼부어 그들을 물리쳤다. 그날 밤 내내 부족들이 밀려왔다가 퇴각하고, 또 밀려왔다가 퇴각했다. 그들이 퇴각한 것은 순전히 영국 군대의 대규모 화력과 규율과 순수한 용기 때문이었다. 설사 여왕의 군대가 버텨낼 수 없었다고 하더라도, 정오까지는 노셰라와 마르단에서 지원군이 도착할 수 있었을 것이다.

포탄과 총탄이 빗발처럼 쏟아지는 한가운데 자신의 몸을 내던졌던 파탄 사람들에게 후퇴란 있을 수 없는 일이었다. 알라신이 자신들과 함께하듯이 시간도 자신들의 편이라고 믿고 있었다. 그들은 영국인보다 숫자가 많다는 것도 알고 있었다. 수백 명이 비 오듯 쏟아지는 포탄과 총탄, 그리고 지뢰의 폭발로 목숨을 잃었다. 하지만 죽음이 두려우랴! 죽음은 낙원을 약속해 주는 것일 뿐이었다.

아침이 왔고, 요새들은 건재했다. 요새 주변의 바위가 널린 땅에는 시신들이 어지러이 흩어져 있었다. 그러나 파탄 사람들은 공격을 계속해 왔다. 그들의 뜻은 꺾을 수 없었다.

그때 놀라운 일이 일어났다. 후장총과 창으로 무장한 대규모의 영국 정부군과 기병대가 언덕을 내려오고 있었다. 부족 사람들은 우두커니 서서 믿을 수 없다는 듯이 바라만 보고 있었다. 처칠은 당시 상황을 이렇게 기록하고 있다.

> 아마도 말라칸드를 공격했던 부족 사람들 절반 가량이 그곳에 있는 군인들이 단순히 시르카르(정부) 소속의 군대이겠거니 하고 생각했을 것이라는 사실은 결코 과장이 아니다.
>
> 그들은 이렇게 말했다.
>
> "저놈들을 죽이자. 그러면 모든 게 끝이다."
>
> 인도의 남부 먼 곳에서 무선전보 통보를 받고 달려오고 있는 이 군대에 대해 그들은 무엇을 알고 있었을까? 자신들로 인해 이 사람들이 온 세계에 콧노래를 부르게 되었다는 것을 그들은 거의 모르고 있었다. 이 군대의 장교들이 거의 1만 킬로미터가 떨어진 영국 본토에서 바다와 육지를 건너 산악지대에 있는 이 요새

까지 달려왔다는 사실, 멀리 떨어진 병참본부에서 그곳까지 탄약과 군수물자를 공급하는 긴 행렬이 이어지고 있다는 것을 그들은 알 리가 없었다…….

이 무지한 부족 사람들은 현대문명이 얼마나 예민한 것인가에 대해서도 거의 아는 바가 없었다. 현대문명이란, 살짝 건드리기만 해도 그 복잡하고 거대한 체제의 모든 부분이 흔들리고 떨리게 된다는 것도 알 턱이 없었다.

그들은 그저 말라칸드의 요새와 유격대, 그리고 강 건너에서 흔들리고 있는 교량만을 보았을 뿐이었다.

그와 같은 오산은 충동적인 파탄족 사람들에게는 아주 전형적인 것이었고, 또한 치명적인 것이었다. 처칠은 이야기를 이렇게 이어가고 있다.

빈던 블러드 경은 작전 상황을 전체적으로 살피기 위해서 막료와 함께 캐슬락으로 올라갔다. 그곳에 오르니 전장 전체가 한눈에 들어왔다. 사방에서, 그리고 모든 바위에서 하얀 옷을 입은 적군들이 사력을 다해 도주하는 것이 보였다. 길은 열려 있었다. 통로를 뚫은 것이다. 차크다라는 구제되었다. 위대하고 화려한 승리를 얻었다. 모두가 승리의 기쁨에 어쩔 줄을 몰랐다.

벵골 창기병 제11부대는 대오를 형성하여 평원을 가로질러 계곡까지 무자비하게 추격을 하기 시작했다. 벼가 자라는 들이며 암반지대며 가릴 것 없이 그 막강한 기병대가 도주하는 적군을 사냥했다. 그들은 인정사정 볼 것도 없이, 잡히는 족족 창으로 찔러 죽이거나 칼로 베었다. 시신들이 여기저기 들판에 수북이 쌓여, 벼가 익어가는 푸른 들판 곳곳에 검은색과 하얀색으로 흩어져 있었다. 그것은 참으로 끔찍했고, 스와트와 바자우르의 거주민들로서는 영원히 잊을 수 없는 교훈이었다.

승리는 완벽했다. 그러나 국경지역의 경우가 항상 그러했듯이 그 승리는 결정적인 것은 아니었다. 말라칸드 야전군이 맹위를 떨치며 스와트의 고지대로 진군해 가던 바로 그때, 아프리디족 사람들은 키베르 관문에 들어와 있었다. 그 아래 남쪽에서는 오라카자이족이 기습부대를 쿠람 계곡 안으로 투입시키고 있었다. 8월이 끝나갈 무렵이 되자 국경지역은 집단적인 반란으로 들끓었으며, 인도로 들어가는 관문인 키베르 고개는 영국군의 손에서 떨어져 나왔다.

이에 대응하여 야전포 60문, 기관총 파견대, 짐을 실어 나르는 짐승들 3만 마리, 그리고 3만5천 명의 군인들로 이루어진 대부대가 들판을 차지하고 있었다. 그 군대는 지금까지 단 한 번도 외국 군대가 뚫고 들어가 본 적이 없던 아프리디족의 심장부 티라 계곡을 목표로 하고 있었다. 10월 중순이 되자 티라 원정대는 사마나 지역의 보호대를 뚫고 티라마이단 계곡으로 들어갔다.

불모의 산봉우리 가운데에서 영국군은 하나의 낙원을 발견했다. 그 관문은 잘 가꾸어진 부채꼴 모양의 경작지로 열려 있었다. 주변의 계단식 과수원은 살구나무와 자두나무, 사과나무, 무화과나무, 오렌지나무들로 싸여 있었다. 때는 마침 수확철이었다. 농가 뒤의 창고에는 옥수수, 보리, 콩, 감자, 양파, 호두 등이 그득했다. 상쾌한 시월의 공기 속에서 그 골짜기는 영국의 풍경처럼 고요하기만 했다. 원정대를 수행했던 한 통신원은 이렇게 기술했다.

> 나무의 단풍 색깔은 아름다웠고, 사람들은 그것을 보고 곧 모국을 생각하게 되었다. 봄이 되어 씨앗을 뿌리고 그 골짜기가 이 끝에서 저 끝까지 푸른색으로 뒤덮일 때를 상상하며, 우리는 바로 이곳이 파탄 시인들에게 그렇게 많은 영감을 주었던 바로 그곳이구나, 하고 생각할 수 있었다.

그러나 보복전의 요지는 응징을 하는 것이다. 즉, 더는 사람들이 그곳에서 생명을 보존하지 못하도록 만들어 거주민들을 항복하도록 만드는 것이다. 아프리디족은 예상 밖으로 일을 손쉽게 만들어주었다. 그들은 떠나고 없었다. 가족과 가축을 데리고 계곡 위쪽의 황량한 기슭으로 도망치고 없었던 것이다. 카키복을 입은 군인들이 계곡을 가로질러 행군하는 모습을 아프리디족은 말을 잃은 채 참담한 심정으로 그저 바라만 보고 있었다.

원정대는 창고부터 들쑤시기 시작했다. 많은 콩과 감자를 끄집어내어 마차에 싣고, 과수원은 쑥대밭으로 만들었다. 나무들은 도끼로 베어버리거나, 아니면 서서히 말라죽도록 고리 모양으로 찍어냈다. 들에 남아 있던 곡식은 모조리 불태워버렸다.

군인들은 마을에 도착하자마자 칸들의 집을 약탈하기 시작했다. 양탄자와 비단, 구리 그릇들과 가구, 그리고 장신구를 수북이 실은 마차의 행렬이 길게 줄을 이었고, 마차들은 짐을 싣고 진영으로 돌아갔다. 주방기구나 농기구, 혹은 집안의 소소한 도구처럼 약탈할 만한 가치가 없는 물건들은 마을 한가운데 쌓아 놓고 불을 질렀다. 밤에 담뱃불을 붙이면 가까이 있는 바위산에서 총격을 받을 수도 있었다. 간혹 불의의 사고가 있긴 했으나 대체로 병사들은 방해를 받지 않고 움직였다. 일단 한 마을을 뒤지고 나면 폭파 부대들이 성벽과 망루를 따라서 다이너마이트를 설치했다. 11월 중순이 되자 티라 계곡은 사막처럼 황폐화되었고, 고지대 기슭에서는 부족의 어린아이들이 추위로 죽어가기 시작했다. 칸들은 하나 둘씩 평화의 조건을 수락하기 위해 원정대 본부로 찾아들었다. 화해의 조건은 총 3백 정과 3만 루피의 벌금이었다.

12월이 되자 영국군은 신속하게 물러가기 시작했다. 무시무시한 겨울바람이 관문을 강타하여 봉쇄하기 전에 사나마 지역을 통과해야 했기 때문이다. 아프리디 부족들은 더 불행했다. 비바람을 가릴 움막도 없고, 비축된 식량도 없는 형편이라 많은 어린아이들과 노인들이 목숨을 잃었다.

정벌 원정은 목적을 달성했다. 국경지역 부족들은 공격을 받고 물러났고, 전쟁은 끝났다. 그러나 그 대가는 너무나 컸다. 대영제국은 녹슨 총 수천 정과 원정대가 일 주일 정도 행군하기에 충분한 벌금을 얻어냈다. 그러나 그 과정에서 국경지역 파탄 사람들의 적개심을 사게 되었고, 이 적개심은 향후 50년간 지속될 참이었다.

전쟁이 끝나고 10년도 채 안 되는 시기에 영국인들

은 와지리족과 오라크자이족의 봉기에 대처해야 했다. 영국군은 다시 한 번 티라 계곡으로 들어가야 했다. 처칠의 용기 있는 글이 영국인들을 동요시켜서 고국으로 돌아가도록 만들고, 국경지역의 전쟁을 매력적이고 낭만적인 것으로 느끼도록 만들었다면, 다른 영국인들은 국경지역 정책의 순수한 효과를 보다 냉정한 관점에서 평가하도록 만들어주었다. 그런 영국인들 가운데 어떤 사람은 처칠이 가지고 있던 상상력과 거의 맞먹는 수준으로 그 전쟁을 기록했다. 예를 들자면, 인도에서 이미 인도의 '자치'를 위해서 선동을 한 일이 있는 애니 베잔트(Annie Besant)라는 영국인 여성이 있다.

> 우리는 파탄 사람들과 아무런 다툼도 없다고 큰 소리로 선언했다. 그러나 우리는 그들의 마을을 불사르고, 곡식을 파괴하고, 가축을 도둑질하고, 집을 무너뜨렸으며, 마치 그들이 저항이라도 한 듯이 '반역자들'로 몰아서 처형하는 한편 여인과 아이들을 내몰아 눈밭에서 죽도록 만들었다.
>
> 그 어두움 속에서 고통의 신음 소리가 들려오고 있으며, 우리는 우리의 이름으로 저질러진 만행으로 공포에 떨고 있다. 이렇게 굶어서 죽어가는 아이들은 우

리를 저주하며 울부짖고 있다. 이렇게 얼어서 죽어가는 여인들은 우리를 향해 큰 소리로 절규하고 있다. 뻣뻣하게 굳은 시체들, 불로 검게 타버린 지역들, 이렇게 눈으로 뒤덮인, 피로 물든 평원은 온 인류가 마치 우리를 저주하고 있는 듯 보인다.

따뜻한 품안에 아내를 안고 있는 영국 남성들이여! 아내들이 잘못되어 격노해 있는 파탄의 남편들을 기억하라. 당신의 품안에서 웃는 아이를 바라보는 영국의 여인들이여, 어린것을 잃어버린, 그대와 다를 바 없는 여인들을 생각해 보라. 파탄 사람들도 당신들처럼 아내를 사랑하고 아이들을 사랑한다. 그 또한 남편이자 아버지이다. 그에게도 가정은 행복한 곳이며, 난로는 신성한 것이었다. 이제 꺼져버린 벽난로가에서, 약탈당한 땅에서, 그는 당신을 향해 울부짖고 있다. 그가 그렇게 된 것은 바로 당신 때문이다.

하나 영국인들은 사태를 바꾸어놓는 데에는 무력했다. 전진파의 정책은 영국인들이 온전히 관할할 수 없을 정도로 지나치게 영토를 확장시켰던 것이다. 파탄 산지를 영구적으로 점령하는 것은 너무나 많은 비용이 들었다. 그 부족들을 무시할 수도 없었다. 파탄 사람들 자신도 그런 사실을 잘 알고 있었다. 영국인들은 파탄 사람들에 대한 공격을 단지 보복전으로 끝냈다. 그러나 그 전쟁에서 그들이 저지른 과도한 행동은 파탄 사람들의 분노를 들끓게 했고, 한편으로 영국 자체에서는 자유주의적인 감수성을 지닌 사람들의 비위를 거슬리게 만들었다. 어떤 의미에서는, 영국인들은 자신들이 만들어낸 제국주의 계획에 붙들린 포로 신세가 되었던 것이다.

그리하여 빅토리아 여왕 즉위 60주년 기념식을 치르고 '새로운 제국주의'를 축하하는 잔치가 끝난 뒤 몇 달 지나지 않아서, 적어도 일부 영국인들은 다른 생각을 하기 시작했다. 제국의 화려한 모습 뒤에는 어두운 면이 있었다. 확고한 의지를 가진 파탄 사람들의 저항이 모습을 드러내기 시작했던 것이다. 그 후로 2년 뒤에 남아프리카에서 벌어진 보어전쟁의 잔혹 행위들은 제국의 더 어두운 이면을 확인케 할 참이었다. 그로부터 일 년이 더 지나면 빅토리아 자신도 죽게 될 터이지만, 그녀의 신민 가운데 '가장 훌륭하고 가장 용감한' 수많은 사람들은 플랑드르 전쟁터와 베르됭 전쟁터에서 죽어가게 될 화려한 역사적 무대를 앞두고 있었다. 팍스 브리타니카, 즉 대영제국의 평화롭고 인자한 얼굴은 빅토리아 여왕 즉위 60주년 여름에는 그렇게도 빛을 발하고 있었지만 다시는 그 밝은 미소를 되찾을 수 없게 될 운명에 처해 있었던 것이다.

제4장

가이드 부대

거룩한 예언자 모하메드는 이 땅에 오셔서 우리에게 이렇게 가르치셨다. "무슬림은 말로든 행동으로든 어느 누구도 해치지 않고, 신의 피조물의 유익과 행복을 위해서 일하는 사람이다. 신을 믿는다는 것은, 같이 살아가는 인간을 사랑한다는 것이다."

—바드샤 칸

1907년~1909년

가이드 부대

위그램 목사는 페샤와르에 있는 에드워즈 기념 고등학교의 교장이었다. 위그램 목사와 그의 남동생 위그램 박사는, 그 제국에서 유복하지 못한 자들의 복지를 증진시키기 위해서 신심으로 힘겨운 일을 받아들였던 계급을 대표할 만한 인물들이었다. 영국이 통치하던 시절, 인도에는 그런 사람들이 드물지 않게 있었다. 두 형제는 국경지역을 사랑했고, 엄격한 정신력을 지녔으며 명예에 관한 한 타협하지 않는 그 지역의 사람들을 사랑했다.

기독교 계통의 학교는 파탄의 젊은이들에게 영어, 과학, 기계학 등을 가르쳤다. 그들의 교육 목표는 주로 펀자브 대학교의 입학시험에 대비하는 것이었다.

그 대학을 나오면 인도 행정부에 공무원으로 취직할 수 있었다. 공무원이 되는 것은, 인도의 원주민이 군인이 되는 것을 제외하고 진출할 수 있는 유일한 공식적 직업이었다. 무슬림 성직자들이 몹시도 싫어하기는 했지만, 기독교 학교에서는 성경도 가르쳤다.

위그램 박사는 페샤와르에 있는 기독교계 병원을 감독하고 있었고, 위그램 목사는 고등학교를 맡고 있었다. 영국에 있는 그들의 가족은 장래성이 있는 파탄 소년들에게 자신들의 호주머니를 털어서 장학금을 줄 정도로 형제의 일을 후원했다.

1907년 봄, 가파르 칸은 열여섯 살 난 그 고등학교 학생들 가운데 누구보다도 민첩하고 강한 의지를 가진 소년이었다. 그의 형 압둘 자바르 칸은 우트만자이 마을에서 처음으로 영국계 학교를 다녔던 학생으로서, 이제 봄베이에서 유학을 준비하고 있었다. 다음에는 에든버러에서 의학을 공부할 계획이었다. 가파르는 마을에서 두번째로 그 학교에 진학했다. 마을의 이슬람 학자들은 그 사실을 마땅치 않게 생각했다. 그들은 영국계 학교를 비난했다. 오로지 예언자 모하메드의 말씀에 따라서만 가르치는 막타브(maktab)* 와 경쟁 상대였기 때문이다. 거기에서 학생들은 모스크 앞을 지나다가도 들을 수 있는 조잡한 시들만 배웠다.

이런 학교에서 배운 자들은
돈의 도구 이외에 아무것도 아니라네.
그들은 결코 하늘에서 살지 못할 것이며
분명히 지옥으로 가리라.

우트만자이 마을의 학자들은 처음으로 하나의 대원칙을 만들었다. 아들을 기독교 학교에 보내는 부모들은 출교를 시킨다는 원칙이었다. 베람 칸 이전에는 어떤 마을사람도 이슬람 학자들의 비난을 감수할 엄두를 내지 못했다. 그러나 베람 칸은 도량이 넓은 사람이었기에 자식들의 교육에 학자들이 개입하지 못하도록 했다. 학자들은 모스크의 문을 걸어 잠그고 뒤에 숨어서 저주의 말을 중얼거렸지만, 공식 석상에서는 자신들의 손실을 합리화했다. 칸의 아들들은 경건했다. 어린 가파르는 진심으로 코란을 배우지 않았던가? 두려워할 게 없었다. 그들은 이렇게 약속했다.

"기독교 문헌만 읽지 않는 조건에서 학생들은 영어를 읽어도 좋다. 왜냐하면 기독교인들이 이런 책들을 그럴듯하게 포장해 놓았기 때문에, 무슬림들이 그런 책을 읽는 것은 정당하지 않다."

가파르는 형이 다녔던 바로 그 학교에 다닌다는 사실이 좋기만 했다. 그는 그 학교의 모든 학생들이 받았던 기독교와 서양 문화, 특히 영국 문화의 은근한 주입에 대해서는 마음을 두지 않았다. 시험에 반드시 출제되는 문제들 가운데 영국의 통치가 인도 국민들에게 끼친 유익을 열거하는 것이 있었다. 영국인들이 건설한 도로와 높은 철교, 델리와 마드라스에 이르기까지 소식을 전해주는 신기하기만 한 전보 전신, 소년들을 가르치기에 아프가니스탄 말이 너무 조잡하다고 생각하면서도 그들이 세운 학교, 철로 만든 뱀처럼 높고 황량한 관문지역까지도 올라가는 기차, 병원, 영국의 법을 지켜주는 한편 약탈을 일삼는 산지의 부족들이 '안정된' 농부들을 괴롭히는 것을 막아주는 군인들 등등. 대부분의 영국 사람들은 파탄 사람들이 전보나 철교나 '법의 통치'보다 자유를 더 원한다고 생각하지 않았다. 대부분의 파탄 사람들이 국경전쟁에서 보여주었듯이, 이들은 종 노릇을 하기보다는 차라리 가난과 궁핍 속에서도 자유롭게 살기를 원했다.

가파르는 끔찍한 국경전쟁이 있었던 그 여름에 영국군과 싸우고 돌아오던 마을사람들의 어둡고 수척한 얼굴을 잊을 수가 없었다. 가파르는 그들의 타오르는 눈동자에서 전쟁의 포화를 보았다. 그 후로 아버지가 마을의 접객소에 데리고 갔을 때 보았던 마을 사람들의 눈동자는 그렇지가 않았다. 한동안 사람들은 노래를 부르지도 않았고, 시도 읊조리지 않았다. 그들은 차를 마시며 영국인 주인들에 대해 나쁜 이야기를 늘어놓았고, 소년은 그들의 목소리에서 증오와 두려움을 느꼈다.

그러나 그 후로 많은 것이 변했다. 가파르 소년은 키가 1백80센티미터가 넘는 건장한 청년으로 성장했으며, 페샤와르에 영국인 친구도 많이 두고 있었다. 그는 자신이 다니는 학교의 선생님을 존경했으며, 영국 군인의 자세와 용기를 좋게 이야기했다. 모든 파탄 사람들이 그렇듯이 가파르도 타고난 전사였고, 그 자신도 군인들을 만날 때면 훌륭한 군인의 자질이 어떤 것인가를 의식하게 되었다.

그는 또한 위그램 목사를 존경했다. 그가 위그램 목사에 대해 가지고 있던 존경심은 아버지에 대한 존경심 못지않았다. 그 선교사는 엄격하기는 했지만 관대한 사람이었다. 비록 멀리서 바다를 건너온 외국인이었지만, 그는 파탄 소년들의 장래에 대해 친부모보다 더 많은 관심을 가지고 있었다. 가파르의 마음속에 하나의 생각이 싹트기 시작했다. 이런 학교에 머물면서, 이렇게 훌륭한 분을 위해서 일하지 않을 이유가 없지 않은가?

그러나 가이드 부대가 모든 것을 바꾸어놓았다.

파탄 사람들과 시크교도들 중에서 보병과 포병으로 구성된 정예부대인 가이드 부대는 마르단에 주둔하고 있었는데, 오랜 세월 동안 대영제국에 각별한 충성을 바친 역사를 지녔다. 파탄 사람들과 시크교도들 가운데 부유하고 세력이 강한 명문가의 아들에게는 장교 위임장이 주어졌다. 이 위임장을 받으면 더 많은 특권을 누릴 수 있었고, 명예를 얻을 기회도 있었다. 가이드 부대 장교는 영국인과 동등했다. 다음 사실은 가파르의 하인 가운데 하나이자 평생 동안의 친구였던 바라니 카카가 가파르의 과거에 대해 이야기해 준 것이다. 가파르가 키는 1백80센티미터에 몸무게는 90킬로그램이 넘었던 것이 원인이 되었다고 카카는 말하는데, 영국인들이 가파르에게 말참견을 하곤 했던 것이다!

가파르가 10학년 때, 그러니까 고등학교 마지막 해의 일이었다. 그는 대학 입학 허가 시험을 치르고 있었고, 시험을 치르는 도중에 자신에게 장교 위임장이 주어졌으며 이튿날 모병 담당장교 앞에 출두해야 한다는 것을 알게 되었다. 그는 너무 기쁜 나머지 바로 그 자리에서 일어나 시험장을 나왔다.

바라니 카카는 이제 늙어가고 있는 가파르의 아버지만큼이나 기뻐서 어쩔 줄 몰라했다. 베람 칸은 페샤와르와 탕기 사이에 있는 모든 마을의 접객소를 돌아다니며 그 기쁜 소식을 전하느라 여념이 없었다. 가파르가 가이드 부대에 입대한 것이다!

*

마지막 수업을 마치고, 가파르와 바라니 카카는 이전의 학교 친구를 만나기 위해서 키사카와니바자르로 걸어 내려갔다.

페샤와르는 오랜 기간 이란과 중앙아시아에서 인도로 이르는 대상로의 터미널과도 같은 곳이었으며, 여행객과 화물을 가득 실은 배들이 인더스 강을 따라서 바다로 나아가는 출발지이기도 했다. 시장은 좁고 구불구불한 거리들을 따라 늘어서서 중앙아시아 평원에서 가져온 제품을 수북이 쌓아놓고 파는 노점상들로 북적였다. 비단, 양탄자, 기도할 때 깔고 앉는 방석, 보석, 구리 그릇과 놋그릇, 발가락 부분이 휘어지고 명주실로 수를 놓은 화사한 색상의 신발, 즐비하게 깔아놓아 눈부시게 빛나는 옷감, 갖가지 총기들과 휘어진 칼 등이 즐비했다. 구리 세공인의 거리, 구두장이의 거리, 옷감장수의 거리, 이야기꾼들의 거리, 직공들의 거리 등 모든 거리는 나름대로 독특한 특색을 갖추고 있었다.

두 청년은 은장이의 거리로 들어서서 작은 찻집으로 들어갔다. 거기서 마하바트 칸 모스크의 하얀 광탑(光塔)을 볼 수 있었다. 시크교도들이 철혈 통치를 하던 시기에는 반역을 방지하기 위해 이 탑에서 파탄 사람을 매일 두 사람씩 교수형에 처하곤 했었다. 수염을 기르고 터번을 두른 군중들은 그 모스크 앞에서 어슬렁거리거나, 아니면 찻집에 앉아 설탕을 넣어 달게 만든 짙은 카와 차를 마시거나 우유를 마시기도 했고, 토기 파이프를 물고는 만족스러운 듯 뻐끔거리며 연기를 내뿜기도 했다.

군중들 사이에서 키가 크고 제복을 입은 한 파탄 사람이 찻집으로 다가섰다. 잘 빗은 머리는 윤기가 흘렀고, 입가에는 흐뭇한 미소를 띠고 있었다. 그는 바로 가파르의 친구였고, 지금은 가이드 부대원이었다. 빳빳한 카키색 제복을 입고 서양식으로 머리를 짧게 깎은 가파르는 그에게 앉으라고 자리를 권했다. 그들은 차를 시켜놓고 이야기를 나누기 시작했다.

이야기를 시작한 지 얼마 지나지 않아 귀에 거슬리

는 콧소리가 들렸다.

"이런 빌어먹을!"

가이드 부대에서 나온 영국인 장교 두 사람이 가파르의 친구를 뚫어져라 쳐다보았다.

"진짜야?"

영국인 장교 한 사람이 경멸스럽다는 듯 콧방귀를 뀌었다.

"왜 너는 '사르다르 사히브(Sardar Sahib)'를 욕되게 하는 거지, 이 가짜 영국놈아! 너 정말 영국 사람이 되고 싶어 그런 거냐?"

가파르는 친구가 싸울 것을 염려해 얼른 손을 뻗었다. 파탄 사람이라면 누구라도 그런 모욕을 당하고 가만히 있을 수는 없었다.

그러나 친구는 꼼짝하지 않았다. 영국인 장교들은 대답을 기다리지도 않고 돌아서서 나가버렸다.

가파르는 친구를 바라보았다. 그는 고개를 숙이고 있었다. 그가 무슨 말을 할 수 있었겠는가? 가이드 부대의 장교는 누구라도 영국인에게 모욕스러운 말을 할 수가 없다. 자신이 받은 위임장을 가벼이 여기지 않는다면 그런 말을 할 수 없는 것이다.

가파르가 다시 바라니 카카를 보니, 그는 분노로 온몸을 부들부들 떨고 있었다.

"가이드 부대원은 파탄 사람도 영국인도 동등하다고 말했잖아!"

바라니 카카는 이 젊은 칸을 진정시키려고 애썼다. 하지만 소용없는 일이었다.

가파르는 곧장 위임장을 포기했다. 그는 자신에게 주어진 저주를 벗어버렸다고 생각했다. 그것도 아주 적절한 시기에.

하지만 집에서는 베람 칸의 노기가 등등했다. 가파르는 가장 유능한 파탄 청년에게 주어진 기회를 박차 버렸던 것이다. 베람 칸은 아들을 다시 가이드 부대에 입대시키겠다고 생각하고 있었다. 그의 아내조차도 아들 가파르가 무언가 깊은 뜻이 있어서 그랬을 것이라고 그를 설득시키지는 못했다. 이번만은 베람 칸도 아내의 말을 들으려 하지 않았다. 아들이 다시 입대하게 될 것이라고 생각하고 있었던 것이다.

근심에 싸여 있던 가파르는 영국에 있는 형에게 편지를 보냈다. 그는 자신의 선택이 분명한 것이라고 설명했다. 영국 정부를 위해서 일할 수는 없었다. 영국 정부는 용감한 파탄 사람들을 노예로 전락시켰고, 싸구려 인간이라고 모욕을 당할 위험이 있기 때문이었다.

칸 사헤브는 항상 동생의 용기를 높이 사왔다. 그는 동생과 똑같이 행동하지는 못했다. 두 형제는 기질이 달랐던 것이다. 그는 아버지에게 편지를 써서 가파르의 결정이 옳다고 설명했다. 누구도 모욕과 멸시를 당해서는 안 된다고 말했다. 파탄 사람이라면 누구나 인정하는 사항이었다. 베람 칸의 마음은 누그러졌다. 아내의 간곡한 청, 어린 아들의 우직한 의협심, 그리고 이제는 큰아들까지 정확한 논리로 주장을 하니 어떻게 버티겠는가? 가파르는 학업을 계속하게 되었다.

*

가파르는 다음 학기에 캄벨푸르에 있는 이슬람 학교에서 공부를 시작했다. 캄벨푸르는 인더스 강 맞은편에 있었다. 아랍어가 배우고 싶었지만, 건조하고 무더운 펀자브의 날씨는 견디기 어려웠다. 그래서 그는 캄벨푸르를 떠나 북부 인도의 중심지인 알리가르의 한 기독교 학교에 등록했다.

학기가 끝나갈 무렵, 그는 아버지에게서 편지 한 장을 받았다. 위그램 목사가 가파르도 형을 뒤이어 영국으로 유학을 가야만 한다고 그의 아버지를 설득시킨 것이었다. 가파르는 기하학을 잘했기 때문에 칸 사헤브와 함께 머물면서 공학을 공부할 수 있을 것이며, 유학에 필요한 모든 수속은 위그램 목사가 다 해 주리라는 것이었다.

영국이라! 가파르는 자신의 눈을 믿을 수가 없었다. 게다가 형과 함께 지낼 수 있다니! 아버지는 유학을 준비할 수 있도록 3천 루피를 보냈다. 가파르는 몇 주 후에 출발하게 될 피앤오 정기여객선을 예약했다.

가파르는 서둘러 집으로 돌아왔다. 정해진 방식에 따라, 그는 어머니께 유학을 허락해 달라고 청했다. 그러나 그가 말을 꺼내자마자 어머니는 두 손을 꼭 잡고 눈물을 글썽였다.

"그럴 순 없다, 막내야!"

그녀는 작은 목소리로 속삭였다. 대답은 안 된다는 것이었다.

가파르는 어머니를 설득시켰다.

"어머니, 우리 나라 형편을 좀 보세요. 죄 없는 사람들이 법정에 끌려가고, 죄를 짓지도 않은 사람들이 사형을 당하고 있어요. 여기서는 아무도 안심하고 살 수가 없어요. 영국에 가면 이런 나쁜 법들을 뜯어고칠 수 있는 방법을 배울 수 있을 거예요."

"안 된다. 막내 너만은 안 된다."

이슬람 학자들은 한 번 외국으로 간 사람은 영원히 고향으로 돌아오지 않을 것이라고 그녀에게 말했다.

"이 년이면 돼요. 그리고 형하고 같이 살 거구요!"

"안 된다. 학자님들도 말했단다. 이미 이교도들의 나라로 간 아들은 결코 돌아오지 않을 것이라고."

"어머니, 제가 여기에 있는다고 무슨 좋은 일이 있겠어요."

"안 된다. 학자님들이 그러더구나. 네 형이 그랬듯이 너도 영국인 처녀와 결혼하게 될 거고, 민족과는 거리가 먼 기독교인이 될 거라고 말이다."

어머니의 말을 듣고, 칸의 건장한 어깨가 축 처졌다. 이 세상에서 누구보다도 가까이 있었고, 어쩌면 자기자신보다도 자신을 더 잘 알고 있던 어머니의 놀란 얼굴에는 이미 대답이 씌어 있었다.

"좋아요, 어머니."

그는 자신의 미래를 위해서 어머니의 슬픔을 모른체 할 수는 없었다.

"그래요, 가지 않을게요."

제5장

이슬람!

이슬람은 아말(섬김), 야킨(믿음), 무하바트(사랑)이며, 이러한 것들이 없다면 '무슬림'이라는 이름은 단순히 소리만 내는 놋쇠나 쩌렁거리는 꽹과리에 지나지 않는다는 것이 내가 마음속 가장 깊은 곳에 간직하고 있는 신앙이다. 코란경은 아주 분명하게 말하고 있다. 두번째 신을 섬기지 않는, 오로지 유일하신 신에 대한 신앙과 선행에 대한 믿음이 인간을 구원한다고.

—바드샤 칸

1909년~1913년

이슬람!

산악지역에 살고 있던 난폭한 부족들과 비교해서 페샤와르 골짜기와 쿠람 골짜기에 정착한 파탄 사람들은 점점 부드러운 성품으로 유화되어 왔다는 사실은 오랫동안 이야기되었다. 그들은 전쟁을 사랑하기보다 그들의 땅을 사랑했다. 분명히 베람 칸을 비롯한 대부분의 모하메드자이족은 그런 비난에 대해서 근거가 없다고 주장해 왔을 것이다.

영국행이 좌절되자, 가파르는 자연스럽게 아버지를 도와서 농장 일을 하게 되었다. 그는 스와트 강을 따라서 펼쳐진 기름진 들에서 평범하게 일을 시작했다.

그러나 마음이 잡히지 않았다. 지역의 농부들과 이

야기를 나눌 때면, 그들의 처지를 가슴 아프게 생각하게 되었다. 자신을 에워싸고 있는 가난과 무지, 폭력과 무감각을 바라보았으며, 그 상황을 변화시키고자 무언가 행동하기를 갈망했다.

무엇보다도 그는 이런 느낌의 정체가 무엇인지 이해하지 못했다. 파탄 사람들에게는 사회개혁이라는 것이 어울리지 않았다. 그것은 영국인들의 생각이었다. 이슬람 학자들은 악하고 퇴폐적인 이방인들을 비난했지만, 막상 그들은 권력을 쥔 채 요지부동이었다. 영국인의 통치는 이슬람 학자들이 마을사람들에 대해서 지니고 있는 절대적인 권위를 보호해 주었고, 학자들은 그 어떤 사회적 · 정치적 개혁을 시도하지 못했다.

젊은 칸은 이 모든 것을 알고 있었다. 무언가 개선하려고 시도하는 것이 많은 사람들을 낙담케 할 것이고, 심지어 당혹스러워할 것을 알고 있었다. 파탄 사람들의 도덕의식 속에서 세계란 힘이 닿는 대로 많은 것을 장악할 수 있는 강한 힘을 가진 자들의 것이었다. 자비나 관대함은 알라에게 속한 것이었다. 그러나 어디서 어떻게 떠오른 생각인지는 모르지만, 이제 스무 살이 된 젊은 칸은 봉사를 해야 할 필요가 있다고 느끼게 되었다.

어느 날 오후, 농가 뒤편 들에서 일을 하던 가파르칸은 모교 교장이었던 위그램 목사에 대해 잠시 생각하고 있었다. 고요한 여름 한낮, 옛날부터 전해오는 격언이 생각났다. '카르부자 라 카르부자 디다 랑 메지라드.' '참외가 다른 참외를 보게 되면 그때부터 참외는 색깔이 생기기 시작한다.' 가파르는 여러 해 동안 선교회에서 겸손한 형제들을 보아왔다. 그들의 사랑과 관대함의 색깔은 퇴색한 것이 분명했다. 그래서 그는 이렇게 결심했다. 참외는 그 참외가 의지하는 대로 색깔을 취할 것이다. 그렇다. 그렇게 하자. 그는 무언가를 섬기기로 결심했다.

그러나 어떻게 섬길 것인가? 그리고 어디서? 이슬람 학자들에게 도움을 받을 수 없다는 건 분명한 사실이었다. 대학 입학 허가도 받지 못한, 이제 겨우 스무 살 난 모하메드자이의 농촌 청년에 불과한 그는 오랜 전통을 지닌 이 고상한 사람들을 향상시키기기로 결심했다.

그는 모하메드자이, 즉 예언자 모하메드의 후손 가운데 한 사람이었다. 무엇이 더 필요하단 말인가? 그는 글을 읽을 수 있었다. 쓸 줄도 알았다. 농사짓는 법도 알았다. 그만하면 되었다. 그는 학교를 시작하기로 했다.

*

케들스턴의 내더니엘 커즌(Nathaniel Curzon)은 이렇게 글을 썼다.

나는 이 사람들을 알고 있습니다. 이 사람들은 사자처럼 용감하고, 고양이처럼 거칠며, 아이들처럼 온순합니다……. 우리가 이런 멋진 삼손과 같은 사람들—건장하고, 수염을 기르고 있으며, 종종 범죄로 얼룩져 있기는 하지만 본능적으로 충성심을 가지고 있는—이런 사람들에게서 정직한 공경을 받는 것은 자랑스러운 일입니다.

커즌 경은 파탄 사람들에 대해 기록하면서 그가 사용한 모든 단어들이 진실로 파탄 사람들에게 해당되는 말이라고 생각했다. 그는 그들을 높이 평가했다. 그러나 그들에 대해서 환상은 가지고 있지 않았다. 1899년, 커즌 경은 인도의 총독으로 임명되었다. 그가 총독으로 임명된 이유는, 영국에 있는 어떤 사람보다 파탄 사람들에 대해서 잘 알고 국경지역에 대해서 파탄 사람들이 인정하는 계획을 가지고 있었기 때문이었다. 티라 지역을 황폐화시켰던 1897년의 소요들과 가파르 칸이 처음으로 학교를 다니기 시작했던 1910년 사이에는 이 국경지역에 많은 변화가 있었는데, 대부분의 변화는 정력적이고 단호한 커즌 경의 계획에 의한 것이었다.

1890년대에 벌어진 국경전쟁의 야만적인 발발로 인해 영국은 자신들이 인도제국의 관문 자체를 위협하는 폭약상자 위에 앉아 있음을 분명히 인식하게 되었다. 그 국경지역이 한 미치광이 이슬람 율법학자의 변덕 때문에 폭력 사태로 치닫는다면 러시아의 음모에 휘말릴 가능성 역시 항상 가지고 있었다. 전진정책은 외부의 위협을 억제하고 있었다. 그러나 내부적으로 국경지역은 여전히 취약한 상태였다. 인도의 안정이 위기에 처해 있었다. 커즌 경은 총독으로서 인도의 안정이 자신의 의무 가운데 무엇보다도 중요하다고 생각했다. 그래서 그는 어떤 것이라도, 자신이 '멋진 삼손들'이라고 칭찬했던 그 사람들까지도 인도의 안정에 걸림돌이 된다면 그냥 두지 않으려 했다.

커즌 경의 계획은 국경지역을 델리에 있는 총독이 직접 관할하도록 하는 것이었다. 동요의 조짐이 조금만 보여도 곧바로 중요한 결정이 내려질 수 있었다. 산악지역의 부족들은 정착지역과는 고립되어 있었다. 가파르 칸과 같은 정착지역의 파탄 사람들은 허락 없이 그 부족들의 지역으로 들어갈 수 없었다. 파탄 민족의 분할은 완벽하게 이루어져 있었다.

또 커즌 경의 계획에는 북쪽으로는 말라칸드로부터 남쪽으로는 이란 경계지역에 있는 와지리스탄 남단에 이르기까지 3백 킬로미터가 넘는 경계선을 따라 이어지는 지역을 둘러싸고 있던 대기병력 1만 명의 군대를 유지하는 것도 포함되어 있었다. 더 많은 요새들이 건설되었고, 어떤 지역에서 문제가 발생하면 곧바로 군대를 이동할 수 있도록 하기 위해 철도와 도로가 놓여졌다. 6만 명의 경찰력이 평화를 유지했다. 그 지역은 '수수께끼의 땅, 경찰국과 군대의 장교들을 위한 사냥터'로 선언되었다.

커즌 경은 국경지역 범죄 규제법으로 알려져 있는 일련의 구제법을 발효시켰다. 누구든 재판이나 심문 없이 외국 범죄자 식민지로 '추방될' 수 있었다. 이제, 정의는 사태의 전말에 대한 증인으로 부름 받은 경찰 대리인 혹은 친영국인 지주들의 손아귀에 있었다. 대영제국 전체에 걸쳐 거주하는 여왕의 모든 신민들에게 확장된 인간의 가장 기본적인 권리들이 파탄 사람들에게는 해당되지 않았다. 이런 조처는 파탄 사람들이 오랫동안 의심해 온 것을 확인시켜 주는 것일 뿐이었다. 델리와 런던에 있는 제국주의적 권력은 자신들을 야만인으로 생각하고 있음이 분명했다.

1901년 11월 9일, 북서부 국경지역 식민령이 발표되었다. 그것은 사실상 하나의 무장된 유격대, 하나의 경찰국가였다. 이것이 가파르 칸이 우트만자이에서 학교 문을 열었을 당시의 상황이었다. 가파르도, 커즌도, 그 작은 학교가 언젠가 총독의 계획을 무너뜨리게 되리라고는 상상하지 못했다.

*

몇 년 동안, 트랑자이의 하지 압둘 와히드 사헤브는 우트만자이 근처에 있는 마르단 마을에서 활동하면서 종교적인 가르침을 베풀고 있었다. 그는 국경지역 최초의 사회개혁가였다. 그 지역의 모든 파탄 사람들은 그를 하지 사헤브로 알고 있었으며, 성인으로 추앙했다. 젊은 자원봉사자들이 대부분인 헌신적인 무리들이 그를 믿고 따랐다. 사헤브는 한 젊은 모하메드자이 청년이 우트만자이에서 학교를 시작했다는 이야기를 듣고 자연스럽게 관심을 가졌다. 그는 자신과 비슷한 정신을 가진 젊은이를 만날 수 있을 것이라고 기대하고 칸을 마르단으로 초대했다.

가파르의 학교는 문을 열자마자 성공했다. 이슬람

학자들은 마을사람들에게 자식을 영국인 학교에 보내지 말라고 이야기해 왔다. 그러나 그들은 실제로 아무런 대안도 제시하지 못했다. 보다 진보적인 생각을 가진 파탄 사람들은 우트만자이에 있는 학교를 주목하기 시작했다. 칸과 그의 동료 압둘 아지즈는 주변 마을에서 몇 개의 학교를 더 시작했으며, 삽시간에 많은 학생들을 확보하게 되었다.

그런데 이 학교를 곱지 않은 눈길로 바라보는 자들도 있었다. 이제 막 걸음마를 시작한 칸의 학교는 항상 영국인들의 경계 대상이었다. 국경지역의 농민들이 의식화되는 것을 원치 않았기 때문이었다. 게다가 이슬람 학자들도 그를 경쟁자로 생각했다. 마을사람들이 교육을 받게 되면, 자선을 베푸는 일을 중단하게 될지도 몰랐다.

칸은 그들을 설득하려고 노력했다. 언젠가 칸은 뮤레에서 한 사제와 길을 걸으면서 이렇게 호소한 일이 있다.

"선생님, 저 방갈로를 좀 보십시오. 저걸 보면 무슨 생각이 드십니까?"

사제는 이렇게 대답했다.

"참 아름답군요. 나는 저 방갈로를 좋아합니다."

"선생님은 저기에 사는 사람이 누군지 아십니까?"

"아니요. 거기에 누가 살고 있습니까?"

"영국인 학자가 살고 있습니다. 한 나라가 번영하고 국민들이 발전하려면, 사제들도 잘살 수 있어야 합니다. 하지만 우리가 무지한 상태 그대로 있게 된다면, 선생님은 연금을 얻기 위해서 집집마다 다니며 구걸을 할 수밖에 없습니다."

사제는 별 감흥을 느끼지 못했다.

칸이 이렇게 제안했다.

"선생님과 영국인 사제의 생활을 한번 비교해 보십시오. 천지 차이입니다!"

사제는 불쾌하다는 듯 어깨를 으쓱했다. 그의 수입은 빈약했다. 그러나 적어도 확실하긴 했다. 사람들이 많은 것을 배워서 많은 것을 알게 된다면 어떤 사태가 벌어질지 누가 알겠는가?

"그에게 괜히 이야기했어."

칸은 훗날 동료 압둘 아지즈에게 이렇게 말했다.

"신도 그를 이해시킬 수 없는데, 내가 무얼 할 수 있었겠어?"

하지 사헤브가 칸을 초청하여 마르단에서 만났을 때, 그는 칸에게 보다 나이가 많은 청년들을 위해서 북부에 있는 갓다이에서 학교를 열 것을 요청했다. 칸은 즉시 수락했다.

가파르 칸은 그 마을을 사랑했고, 또한 하지를 중심으로 모이는 진보적인 청년들을 만나는 일을 좋아했다. 그들의 영향을 받은 가파르는 보다 폭넓은 독서를 하기 시작했다. 그는 막 출간되기 시작했던 진보적인 무슬림 정기간행물 『자민다르』와 『알 힐랄』을 구독했다. 무슬림의 르네상스가 이루어지고 있었으며, 신선하고 활기찬 새로운 바람이 인도의 무슬림들을 이제 막 일깨우고 있었다.[9]

국경지역의 영국인들 역시 그 바람을 느끼고 있었다. 그들은 『알 힐랄』을 읽는 사람들의 블랙리스트를 작성했다. 국경지역 범죄 규제법상 모스크에서의 모임을 제외하고 모든 공공집회는 불법이었다. 그래서 칸과 하지 사헤브의 동지들은 모임을 위해서 식민령 이곳 저곳을 은밀하게 옮겨다녀야 했다.

이런 모든 행위들은 베람 칸을 불안하게 만들었다. 그의 두 딸은 모두 시집을 갔고, 큰아들은 영국에서 의학을 공부하고 있었다. 그러나 막내아들만은 가이드 부대 장교 위임장을 포기하고 교육사업을 한다고 돌아다니고 있었다. 늙은 칸은 걱정이 태산 같았다. 젊고 용기 있는 파탄 사람들이 사소한 죄를 짓고도 감옥으로 끌려가거나, 인도양의 안다만제도로 추방되거나, 교수형을 당했다.

베람 칸의 아내는 남편의 근심을 덜어주려고 애썼다. 그녀는 가파르가 무슨 일을 하든지 그것에 대해 잘 아는, 책임감 있는 아이라고 남편을 설득했다. 베람 칸은 아내의 말을 받아들였다. 아내처럼 경건한 여인이 아들의 행동을 인정하는데, 누가 그의 길을 막을 수 있겠는가? 가파르가 결혼을 해서 생활이 안정된다면 생각이 달라질 수도 있을 것이라는 생각에 베람 칸은 가파르를 결혼시키기로 작정했다. 그리하여 가파르의 관심을 사로잡았던 한 처녀와의 결혼을 주선하고, 그들에게 한 마을을 운영하도록 내어주고 잘살기만을 기대했다.

가파르는 아름다운 아내를 사랑했고, 1913년에는 아들 가니가 태어났다. 젊은 칸은 보다 평범한 지주 생활을 즐길 수 있을 것이라고 생각했다.

그러나 불안은 계속되었다. 저녁이면 화톳불 앞에서 어린 아들을 품에 안고 있어도 무언가 마음을 뒤흔들고 있다는 것을 느끼곤 했다. 그의 생각은 식민령의 가난하고 무지한 마을사람들을 향해서 표류하고 있었다. 그의 아내는 남편의 긴 침묵을 이해하지 못했고, 그런 분위기를 점점 두려워하기 시작했다. 그러나 그녀가 무슨 말을 할 수 있었겠는가.

돌연히 가파르의 꿈을 뒤흔들어놓는 재앙이 닥쳤

다. 하지 사헤브가 영국인들과 공개적으로 투쟁하기로 결정했던 것이다. 그는 산악지대에서 외국인들을 몰아내기 위해 부네르 마을사람들을 선동하기 시작했다. 그러나 국경지역에서의 전쟁은 그들에게는 너무나 생소했다. 하지 사헤브는 자신이 이슬람 학자들과 영국인들 사이에서 진퇴양난에 빠졌다는 사실을 알게 되었다. 학자들은 그를 반대하는 모의를 했고, 영국인들도 그가 투쟁하기로 했다는 결정에 놀랐던 것이다. 자신이 곧 체포당할 것을 알게 되자, 하지는 밤을 틈타서 모만드족이 사는 오지로 피신했고, 다시는 돌아오지 않았다.

몇 년의 세월이 흐른 후, 영국인들은 국경지역에서의 가장 큰 실책이 하지 사헤브를 잡지 못하고 놓친 것이었다고 말했다. 그러나 그들은 하지 사헤브를 체포하기 위해서 모만드족과 전면전을 벌이는 모험을 하지는 않았다.[10]

*

하지의 도주는 24세의 가파르 칸에게는 충격적인 일이었다. 이제 자신과 같은 처지에 있는 젊고 용감한 사람들만이 남아서 지내야 했다. 누가 그들을 지도할 것인가?

칸은 도울 사람을 찾기로 결심했다. 1913년, 그는 아그라에서 열리는 한 진보적 무슬림 대회에 참석했다. 아그라는 한때 인도 무굴제국의 중심지였으며, 아직도 이슬람 문명의 가장 계몽된 모습을 보여주는 상징적인 곳이기도 했다. 거기서 그는 마울라나 아자드를 비롯하여 여러 무슬림 지도자들을 만났다. 아자드는 나락에 빠져 살고 있는 인도 전 대륙의 무슬림을 위해서 사회, 교육, 정치적 향상 운동에 참여하고 있었다. 그 이듬해 또 하나의 대회가 데오반드에서 열렸는데, 그 대회에서 무슬림 지도자들은 가파르 칸에게 교육이 가장 절박하게 필요한 산악지역의 '자유부족'들 사이에서 활동해 줄 것을 제안했다.

산악지역? 가파르는 델리나 라호레 같은 지역에서 온 문명화된 무슬림들에게, 국경지역 범죄 규제법 때문에 정착지역에 살고 있는 자신과 같은 파탄인은 산악지역 사람들과 대화도 나눌 수 없다는 것을 설명했다. 그럼에도 불구하고 그는 이 요구가 너무나도 절박하여 거절할 수 없고, 또한 시도를 할 만한 가치가 있다고 동의하게 되었다.

그는 북부 산악지역인 바자우르를 방문하기로 작정했다. 그곳은 15년 전에 물라 마스툰의 부족사람들이 국경지역 대전투를 시작했던 곳이었다. 영국인들은 그때의 일을 잊지 않고 있었다. 그들은 말라칸드를 국경지역에서 문제가 있는 다른 지역들과 마찬가지로 하나의 '경찰 관리지역', 즉 정치적으로 영국에 동조하지 않는 사람들의 땅으로 생각하고 있었다. 그래서 경찰의 지역 대리인의 완벽한 지배하에 두었으며, 델리에 있는 영국 총독은 자신의 말이 엄격한 것임을 못박아두었던 것이다. 그 관리지역에는 항상 가장 엄격한 행정관들만 파견되었다.

말라칸드의 정치적 대리인은 캡이라는 이름을 가진 아주 악명 높은 사람이었다. 그의 명령으로 인해 파탄 사람은 누구나 영국인을 지나칠 때면 고개를 숙여야 했다. 그렇게 하지 않는 파탄 사람에게는 누구를 막론하고 차꼬를 채우는 형벌을 가했다. 전 지역이 봉건시대의 봉건영토처럼 통치되었다.

어느 겨울 아침, 칸은 모만드족 동료 한 사람과 바자우르를 향해 길을 떠났다. 황혼이 질 무렵 그들은 말라칸드 관문에 당도했다. 경찰이 의심스러운 인물로 보이는 사람을 찾고 있었고, 칸은 정지 명령을 받고 체포당할 수도 있음을 알고 있었다. 그는 마차 뒤 짐칸에 실린 면으로 된 긴 천 더미에 몸을 숨겼다.

날이 저물어 어두웠거나 아니면 경비병이 지쳐 있

음이 분명했다. 마부가 경비병에게 뒤에는 아무도 없다고 말했다. 경비병은 천 더미를 한참 바라보더니 관문을 통과시켰다. 모만드족인 칸의 친구는 곧바로 걸어서 들어갔다.

일단 경비초소를 통과한 두 사람은 간선도로를 벗어나서 바자우르로 이르는 가파른 오솔길로 올라갔다. 그들은 삼나무 숲을 지나 소나무 숲으로 들어갔다. 하지 사헤브의 친구들은 먹을 것과 잠자리를 내주었다. 그들의 숙소는 차마르칸드 숲 가장자리에 있는 작은 오두막이었다. 아침이 되자 꿀벌은 아침 햇살을 받으며 윙윙거리는 소리를 냈다. 다시 판즈코라의 지류들을 따라 하루를 걸은 끝에 그들은 바자우르에 당도했다.

이렇게 멀리 떨어진 오지에서 살고 있는 마을사람들이었지만, 떠돌이 여행자들을 만나는 것은 그리 드문 일이 아니었다. 떠돌이 탁발승들이 종종 마을 가까운 곳에 모스크를 세우고 경전을 읽기도 하고 성인이나 예언자들에 관한 이야기를 들려주기도 했다. 그러나 이번 여행객은 탁발승이 아니었다. 어렵지 않게 그를 알아볼 수 있었다.

가파르는 자가이라는 작은 마을이 일을 시작하기에 안성맞춤이라고 생각했다. 그곳은 달갑지 않은 눈길을 피하기에 적당할 만큼 외딴 오지였으며, 마을사람들이 자기를 좋아하는 것 같다는 생각이 들었다. 그는 평원에 있는 동료들에게 메시지를 보내서 자신과 합류하자고 제안했다. 그렇게 하고 나서 그는 회신을 기다렸다.

가까이에 있는 모스크에서는 소나무와 삼나무 숲을 내다볼 수도 있었고, 바자우르의 골짜기를 들여다볼 수도 있었다. 거기서 영국인들은 그곳을 지나가는 것은 사람이든 물건이든 죄다 지켜볼 수 있었다. 메시지를 보내놓고 기다리기를 며칠째, 가파르는 동료들에게 무슨 일이 있는 것은 아닐까 의아한 생각이 들었다. 그들이 소식을 듣기라도 했을까?

또 하루가 가고, 또 하루가 지났다.

숲 속에 고립되어 있다는 현실 상황이 가파르 칸을 엄습했다. 그는 당국자의 눈을 피하는 것은 좋아하지 않았다. 영국인들이 학생들을 매수하여 선생에 관한 정보를 제공받는 판인데, 그런 상황에서 그가 무엇을 할 수 있었겠는가?

외롭고 당황한 젊은 가파르 칸은 자신의 본능에 의지했다. 그는 칠라(chilla)*, 즉 단식을 하기로 결심했다. 만일 외부에서 도움을 얻을 수 없다면, 그는 자신 안에서 도움을 찾으려고 했던 것이다. 작은 모스크 하나를 발견한 그는 모만드족 친구에게 기다려달라고 말했다. 아니다. 그는 어찌해야 할지 모르겠다고 말했다. 그는 희망을 찾고 싶었다.

칸은 며칠 동안 아무것도 먹지 않고 작고 어두운 방에서 혼자 지냈다. 밤이면 그는 시냇물을 몇 모금 마셨다. 그리고 기도했다. 무릎을 꿇고 기도하다가 무릎 이 아파오자 그는 양탄자 위에 가부좌를 틀고 앉았다.

그는 대답을 구했다. 여기에 머무르면서 체포될 위험을 감내할 것인가, 비교적 안전한 우트만자이로 돌아갈 것인가? 어찌해야 하나? 전혀 의지할 곳이 없었던 그는 그런 물음들이 끝날 때까지 깊은 의식 세계로 침잠했다.

*

7백여 년 전, 아시시의 프란체스코(Francesco)가 산 다미아노의 다 부서져 폐허가 된 교회로 기도하러 들어갔을 때, 그는 가파르 칸보다 한 살이 더 많았다. 거기서 그는 크고 맑은 음성을 들었다.

"프란체스코야, 나의 교회를 다시 세우거라!"

그는 순종하는 마음으로 일어나 돌을 주워 모아 교

회를 수리하기 시작했다.

사실상 거기서 프란체스코가 들었던 '교회'라는 말은 부서진 그 교회 건축물의 벽을 훨씬 넘어선 하나의 '제도'를 의미하는 것이었지만, 성격이 충동적이었던 프란체스코는 그 명령을 지나치게 문자 그대로 받아들였다. 그것은 문제가 되지 않았다. 프란체스코는 그 부름을 잘못 인식하고 있었지만, 그는 자신의 소명을 놓치지는 않았다. 그는 신의 손이 자신의 헐벗은 어깨를 어루만지고 있다는 것과 자신에게 더 큰 과제를 맡겨주었다는 것을 어렴풋이나마 느꼈다.

다듬어지지 않은 거친 돌들로 산다미아노의 부서진 벽을 다시 세운 일로 인해서 프란체스코는 자신의 삶을 완전히 뒤바꿔놓을 하나의 사명을 시작하게 되었다. 프란체스코와 비교했을 때, 가파르 칸은 내면세계에 대해 과거의 프란체스코보다 더 말이 없었다. 그리고 후에 그가 간결하게 언급한 내용으로 미루어 짐작하건대, 자가이의 모스크에서 행한 칸의 단식은 즉각적인 감성에서 일어난, 불확실하고 모호한 것이었다. 그러나 바로 그 시점에서부터 그의 행동과 언어는 단 한 가지 목적, 즉 신을 섬겨야겠다는 한 가지 목적으로 점철되어 왔다고 할 수 있다. 그 목적은 80평생의 전 과정에서 단 한 번도 흐트러짐이 없었던 것이다.

가파르 칸이 단식을 마쳤을 때는 이른 아침이었다. 그는 기도방석을 접어서 겨드랑이에 끼고, 불확실하기는 하나 무언가 강렬한 의식으로 그 모스크를 걸어 나왔다. 며칠 전 모스크로 들어갈 때의 그가 아니었다. 아직 자신이 원하던 직접적인 대답은 얻지 못했다. 여전히 무엇을 해야 할지 알 수 없었다. 그러나 그는 이전에는 알지 못했던 어떤 힘을 느끼고 있었다. 그리고 그 힘이 신의 힘이라는 것을 어렴풋이 느끼고 있었다.

이슬람! 그 단어가 그의 가슴에 크나큰 의미로 다가오고 있었다. 이슬람! 순종해야 한다! 신께 모든 것을 맡기고 그의 힘을 깨달아야 한다!

가파르는 가슴속에서 이 위대한 신을 섬기고자 하는 욕망이 용솟음치는 것을 느낄 수 있었다. 신은 섬김을 필요로 하지 않기에, 신을 섬기는 대신 가파르는 신의 피조물들, 너무나 무지하고 폭력에 찌들어 스스로를 어쩌지 못하는 만신창이가 된 마을사람들을 섬기기로 작정했다.

가파르는 골짜기 아래를 내려다보았다. 거기에는 가혹한 전제를 휘두르는 영국인도 있었고, 울타리에 갇혀 꼼짝도 못하고 있는 칸도 있었고, 지나치게 보수적인 사제도 있었다. 그의 앞에 보이는 것은 고통과 끝없이 이어지는 고역뿐이었다. 그러나 그는 가슴이 벅차오르는 느낌이었다. 프란체스코와 마찬가지로, 그는 자신의 소명이 무엇인지 온전히 알지 못했다. 그러나 부름을 받았다는 사실만은 분명하게 알고 있었다. 그는 그 부름에 따르려 했고, 이생에서는 안락함을 구하지 않으리라 결심하고 있었다.

그는 기도방석을 어깨에 둘러메고 여기저기 흩어져 있는 화강암 돌들을 피해가며 작은 오솔길을 내려가기 시작했다.

가파르 칸은 이제 막 발걸음을 옮긴 자신의 삶의 길이 이미 10년 전 인도제국의 또 하나의 신민인 모한다스 간디가 택했던 길이라는 것을 전혀 짐작하지 못했을 것이다. 하지 사헤브가 망명한 이후에 칸이 마을로 돌아와서 영국인들이 폐쇄시킨 학교의 문을 다시 열던 그즈음에, 간디는 증기선을 타고 남아프리카로 향하고 있었다. 거기서 이 45세의 변호사는 제국주의에 대항하는 비폭력 투쟁을 역사상 최초로 성공적으로 이끌었다. 남아프리카에서 간디는 성품이 완전히 변모했고, 그렇게 변화된 모습이 그의 생애의 목적을 완전히 바꾸어놓게 되었다. 10년 동안 그는 자신의 생활 방식을 체계적으로 변화시켜 갔다. 그는 유복한 법률가에서 규율을 지키며 신을 찾는 구도자의 모습으로 변모하고 있었던 것이다. 그는 자신의 모든 힘을 다해 내부에 존재하는 자기중심적인 욕망을 '영(零)으로' 줄이는 일에 전력투구했다. 또 하나의 악명 높은 영국의 징벌 원정이었던 1906년의 줄루족 반란 기간에, 그는 나탈의 메마른 산악지대에서 들것을 나르는 사람으로 오가면서 자신을 이타적 섬김으로 부르는 내면의 음성을 들었고, 가장 중요한 대의를 위해서 인간의 의지를 포기했을 때 뒤따라오는 거대한 힘의 파도와 같은 것을 느꼈다.

간디는 전장에서 환자를 수송하는 일을 마치고 돌아오면서 새로운 힘이 솟구치는 것을 느꼈다. 그러나 아직 무엇을 해야 할지는 알 수 없었다. 몇 주 만에 그는 완전히 새로운 형태의 투쟁을 주도하는 우두머리가 되었다. 그것은 인종차별적 입법에 대해서 조직적이고 비폭력적으로 저항하는 투쟁이었다. 때로는 수천의 인도 노동자들의 지지를 받기도 하고 때로는 몇 안 되는 친구들의 협력을 얻기도 하는 시행착오를 거치면서, 간디는 결국 정부가 인정하지 않는 자민족의 기본적인 권리를 얻어내는 일에 성공을 거두었다.

1914년 여름, 자신의 새로운 투쟁 방식이 강력한 힘을 가지고 있다고 확신한 간디는 남아프리카를 떠나 인도로 돌아왔다.

그 힌두 변호사와 무슬림 개혁자의 내면에서 분출된 힘들은 서서히 한곳으로 모이기 시작했으며, 그것은 영국의 정치가들이나 장군들이 지금까지 접해 본 것과는 전혀 다른 것이었다. 전쟁술과 외교술의 대가인 영국인들은 지구상의 인민들의 사분의 일을 정복했다. 그러나 역사의 거대한 물줄기는 그들을 전혀 새로운 어떤 것과 대결하도록 몰아가고 있었다. 그들은 사티아그라하*, 즉 '영혼의 힘', 다시 말하자면 인간 정신의 심연으로부터 솟구쳐나오는 힘과 대결을 해야 했던 것이다.

1914년 여름, 인도는 지극히 안정되어 있는 것만 같았다. 대부분의 영국인들은 영국의 인도 통치가 30년 만에 무너지리라고는 전혀 상상하지 못했다. 아마도 가파르 칸 역시 당시에는 영국인들과 마찬가지 생각이었을 것이다. 간디와 마찬가지로 그도 섬기기로 결심했다. 그는 미래에 대해서 의문을 품지 않았다.

제6장

바드샤 칸

나에게는 하나의 큰 꿈, 큰 그리움이 있습니다.
황무지에 피는 들꽃처럼, 나의 민족은 아무도 돌보는 이 없지만
태어나고, 꽃을 피우고, 시들고, 처음에 왔던 흙으로
다시 돌아갑니다.

나는 그들이 슬픔과 기쁨을 함께 나누는 것을 보고 싶습니다.
나는 그들이 동등한 협력자로 함께 일하는 것을 보고 싶습니다.
나는 그들이 세계의 국가들 사이에서, 신과 인류를 섬기기 위해
우리 민족의 역할을 해내고, 올바르게 자리잡는 것을
보고 싶습니다.

—바드샤 칸

1914년~1921년

바드샤 칸

1914년 8월 한여름의 열기와 건조함과 더불어 인도 대륙에는 세계대전의 위기가 닥쳐왔다. 영국은 그 위기가 지나가기만 하면 정치적 개혁을 할 것이며, 또한 인도인에게 자치권을 줄 것이라고 암시하기도 하면서 전쟁에 힘을 보태줄 것을 촉구했다. 프랑스, 독일, 터키, 시리아, 북아프리카 등지에서 전투세력이 50만 명 이상으로 증가했으며, 대영제국을 지키기 위해 수많은 인도 사람들이 피를 흘리게 되었다.

하지만 인도의 형편은 이전 어느 때보다 더 가혹해졌다. 전시라는 이유로 신문이 검열되고, 정치적 집회가 금지되었으며, 조금이라도 반영국적인 정서를 내비치는 일은 금지되었다. 비밀 군사법정은 인도의 지도자들을 감옥으로 보냈다.

가파르 칸은 새로운 확신을 가지고 국경지역에서 일하면서 하지 사헤브의 망명으로 비어 있던 지도자의 위치로 나아가고 있었다. 그는 파탄의 마을들에 바람을 일으키며, 학교를 다시 열고 새로운 학교를 시작하기도 하면서 마을사람들에게 자신의 운명을 개척할 것을 촉구했다.

그는 사사건건 반대에 부딪혔다. 아직도 말라칸드 식민령을 철권통치로 다스리고 있던 경찰 대리인 캡은 칸의 일꾼들을 공공연히 위협하거나, 그들의 일을 좌절시키려고 온갖 수단을 다 동원했다. 어느 날 그는 디르의 귀족을 불러 그 지역에 있는 유일한 학교에 대한 자신의 생각을 밝혔다.

"자, 주목해 주십시오. 이런 교육이라는 것은 우리에게 끊임없이 문제만 일으킬 뿐입니다. 당신들 스스로 어려움을 자초하고 싶지 않다면, 가능한 한 빠른 시일 내에 학교를 없애버리는 것이 나을 것입니다."

귀족은 즉시 학교를 폐쇄했다.

1915년 12월 전염성 독감이 마을을 휩쓸었다. 두 살 난 가파르의 아들은 심하게 앓았다. 어느 추운 날 오후, 가파르 칸은 의식을 잃고 누워 있는 아들의 침대 옆에 기도방석을 깔고 앉았다. 기도를 마치고 나자 아내가 방으로 들어왔다. 그녀는 진중한 모습으로 침대 옆으로 와 아이의 머리맡에서 걸음을 멈췄다. 그녀는 아이를 향해 팔을 뻗으며 외쳤다.

"오, 알라여! 우리 아기를 살려주소서. 차라리 아기의 병을 나에게 주소서."

그녀는 침대를 돌면서 기도를 반복했다.

"알라여, 이 죄 없는 어린것에게서 병을 옮겨주소서. 차라리 제가 병을 받겠습니다."

어스름한 등불이 방 안을 희미하게 밝히자, 아이는 몸을 뒤척이더니 작은 신음 소리를 내기 시작했다. 열병이 나은 것이었다. 그러나 곧이어 아이의 어머니가 옆에 있는 침상에 눕게 되었다. 그녀는 저녁 내내 열병으로 몸을 떨었고, 이튿날 아침에 세상을 떠나고 말았다.

칸은 아내의 시신에 결혼 예복을 입혀 매장하고 시신을 꽃으로 덮어주었다. 비탄에 젖은 그는 두 아들을 어머니에게 맡기고 일에 파묻혀 슬픔을 잊었다. 마을을 돌아다니며 농사와 위생법을 가르치고, 더 많은 학교를 시작했다. 그는 자신이 섬기기로 가난한 사람들과 이름 없이 살아가는 마을사람들의 얼굴에서 위안을 찾았다.[11)]

*

칸은 인도대륙에 널리 퍼져 있는 무슬림 사상가들과의 접촉을 확대해 나갔다. 그는 이제야 간디에 대해서, 그리고 인도 전역에서 막 시작되고 있던 비폭력 투쟁에 대해서 이야기를 듣기 시작했다. 그는 곧 간디의 소박한 생활 방식과 생의 모든 문제에서 진리와 비폭력을 고집하는 주장에 공감을 느꼈다. 그리고 마하트마, 즉 '위대한 영혼' 간디가 자신과 비슷한 생각을 가진 사람이라는 것, 즉 신의 창조물 가운데 가장 가련한 사람들을 섬김으로써 신을 섬기려고 하는 구도자의 모습을 발견하게 되었다.

간디의 활동과 생각이 널리 퍼져나가면서, 파탄 사람들을 개혁시키고 교육시키려 했던 칸의 노력은 새로운 의미를 지니게 되었다. 이것은 단순히 생활을 향상시키는 일이 아니라 자유로 이르는 길이기도 했다. 간디의 소식에 자신감을 얻은 칸은 배전의 노력을 더했다. 1915년에서 1918년 사이에 그는 국경지역의 정착지구에 있는 5백 개의 마을을 일일이 방문했다. 접객소에서 남자들과 둘러앉아 제사와 일과 용서에 대해서 이야기를 나누었고, 저녁이면 밥 짓는 불가에 앉아서 아이들과 함께 웃기도 했다. 마을사람들은 이 점잖고 건장한 사나이를 사랑하기는 했지만 그가 어떤 사람인지는 잘 알지 못했다. 그는 탁발승도 아니고, 적선을 받지도 않는다. 그리고 환속을 한 수행자도 아니었다. 그는 자신의 마을이 있을까? 그렇다면 그는 어떤 사람일까?

어느 날 오후, 차르사다에서 온 한 무리의 칸들이 하스타나가르 모스크에 모여 가파르 칸과 함께 회합을 가졌다. 그 모임은 아주 흥분된 상태로 끝을 맺었다. 가파르는 그들에게 각성을 촉구했고, 그들은 가파르에게 고마운 마음을 느꼈다. 뒤쪽에 있던 어떤 사람이 낮은 담벼락으로 올라가 떠들썩한 군중을 향해서 외쳤다. 바드샤 칸! 다른 사람들도 그 소리를 듣고 응답했다. 바드샤 칸. 칸 중의 칸. 이 용감한 젊은 개혁가는 바로 그런 인물이 되었다. 거기에 모인 모든 사람들이 수염 덮인 얼굴을 들고 그를 향해 바드샤 칸을 외쳤고, 그 외침 소리는 시골 구석에 있는 모스크의 높은 담을 넘어서 사방으로 울려퍼졌다.

바드샤 칸! 칸들의 왕이 된 것이었다.

가파르의 이름은 입에서 입으로 퍼져나가기 시작했다. 칸들이 그를 자신들의 바드샤라고 부르는데 마을사람들이야 무슨 이의가 있겠는가. 가파르는 자신만의 운명을 버리고, 이제 간디가 마하트마라는 이름으로 불렸듯이 새로운 이름을 취해야만 했다. 그때부터, 마르단에서 시작하여 코하트에 이르기까지 마을에 들어설 때면 그는 환호를 받게 되었다.

"바드샤 칸이 오신다! 바드샤가 오셨다!"

파탄 사람들은 이제 지도자를 얻게 되었다. 그들은 아주 적절한 시기에 그를 발견해 냈다. 왜냐하면 1897년 국경지역 전쟁 이후로 그 지역은 다시 한 번 막 폭발하려고 하고 있었기 때문이다.

*

이번의 폭발은 격분한 파탄 사람들이 아닌, 가냘프고 부드러운 한 인도 사람이 도화선이 되었다. 영국인들도, 인도인들도, 간디와 같은 사람은 전혀 본 일이 없었다. 한때 말쑥했던 이 법률가는 이제 구자라트의 농부처럼 옷을 입고, 고행자처럼 식사하며, 영국의 착취에 대해서 이야기할 뿐만 아니라 위생의 기준에 대해서도 이야기했다. 수백만의 사람들이 그를 추종했다. 그러나 인도인이든 영국인이든 아무도 그를 잘 알고 있다고 주장할 수는 없었다.

간디가 벌였던 운동의 핵심 한가운데에는 많은 오해를 불러일으켰던 '비폭력 저항'이라는 그의 독특한 생각이 있었다. 수많은 연설과 논설에서 간디는 인도 국민들에게 대담하고 혁명적인 자신의 투쟁 방식을 가르쳤다. 비폭력은 소극적인 것이 아니다. 그는 이렇게 주장했다.

"역동적으로 살아 움직이는 비폭력은 의식적으로 당하는 고난을 의미합니다. 그것은 악을 행하는 자들의 의지에 대해 나약하게 굴복하는 것이 아닙니다. 오히려 독재자의 의지에 맞서서 싸우는 것입니다."

'소극적 저항'이라는 어휘에 만족할 수 없었던 간디는 '사티아그라하(Satyagraha)'라는 새로운 용어를 만들어냈다. 그 단어는 사티아, 즉 '진리'라는 말과 그라하, 즉 '굳건함'이라는 말을 결합시킨 것이었다. 간디는 이렇게 설명했다.

"진리란 사랑을 의미하며, 굳건함이란 힘을 생겨나게 하는 것입니다. 그래서 나는 인도의 운동을 '사티아그라하'라고 할 작정입니다. 말하자면 그것은 진리와 사랑, 즉 비폭력에서 생겨난 힘입니다."

사티아그라하는 악에 대한 소극적 굴복이 아니라 개인적 · 사회적 · 경제적 · 정치적 착취에 대해서 역동적으로 저항하는 것을 의미했다. 그러나 사티아그라하는 사랑이라는 무기를 사용했다.

"사티아그라하는 순수하고 소박한 영혼의 힘입니

다."

간디는 그렇게 말했다. 그래서 사티아그라하를 실천하는 사람, 즉 사티아그라히(Satyagrahi)*는 '결코 굴복하지 않으려는 의지', 다시 말해 고통을 받아들일 수 있는 역량과 어떤 일이 있어도 적대자에게 고통을 가하지 않으려는 결의로 무장을 해야 한다. 간디는 이렇게 말했다.

"그것은 적개심을 없애는 것을 추구하며, 적대자들을 없애는 것을 추구하지는 않습니다."

그럼에도 불구하고 그것은 독재와 착취를 만나면 결코 길을 내주고 양보하지는 않는다. 간디는 이렇게 결론을 내렸다.

"사티아그라히에게는 시간 제한도 없으며, 고통을 당해낼 수 있는 역량에도 한계가 없다. 따라서 사티아그라하에는 패배 같은 것은 있을 수 없다."

전쟁이 끝날 무렵은 간디가 인도로 돌아온 지 겨우 3년 남짓 되었을 뿐이었다. 그러나 그는 이미 인도 국민회의파에서 지도권을 확보했으며, 그 당을 도시의 지식인들이 모여서 토론하는 모임 정도의 정당에서 대중의 지지를 받는 적극적인 정치운동의 정당으로 변모시켜 놓았다. 1919년 초 몇 달 동안 간디는 50년 동안 지속되어 온 영국의 통치에 저항하는 최초의 반란을 이끌었다. 그 반란은 폭력을 사용하지 않고 시행될 참이었다.

영국인들은 불안 상태를 두려워하여 전쟁이 끝났는데도 전시의 규제를 풀어주지 않았다. 오히려 1919년 3월에는 의회가 로래트(Rowlatt) 법안을 통과시켰다. 그 법안은 전시 비상사태의 규제들을 그 땅의 법으로 제정한 것이었다. 대영제국을 구제하기 위해서 피를 흘리고 난 이후에, 인도 사람들은 1857년의 소위 인도 폭동이 일어난 뒤 자신들이 가장 억압적인 법의 보호를 받고 있다는 사실을 알게 되었다.[12)]

간디는 하르탈(hartal), 즉 완벽한 단식과 기도의 날을 요구했다. 전 인도가 호응했다. 버스와 기차가 운행을 중단했다. 상점과 행정부 사무실, 공장이 문을 열지 않았다. 온 도시가 철시했다.

국경지역에서 페샤와르는 사실상 완전히 인적이 끊겼으며, 파탄 사람들 수천 명이 우트만자이로 모여들었다. 베람 칸도 초대되었다. 그가 일생에 최초로 참석한 정치집회였다. 그는 그렇게 큰 집회에서 자신의 아들이 영국인들에게 저항할 것을 촉구하는 연설을 하자 귀를 기울이며 마음 흐뭇해했다.

영국인들도 귀를 기울이고 있었다. 국경지역 행정부는 계엄령을 선포하고 가파르 칸을 체포했으며, 재판도 거치지 않고 6개월 징역형을 선고했다. 그들은 가파르의 발에 철제 족쇄를 채웠는데, 그의 큰 발에 너무나 작은 족쇄를 채워 족쇄가 살을 파고들어가 그 자리에 평생 흉터가 남게 되었다.

우트만자이에서 행정부는 또 하나의 상처를 남겼다. 군대로 마을을 포위하고, 마을사람들을 총부리로 위협하면서 남녀노소를 불문하고 칸의 학교 울타리에 모아놓고 앉으라고 명령했다. 학교 운동장에 기관총을 설치해 놓고 실탄까지 장전했다. 마을사람들이 기도를 하는 동안 군인들은 맨 앞줄에 앉은 사람들을 겨누고 명령만을 기다리고 있었다. 사령 장교가 팔을 들고 외쳤다.

"사격 준비!"

구령 소리가 허공에 울려퍼졌다. 그러나 발포는 없었다. 군인들은 겁에 질려 앉아 있는 마을사람들에게 달려들어 값이 나갈 만한 물건을 죄다 빼앗고 마을을 약탈했다. 가져갈 수 있는 것은 무엇이든 다 마차에 싣고 가버렸다.

군인들이 마을을 약탈하고 있는 동안, 영국인 행정관은 마을사람들에게 연설을 늘어놓았다. 되지도 않는 아프가니스탄 말로 그는, 반역에 대한 대가로 마을사람들이 3만 루피를 물어야 한다고 말했다. 베람 칸을 포함하여 70명의 인질이 페샤와르에 있는 교도소에 수감되었는데, 마을사람들이 벌금을 내면 석방할 것이라고 말했다.

가파르 칸은 평생 정치라고는 모르던 아버지가 감옥의 뜰로 들어오는 것을 보면서 한편으로는 기쁘기도 하고 한편으로는 당혹스러웠다. 한편 베람 칸은 너무나 기쁘기만 했다. 영국인들이 막내아들을 교수형에 처했을 것이라고 생각했는데, 그 아들이 아직 살아서 여기에 있지 않은가! 그 늙은 칸이 3개월 동안 감옥에 갇혀 있었던 것은 뜻하지 않은 신의 선물이었다. 그는 기뻐서 어쩔 줄 몰랐다. 감옥에 갇히지 않았더라면 어떻게 아들의 얼굴을 볼 수 있었겠는가?

6개월 만에 풀려난 가파르 칸은 부모님이 또 다른 신붓감을 물색해 놓았다는 사실을 알게 되었다. 재혼은 생각지도 않았던 일이었기에 무척 당황스러웠으나, 자식으로서의 도리 때문에 결혼 예복을 준비하기 위해서 페샤와르로 떠났다. 이제 그는 바드샤였고, 국경지역 관리들의 생각을 잘 알고 있었다. 그러나 그는 페샤와르에 이르기도 전에 다시 체포되어 독방에 갇히는 신세가 되었다. 혹독한 가을 추위를 견디는데 그에게 지급된 것이라곤 이가 득실거리는 모포 두 장이 전부였다.

그는 일 주일 만에 다시 방면되었다. 칸은 영국인 행정관에게 물었다.

"왜 나를 체포한 것이오?"

"내가 당신을 맡았기 때문이오."

행정관은 간단히 대답했다. 그는 보고서를 작성하는 중이었고, 그를 찾아가는 수고를 덜려고 했던 것이다.

칸이 주장했다.

"나를 체포하지 않고도 탐문할 수 있는데 왜 그렇게 하지 않았단 말이오?"

"먼저 탐문을 하든 체포를 하든, 그건 내가 결정할 일이오."

바드샤 칸은 물러서지 않았다.

"하지만 나도 사람이오. 내 위치를 생각해 보시오. 당신은 아무런 까닭도 없이 나를 심하게 괴롭혔소."

행정관은 보고서를 쓰다가 중지했다. 그는 눈을 치켜뜨고는 한동안 칸을 쳐다보았다. 긴장이 감도는 순간이었다. 바드샤 칸은 때가 덕지덕지 묻은 껑충한 몰골에, 검은 머리카락은 턱까지 흘러내렸고, 신발도 신지 않은 발은 추위에 파랗게 얼어 있었다.

행정관의 얼굴에서 긴장이 풀렸다. 그는 다시 글을 쓰기 시작했다.

"도대체 당신이 말하는 당신의 위치라는 게 뭐요?"

*

재혼을 하여 다시 안정을 찾은 칸은 '안주만 에 이슬라 울 아파게나(Anjuman-e Islah ul-Afaghena)'라는 정치적 조직을 창설하는 일을 지도했다. 그 조직은 국경지역의 경제, 사회, 교육 분야에서 향상운동을 하는 기구였다. 그는 파탄 사람들이 농사 이외의 직업을 가질 것을 특별히 강조했다. 왜냐하면 모든 사람들이 농사를 지을 만한 넉넉한 땅이 없었기 때문이었다. 그는 부족 사람들에게 모범을 보여주기 위해 우트만자이에서 직접 상점을 열기도 했다.

1920년, 인도 전역의 무슬림들이 터키의 칼리프에 대한 영국의 정책에 저항했다. 영국은 무슬림들을 아프가니스탄으로 집단 이주시켰던 것이다. 수천의 파탄 사람들이 거대한 순례 행렬에 가담했고, 칸도 그들과 합류했다. 하지만 망명은 잘못된 것이었다는 사실이 곧 드러나게 되었다. 그는 개혁 활동을 계속하기 위해서 국경지역으로 다시 돌아왔다.[13]

학교는 인기가 있었다. 그는 이제 우트만자이에 있는 아자드 학교들을 확장시켜 중등과정까지도 만들 준비를 했으며, 또한 교사로 활동할 성실하고 총명한 파탄의 젊은이들을 만나게 되었다.

1920년 인도 국민회의파는 나그푸르에서 대회를 열고, 완전한 자치를 쟁취하기 위해서 비폭력으로 투쟁할 것을 최초로 공개적으로 결의했다. 칸은 그 역사적인 회의에 참석했다. 국민회의파 회의에 참석한 것은 처음이었다. 그는 거기서 간디에게 깊은 매력을 느꼈다. 그러나 용기가 나지 않아 그저 뒤에 가만히 앉아 있었다. 바드샤 칸에게 정치란 매력이 없는 것이었다. 끝없는 토론과 성냄과 고집의 노출, 그런 것들은 역겹기만 했다. 차라리 시골에서 조용히 일하는 것이 더 좋았다.

그런 일들이 마을사람들 사이에서 점점 더 큰 성공을 거두자 그와 영국인 사이의 불화는 깊어져만 갔다. 파탄 사람들 사이에서 무언가 중대한 일이 추진되고 있다는 것을 감지한 영국인들은 칸의 학교 교사들을 괴롭혔다. 체포하겠다고 위협하기도 하고, 영국인 학교에서 더 많은 보수를 주겠노라고 회유하기도 했다. 많은 사람들이 학교를 그만두었다. 칸의 활동과 생각이 인도 전역에서 폭넓게 인정은 물론 격려를 받게 되자, 국경지역의 군대 장교들은 불안해했다. 군대 장교들은 국경지역이 움직이면 인도도 움직인다고 주장했다.

행정장관이었던 존 매피 경은 베람 칸을 알았다. 그는 베람 칸을 페샤와르에 있는 자신의 집무실로 불러 이렇게 말했다.

"나는 당신의 아들이 마을을 돌아다니며 학교를 열고 있다는 걸 알고 있습니다."

그는 베람 칸이 신중한 사람이라는 걸 잘 알고 있었다.

"다른 사람들은 조용히 집에 있으면서 이런 일로 말썽을 부리지 않는다는 것도 말이지요."

모든 게 사실이었다. 뻔히 보이는 일 아닌가. 그는 아들이 가는 길을 이해할 수가 없었다.

"아드님에게 이런 활동을 포기하도록 부드럽게 타일러주시겠습니까? 다른 사람들처럼 그저 집에 있으라고 하시지요."

베람 칸은 그러마고 했다. 그는 곧바로 막내아들과 대결하게 되었다. 왜 그 아이는 다른 사람들처럼 집에 가만히 있지 못하는 것일까? 아리따운 색시도 얻었고, 건강하게 잘 자라는 아들도 둘이나 있다. 또 관리해야 할 마을도 있지 않은가. 그런데 왜 그런 일들을 꾸미고 다닌단 말인가.

가파르는 아버지보다도 아버지를 더 잘 알고 있었

다. 가파르가 말문을 열었다.

“아버지, 만약에 모든 사람들이 매일 기도 드리는 일을 그만둔다면, 저에게 너도 그들을 따라서 그만두라고 말씀하실 건가요?”

노인이 입을 열었다.

“어찌 그런 일이 있겠느냐? 기도는 신성한 의무야.”

바드샤 칸이 대답했다.

“제 생각에는 사람들을 교육시키고 민족을 섬기는 일도 기도 못지않은 신성한 의무입니다.”

파탄 사람으로서 가지고 있던 자존감이 흔들리고 있었다. 베람 칸은 아들의 확신이 얼마나 진중한 것인가를 충분히 느끼고도 남았다. 명예는 소홀히 취급할 수 없는 것. 그는 아들에게 정중하게 말했다.

“애야, 그것이 신성한 의무라면 절대로 포기해서는 안 된다!”

베람 칸은 페샤와르에 있는 행정장관 매피 경에게 유감의 뜻을 전했다. 파탄 사람으로서의 종교와 신성한 의무를 포기할 수 없다는 내용이었다.

그러나 행정장관 역시 그렇게 순순히 물러날 사람은 아니었다.

“당신이 만든 조직이 행정부와 그 이익을 해치는

일에 이용되지 않으리라는 것을 무엇으로 보장하겠소?"

그는 가파르에게 아주 퉁명스럽게 물었다.

"당신은 나를 믿으셔야 합니다."

칸이 대답했다.

행정장관이 되받았다.

"아니오. 그렇지가 않소. 당신은 사과를 하고 또한 다시는 그런 일을 하지 않겠다고 보증을 해야만 하오."

칸은 완강했다.

"날더러 내 민족을 사랑하고 섬기는 일을 포기하겠다고 보증하란 말이오?"

행정장관이 대꾸했다.

"이것은 섬기는 것이 아니라 반역이오!"

며칠 후 칸은 체포되었다. 가난하고 무지한 자들에게 교육을 한 것이 죄목이었다. 그는 이렇게 기술하고 있다.

나는 체포되자 통상적으로 선고를 기다리는 사람들처럼 구치소에 수감되지 않고 죄수 감방에 수감되었다. 문을 열고 들어서자 악취가 코를 찔렀다. 감방 구석의 흙으로 만든 분뇨통에 전에 있던 죄수들의 분뇨가 가득 차서 악취를 풍기고 있었던 것이다. 나는 교도관에게 그런 더러운 감방에서 지낼 수는 없다고 말했다. 그러나 그는 아주 냉담하게 대답했다. "당신은 지금 감옥에 있는 거야, 알아?" 그러고는 나를 감방 안으로 처넣었다.

내가 있던 감방은 지독히도 추웠다. 북향이어서 해가 전혀 들지 않기 때문이었다. 나는 모포 석 장과 삼베옷 한 벌을 지급받았다. 그것들은 그런 혹심한 추위에 아무런 도움이 되지 않았다.

내가 투옥된 이후 동료들도 체포되었다. 우리는 밤낮으로 감방 안에서 지냈다. 음식은 문에 나 있는 철창 구멍으로 내던져졌다. 동료들은 이런 가혹한 처우를 견디다 못해 안정에 협력하기로 작정했다. 그러나 압둘 쿨 카이윰과 나는 그것을 거부했다.

열흘 후, 칸은 행정장관 대리인 앞으로 끌려가 쇠창살이 쳐진 피고석에 앉았다. 키가 크고 건장한 파탄 사람을 보고 있던 그 영국인은 칸이 비폭력을 공언하지만 믿을 수 없다고 말했다. 칸은 간디의 영향을 받아서 그렇다고 대답했다.

행정장관 대리인은 칸을 자극했다.

"그렇다면, 만일 당신이 간디에 대해서 듣지 못했

다면 어떻게 했겠소?"

칸은 커다란 두 손으로 쇠창살을 붙잡고 천천히 팔을 벌렸다. 그는 웃지도 않으면서 이렇게 말했다.

"당신에게 이렇게 했을 것이오."

대리인도 즐겁지는 않았다. 그는 수행 경찰에게 우트만자이에서 온 그 죄수가 무슨 죄를 저질렀는지 물었다. 경찰이 대답했다.

"그는 학교를 열었습니다. 그리고 아프가니스탄으로 순례를 떠났습니다."

대리인이 화가 나서 소리를 버럭 질렀다.

"그가 나라를 떠났다고? 그런데도 당신은 그가 다시 돌아오도록 내버려두었단 말이야?"

수행 경찰이 설명할 틈도 없이 칸이 말을 가로막고 나섰다.

"처음에는 우리나라를 빼앗아가더니 이제는 우리를 여기서 살지도 못하게 할 작정이오?"

대영제국 여왕의 공식적인 사법 대리인 앞에서 한낱 파탄 사람이 그렇게 무례하게 구는 것은 도저히 참을 수 없는 일이었다.

"그를 데리고 내 앞에서 당장 사라져!"

행정장관 대리인은 그렇게 말했다.

"그에게 3년형을 선고한다!"

그가 고개를 들어보니 칸은 그 자리에 꼼짝도 하지 않고 서서 자신을 노려보고 있었다.

"중노동형에 처한다."

행정장관 대리인이 그렇게 한마디를 덧붙였다.

제7장

오, 파탄인이여!

우리는 고난의 학교에서 많은 것을 배웁니다. 만일 내가 안일한 삶을 선택했다면, 그래서 감옥이 주는 기쁨과 그것이 의미하는 모든 것을 맛볼 수 있는 특권을 누릴 수 없었더라면 나는 어떻게 되었을까 궁금한 생각이 들기도 합니다.

—바드샤 칸

1921년~1924년

오, 파탄인이여!

영국인들은 칸을 벌하기를 원하지 않는다고 했다. 단지 그를 설득해서 자신들과 같은 생각을 갖게 하려고 노력했다는 것이다. 그럼에도 불구하고 그들은 그를 정치범이 아니라 일반 죄수로 분류했고, 독방 금고형 2개월을 선고했다.

다시 일반 감방으로 돌아오자, 형이 그를 만나기 위해 기다리고 있었다. 두 사람은 서로 끌어안고 감격의 포옹을 나누었다. 이제 유명인사가 된 칸 사헤브 박사는 유럽에서 영국군 군의관으로서 복무를 마치고 이제 막 영국에서 돌아오는 길이었다. 국경지역으로 부대를 옮겨서 와지리족에 대한 원정군에서 군의관으로 복무하라는 명령을 받은 그는 즉시 군에서 퇴역했다.

두 형제는 이야기를 나누다가 다시 끌어안고, 또 이야기를 나누고 했다. 칸 사헤브 박사는 행정장관에게서 받은 메모 쪽지를 가파르에게 건넸다. 거기에 적혀 있는 내용인즉, 자신은 가파르 칸에 대해서 악의가 없으며 감형해 줄 용의가 있다는 것이었다. 그는 석방될 수도 있었다. 학교를 다시 운영하도록 허가할 수도 있다는 것이었다. 그러나 마을을 돌아다니는 일만은 해서는 안 된다고 했다. 만일 그가 이 한 가지 조건만 수락한다면, 바로 그날 오후에 형과 함께 집으로 돌아갈 수 있었다.

칸은 그 메모를 읽었다. 그는 칸 사헤브의 얼굴을 한 번 쳐다보고 다시 메모를 보았다. 그러더니 갑자기 그 메모를 북북 찢어 땅에 흩뿌려버렸다.

칸 박사는 동생을 바라보았다. 창백한 볼은 이미 푹 꺼졌고, 눈가에는 거무스름한 테가 나 있었다. 괴혈병의 징후가 피부에 나타나고 있었던 것이다. 형은 그를 설득하려고 애썼다. 그러나 가파르는 수염을 기른 큰 머리를 가로저을 뿐이었다.

그 다음주에 칸은 손과 발에는 족쇄가 채워지고 목에는 쇠고리가 걸린 채 데라이스마일칸에 있는 상습범들의 교도소로 이감되었다. 그는 여왕의 행정부와

협력할 준비를 하지 않았기 때문에 그에 응당한 처우를 받게 될 참이었다. 즉, 그는 위험한 중죄인이 된 것이었다. 목에 걸린 철제 고리에는 작은 인식판이 붙어 있었는데, 거기에는 그의 이름과 형벌과 내란선동죄라는 범죄가 기록되어 있었다.

데라이스마일칸 교도소에서 그는 다시 독방에 감금되었고, 하루에 20킬로그램의 옥수수를 가는 일을 했다.

죄수가 감방에 음식을 보관하는 것은 위법이었다. 그런데 우트만자이 출신의 한 동료 죄수가 칸에 대한 우정의 표시로 구르라는 사탕 몇 개를 건네주었다. 칸이 사탕을 받아들고 있는데, 교도관이 감독관이 오고 있다고 이야기해 주었다.

사탕을 어떻게 할까? 먹을 시간이 없었다. 급히 담요 아래 숨겼다. 그러나 감독관이 침상을 검사한다면 어찌할 것인가?

감독관이 들어왔고, 그와 잠시 이야기를 나누다가 나갔다. 문이 '꽝' 하고 닫히자마자 칸은 사탕을 집어서 창 밖으로 던져버렸다. 그는 그 자리에서 다시는 규율을 어기지 않으리라고 결심했다. 속임수는 두렵게 만들고, 두려움은 죄수를 인질로 만들어버린다. 그는 동료 죄수들이 그렇게 되는 것을 여러 번 목격했다. 그들은 규칙을 깨뜨리고, 형벌을 면하기 위해서 간수들에게 뇌물을 주었다. 그런 일을 하게 되면 죄수들은 자존심을 잃어버리게 된다. 칸은 다시는 그런 일을 하지 않겠노라고 작정했다.

데라이스마일칸 교도소는 그야말로 복마전이었다. 영국인 감독관은 영어로만 이야기했고, 그래서 영어를 알아듣지 못하는 죄수들은 감독관의 대리인인 교도관의 노예 신세로 전락했다. 말하자면 강가람이라고 불리는 교도관은 그런 제도를 돈을 벌어들이는 효과적인 수단으로 이용하는 작은 독재자였다. 죄수에 대한 처우는 전적으로 그가 얼마나 뇌물을 바칠 수 있느냐, 그리고 바치려는 의지가 얼마나 있느냐에 따라 좌우되었다. 만일 죄수가 형기를 다 마치고 살아남으려면 그런 특권을 돈을 주고 사야만 했던 것이다.

칸은 돈을 주길 거부했다. 교도관의 앞잡이 한 사람이 그에게 애원하다시피 했다.

"그에게 돈을 좀 주시오. 그러면 독방 신세는 면하게 해줄 겁니다."

칸은 고개를 저었다.

"폐샤와르에 있는 당신의 동료들은 당신이 살인범처럼 독방에서 옥수수를 가는 것을 민망스러워하고 있습니다. 그들이 대신 돈을 줄 겁니다."

그러자 칸이 이렇게 말했다.

"나는 맨 먼저 이곳으로 보내졌소. 안일을 위해 돈 내는 것을 거부했기 때문이오. 좋은 대우를 받자고 강가람을 매수해야 한단 말이오? 내가 영국인을 매수한다면 지금이라도 당장 밖으로 나갈 수도 있소."

그 교도관 앞잡이는 고개를 흔들었다. 명예라는 것도 멀리 달아날 수 있는 것이다. 그 역시 페샤와르 사람이었다. 그는 바드샤가 고생하는 것을 민망하게 생각하고 있었던 것이다.

그럼에도 불구하고 칸의 모범은 그 악질적인 분위기에 굴복하고 있던 죄수들과 교도관들마저 감동시켰다. 어느 날 그가 옥수수를 갈고 있는데, 교도관이 이제 그만 갈아도 좋다고 말했다.

"이 감옥에서 당신만이 유일하게 신의 편에 서 있는 사람이오. 내가 당신에게 옥수수를 갈라고 한다면, 어떻게 신 앞에서 떳떳할 수 있겠소?"

칸은 옥수수 가는 것을 멈췄다. 그러나 교도관이 자리를 뜨자 다시 갈기 시작했다. 교도관이 감시 구멍을 통해서 그를 지켜보다가 다시 감방 안으로 들어왔다. 그가 다소 무례하게 말했다.

"내가 갈지 않아도 된다도 말했잖소? 그런데 왜 계속하시오?"

칸은 옆방에 있는 죄수를 가리켰다.

"저 사람 보이십니까? 그는 도둑이고 살인범입니다. 그리고 당신은 그에게 옥수수를 갈도록 시켰습니다. 그런데 순수하고 신성한 내 뜻을 따라서 옥수수 가는 것을 왜 내가 마다하겠습니까?"

교도관은 고개를 저었다. 칸이 말했다.

"당신은 좋은 사람이오. 그런데 왜 이런 악한 체제 속에서 일하시오?"

"아이들을 먹여살려야 합니다."

칸은 다시 옥수수를 갈았다. 며칠 후, 그에게는 다른 교도관이 배치되었다. 이 사람이 먼저 있던 교도관은 다른 직업을 찾았다고 전해주었다.

거기에 수감된 죄수들 대부분이 파탄 사람들이었기 때문에, 바드샤가 부정을 저지르기를 거부하는 것을 보면서 감동을 받지 않을 수 없었다. 힘든 고역을 피하기 위해 뇌물을 바치던 자들도 칸의 이야기를 듣고는 돈을 주는 것을 그만두고 노동을 스스로의 범행에 대한 영예로운 참회의 방법으로 받아들였다. 그들 사이에서 일어났던 다툼도 대부분 진정되었다.

수입이 점점 줄어들자 강가람은 교도소장에게 불평을 늘어놓았다. 바드샤가 작업장에서 문제의 원인이 되고 있고, 바드샤가 남아 있는 한 자신은 감옥 내

규율에 대해서는 책임이 없다고 주장했다. 칸은 이렇게 회상했다.

"교도소장은 강가람이 거짓말을 한다고 확신했습니다. 그러나 그는 강가람에게 설득을 당하여 규율을 보존하기 위해서는 어떤 일을 해도 좋다고 허락했습니다. 결국 강가람은 법과 질서를 유지하는 일에서는 그를 실망시키지는 않았지요."

강가람은 칸의 문제에 개입하여 자신도 모르는 사이에 칸의 생명을 구해준 격이 되었다고 할 수 있다. 칸은 훗날 이렇게 회고했다.

"그건 순전히 신의 은총이었습니다. 나는 데라가지칸 교도소로 이감되었지요. 그렇지 않았더라면 아마도 나는 살아남지 못했을 겁니다."

넉 달 동안의 독방 생활은 그의 건강을 완전히 망가뜨렸다. 몸무게는 20킬로그램 이상이 줄었고, 괴혈병과 농루증에 감염되었다.

페샤와르에서 남쪽으로 약 5백 킬로미터 떨어져 있는 데라가지칸 교도소는 영국의 통치에 대해서 적극적으로 저항한 역사를 가지고 있는 펀자브 지방 출신의 정치범들을 구금하고 있는 감옥이었다. 거기서 칸은 수많은 인도 독립운동 지도자들과 만나게 되었다. 힌두교도, 기독교도, 무슬림들이 모여서 토론도 하고 서로 다른 종교의 경전을 공부하기도 했다. 젊은 바드샤에게는 예상치 않게 견문도 넓히고 공부도 할 수 있는 좋은 기회가 되었다. 게다가 기후와 음식도 더 나았으며, 그곳의 교도소장은 칸이 하던 일을 존중해주는 훌륭한 무슬림이었다. 어느 날 한 치과의사가 와서 칸의 충치를 뽑아주었는데 돈을 받기를 거절하며 이렇게 말했다.

"선생은 우리 조국을 사랑했기에 이곳에 갇혀 계십니다. 저는 선생의 희생을 따를 수도 없습니다. 이렇게라도 빚을 갚게 해주십시오."

1923년 칸이 아직 감옥에 갇혀 있을 때, 그는 어머니가 세상을 떠나신 것을 알게 되었다. 아무도 그에게 소식을 알려주는 사람은 없었지만 신문을 보고 알게 되었다. 참으로 큰 충격이었다. 칸은 이렇게 기록했다.

어머니는 내가 감옥에 있을 때 가장 열심히 면회 오신 분이셨다. 그러나 어머니는 연로하셨고, 데라가지칸 교도소는 너무나 멀뿐더러 또 인더스 강까지 가로놓여 있었다. 어머니의 불편과 고통을 덜어드리기 위해서 나는 항상 어머니에게 제발 면회 오시지 말라고 간절히 당부하곤 했다. 그러나 어쩌랴. 나는 전능하신

신이 그렇게도 빨리 어머니를 데려가실 줄은 몰랐다!

석방되어 고향마을로 돌아왔을 때 누이가 나에게 말하기를, 어머니는 마지막으로 숨을 거두면서 나를 찾으셨다고 했다. "가파르는 어디 있니?" 마지막으로 내 이름을 부르시며 어머니는 세상을 하직하셨던 것이다.

*

칸이 감옥에 있었던 3년 동안, 인도는 대규모 투쟁을 수행했다. 1920년 나그푸르에서 열린 국민회의파 모임에서 진지하게 시작되었던 간디의 비협력운동은 급속도로 추진력을 얻었다. 인도의 법률가들은 영국인의 법정에서 일하기를 거부했고, 학생들은 영국인이 운영하는 학교와 대학을 떠났으며, 인도의 유명인사들은 명예로운 훈장과 칭호를 반납했고, 마을사람들은 세금 납부를 거부했다. 그 운동은 건조한 바람을 타고 번지는 들불처럼 전국을 휩쓸었다. 1922년 1월이 되자 무려 3만 명에 달하는 인도 사람들이 투옥되었다. 마침내 보수적인 인도 사람들조차 간디가 옳았다는 것을 깨닫기 시작했다. 비폭력이 그들에게 완전한 독립을 가져다줄 수 있다는 것을 확신하게 되었던 것이다.

하지만 모든 인도 사람들이 다 비폭력을 실천한 것은 아니었다. 몇몇 도시에서는 사람들이 전선을 절단하고, 영국인 건물에 불을 지르고, 관리를 공격하기도 했다. 1922년 2월 5일, 한 무리의 인도 군중들이 차우리차우라라는 작은 마을에서 자제력을 잃고 경찰 10여 명을 살해했다.

간디는 그 운동을 중단했다. 그는 단식을 시작하고 모든 비협력운동을 중지할 것을 명령했다.

인도 사람들은 당황했다. 그들은 이제 거의 독립을 얻었다고 생각하고 있었다. 승리가 목전에 다가온 것만 같았다. 그러나 간디는 단호했다. 그는 폭력을 통한 승리는 원치 않았던 것이다. 그는 이렇게 말했다.

"우리의 맹세를 부인하는 잘못을 범하고 신에게 죄를 짓느니, 차라리 비겁하고 나약하다는 비난을 듣는 편이 낫습니다. 세계에 대하여 진실하지 못하게 보이는 편이 우리 자신에게 진실하지 못한 것보다 수백만 배 나은 일입니다."

영국인들은 뜻밖에 굴러들어온 횡재를 반기면서 간디를 체포했다. 이번에 그에게는 심문이 허락되었다. 그 심문에서 간디는 모든 내란선동죄를 적극적으로 인정하고, 영국의 통치 결과에 대해서 참혹한 평가를 내렸다. 결국 그에 대한 심문은 영국제국에 대해서 그런 사실만을 통지하는 셈이 되었던 것이다. 그는 6년 징역형을 선고받았다. 그리하여 첫번째 인도의 시민저항운동은 좌절되고 말았다. 간디가 감옥에 갇히자 인도는 다시 잠잠해졌다. 그러나 인도 사람들은 그들의 지도자에 대한 믿음을 저버리지는 않았다. 그들은 단지 기다리고 있을 뿐이었다.

1924년 감옥에서 석방되자 가파르 칸은 곧 집으로 돌아왔다. 그는 자신의 투옥과 수난이 실제로 자신의 운동을 더욱 강하게 만들어주었고, 또한 사람들의 마음에 불을 지폈다는 사실을 알고 기쁘게 생각했다. 우트만자이에 있는 그의 아자드 학교는 번창하고 있었고, 그가 조직한 봉사단체는 그 어느 때보다도 활발하게 움직이고 있었다. 교사와 학생들은 파탄 마을 사람에게 이야기를 할 때면 모스크를 사용함으로써 면책특권을 이용했다. 이제 겨우 아홉 살 난 칸의 아들 가니까지도 그 모임에 합류했다. 그는 이렇게 외치곤 했다.

"여러분, 정부가 왜 우리 아버지를 감옥에 가두었는지 가서 물어보십시오! 가서 그들에게 우리 아버지가 무슨 죄를 지었는지 물어보십시오!"

우트만자이에서 한 모임이 소집되었다. 바드샤가

돌아온 것을 환영하기 위해서 수천 명의 파탄 사람들이 모여들었다. 거기에 참석한 사람들은 마르단, 코하트, 페샤와르, 그리고 멀리 북쪽에서 온 스와티 사람들까지 있었다. 모한드족 사람 몇몇도 그들의 바드샤를 다시 보기 위해 바자우르 지역에서 몰래 빠져나오기도 했다. 다른 파탄 사람들과 마찬가지로 성격이 괄괄한 늙은 베람 칸은 생강 씨앗을 짜서 향을 낸 차를 여러 동이나 내놓았다. 수많은 이들이 함성을 지르고 껄껄 웃어젖혔다. 우리의 바드샤가 어떻게 교수대에서 빠져나왔을까? 신이 그를 돌보고 있는 게 분명하지 않은가!

볼은 움푹 패고 어깨는 축 늘어졌지만, 칸은 여전히 당당한 풍모를 갖추고 있었다. 사람들은 그의 연설을 듣기를 원했지만 칸은 거절했다. 이것은 축하의 자리이지 시위가 아니었다. 그러나 군중은 물러서지 않았다. 연설을 해달라!

키가 큰 칸이 자리에서 일어나 동요하는 얼굴들을 내려다보았다. 환호성과 휘파람 소리가 울려퍼졌다. 우레 같은 함성 소리! 그는 열기로 달아오른 1천여 명의 회색빛 얼굴들을 보았다. 그들의 눈동자에는 참을 수 없는 격앙된 감정이 서려 있었다. 그는 이야기를 시작했다.

어느 날 암사자 한 마리가 양 떼를 공격했습니다. 그 암사자는 새끼를 배고 있었습니다. 마침 양 떼를 공격하는 동안 새끼를 낳게 되었고, 새끼를 낳다가 그 암사자는 죽고 말았습니다. 그래서 그 새끼 사자는 양 떼와 함께 자라게 되었습니다. 새끼 사자는 풀을 뜯는 법을 배우고, 심지어는 '메에' 하고 우는 소리를 내는 것도 배웠습니다.

어느 날 사자 한 마리가 숲에서 양 떼를 공격하다가, 자신을 보고 무서워 달아나는 새끼 사자를 보고 놀랐습니다. 그 새끼 사자는 무서워서 '메에' 하고 양처럼 소리를 냈지요. 사자는 화가 나서 그 새끼 사자를 붙잡아 양 떼에게서 떼어내어 강가로 데리고 나왔습니다.

그는 새끼 사자에게 명령했습니다. "물을 들여다봐! 너는 양이 아니야. 너는 사자야! 아무것도 두려워할 게 없어. 양처럼 '메에' 하지 말고 우렁차게 소리쳐 봐!"

칸은 이야기를 멈추고 기다렸다. 군중은 잠잠했다. 그는 힘이 다시 솟구치는 것을 느꼈다. 그는 우렁찬 소리로 이렇게 외쳤다.

"파탄 사람들이여! 그래서 나는 여러분에게 말합니

다. 여러분은 사자입니다. 그러나 여러분은 노예로 양육되었습니다. 양처럼 '메에' 하고 울지 마십시오. 사자처럼 우렁차게 함성을 지르십시오!"

파탄 사람들은 함성을 질렀다. 여기저기 앉아 있던 군중은 우레 같은 박수를 보냈고, 박수 소리는 그 계곡을 가득 메우고 키베르 관문을 향해 울려퍼졌다. 거기에 모인 파탄 사람들은 행복했다. 타오르던 태양이 황량한 산악지대를 넘어가자, 그들은 생강차와 웃음이 가득한 마을로 돌아갔다. 그들의 바드샤가 돌아온 것이다. 그리고 그와 함께라면 더 좋은 날들이 기다리고 있으리라.

제8장

파탄의 신화

파탄 사람은 사랑과 이성에 복종할 의무가 있지 않은가. 만일 당신이 파탄 사람의 마음을 얻는다면, 그는 지옥이라도 당신과 함께 갈 것이다. 그러나 그렇게 못 하면 당신은 하늘이라도 그를 억지로 가게 할 수 없을 것이다. 파탄 사람에게 사랑의 힘이란 바로 그런 것이다.

—바드샤 칸

1925년

파탄의 신화

영국의 억압도 문제였지만, 바드샤 칸의 앞에 놓인 가장 큰 장애물은 파탄 사회에 여전히 만연해 있는 보복과 폭력에 대한 숭배였다. 그 해묵은 명예의 법전이 얼마나 큰 힘을 발휘하고 있었는지, 어떤 사람이 모욕을 당하거나 잘못된 일을 당하면 아무리 큰 고통이 따르더라도 보복하지 않고 그냥 넘어가도록 내버려두지 않았다.

그래서 모든 사람들에게 고통이 따랐다. 가족은 아버지를 잃어버렸고, 이웃은 서로에 대한 두려움을 안고 살아야 했다. 생명, 그 자체가 까닭도 모른 채 스러져갔다. 그러나 보복하는 영웅의 신화는 파탄의 소설과 시의 기초적인 자원이 되었으며, 심지어 어떤 사람의 위상을 결정하는 일에서 중요한 요소가 되었다. 그러한 풍토는 파탄 사람들을 끝없는 비극으로 몰아갔다.

바드샤 칸은 누구보다도 이런 모순을 심각하게 느끼고 있었으며, 그들이 폭력에 심취함으로써 지불해야 하는 대가에 대해서 누구보다도 더 뼈아프게 생각했다. 그는 이렇게 주장했다.

"우리는 오로지 우리가 가지고 있는 자기파괴적 경향들 때문에 자유를 박탈당하고 있다."

이런 모순들은 관습이나 가치관, 그리고 일상생활에 이르기까지 국경지역에서의 생활 전반에 스며 있다. 하지만 외부인에게 그러한 파탄의 풍토는 거의 이해할 수 없는 것이다. 바드샤 칸의 큰아들 가니는 이렇게 말했다.

"파탄 사람을 사랑하기는 쉽지 않다. 그들을 알기도 쉽지 않다. 그들은 싸우기를 좋아한다. 그러나 군인이 되기는 싫어한다. 야망은 크고 인내심은 없다. 바로 그런 이유 때문에 대부분 젊은 나이에 죽는다."

보복과 폭력이 파탄 사람들의 문화에 얼마나 깊이 뿌리박혀 있는가를 예증하기 위해, 가니는 자신의 젊은 시절 이야기를 들려준다. 이 이야기는 바드샤 칸의 가문조차도 보복의 마력에서 완전히 벗어나지 못했다는 것을 보여준다. 이 이야기는 어떤 냉정한 분석보다도 더 정확하게 파탄의 독특한 분위기를 구성하는 가치와 정서의 혼합된 상태를 잘 전달해 주고 있다.

그 이야기는 1925년 어느 날 아침에 시작된다. 그날 아침, 그 지역의 무법자 영웅 한 사람의 시신이 우트만자이에 있는 베람 칸의 물방앗간 옆에서 발견되었다. 그 시신의 주인공은 악명 높은 배교자 아타 칸이었다. 그는 마을 소년들이 영웅처럼 떠받들던 인물이었다. 그는 가장 친한 친구 무르타자에게 두 발의 총을 맞았다.

당시 열두 살이었던 가니는 아타가 죽었다는 소식을 듣고 내심 기뻤다고 회상한다. 그는 이렇게 기술하고 있다.

> 멋진 책들에서 그에 관해서 이야기하고 있고, 또 그의 초인적인 용기에 대해서 많은 이야기들이 떠돌았지만, 나는 항상 그를 싫어했다. 왜냐하면 그는 내가 좋아하는 노인을 죽였기 때문이다. 그 노인은 학교 친구의 아버지였다. 나는 너무 어려서 그 마음씨 좋은 노인이 젊은 시절부터 피의 빚을 지고 있다는 사실을 알지 못했다. 그는 젊은 시절에 보복의 씨앗을 뿌렸

고, 아타는 자라서 그의 노년 시절에 그 씨앗의 열매를 수확한 것이었다. 파탄 사람의 핏값은 피가 아니고서는 지불될 수 없다.

이 다정한 노인은 한때 젊었고 무모했으며, 그래서 몇몇 노약자들의 권리를 짓밟았다. 그런데 그 노약자는 아타를 낳았고, 그는 성장했다. 그는 사람들이 어떤 이야기만 꺼내면 어머니가 수치스러워하며 고개를 떨구는 것을 보았고, 형제들이 땅만 바라보고 있는 것을 알게 되었다. 그는 그 다정한 노인을 살해해야만 한다는 것을 이해하게 되었다. 그는 어렸고 용모가 수려했지만, 수치를 참기에는 너무나 강했다.

그래서 아타는 총을 뽑아들고 이 세상에서 그 수치를 날려버렸으며, 그렇게 하여 자신의 권리를 널리 알리고 또 존중받게 만들었던 것이다.

이제 보복의 바퀴는 다시 한 바퀴 돌았고, 그래서 아타가 그 값을 받은 것이다.

산에 숨어 있는 아타의 살인자 무르타자와 그의 무리를 체포하기 위해서 경찰 3~4개 소대와 백여 명의 마을사람들이 동원되었다. 총탄이 바위벽에 부딪쳐 핑핑 날아다녔고, 사람들은 총탄을 피해 몸을 숨겼다. 결국 무르타자는 탄약이 떨어졌다. 그는 총을 우물에 버리고, 햇빛으로 걸어나왔다. 손은 높이 들고, 얼굴에는 미소를 지으면서.

오후 늦게 경찰 일개 분대가 무르타자를 호위하여 우트만자이로 돌아갔다. 온 마을이 들끓었다. 이제 아타는 죽었고 무르타자가 영웅이 되었다. 결국 아타는 많은 칸들을 죽인 셈이 되었다. 무르타자가 강도였다 한들 그게 무슨 대수겠는가? 그는 용감하지 않았던가? 아타의 죽음과 더불어 그렇게 오랫동안 그를 추앙하던 마을사람들은 이제 그의 모든 범죄를 기억했고, 파탄 사람들이 늘 그러하듯이 변덕스럽게도 그를 살해한 사람을 다시 추앙하기 시작했다.

가니는 무르타자가 10여 명의 경찰 호위를 받으며 우트만자이로 들어가는 것을 보았다. 손과 발에는 수갑이 채워졌고, 총탄이 스치고 간 이마에는 붕대가 감겨 있었다. 여전히 득의만만한 미소를 흘리고 있는 무르타자는 마치 전쟁 영웅처럼 허세를 부리며 걸었다. 그는 껄껄 웃기도 하고, 자신을 칭송하는 자들에게 눈을 찡긋하기도 하고 농담을 내뱉기도 했다. 바야흐로 그의 때가 온 것이었다.

어느 지점에 이르자 무르타자는 함께 가던 모든 일행을 세우고 손을 높이 들더니 명령을 내렸다. 모든 사람들에게 시원한 음료수를 주어라! 마을사람들이 환호했다. 사람들이 음료를 마시는 동안에는 경찰까지도 긴장을 풀었다.

그리고 가니의 얼굴도 밝게 빛났다. 무르타자는 그의 친척이 아니던가?

"나는 마을 친구들에게 그가 나의 먼 친척 되는 사람이라고 말하면서 자랑스러웠다."

구름 떼처럼 모인 마을사람들과 경찰, 말과 포로가 마을의 중심도로로 들어서 감옥으로 향했다. 가니는 그 새로운 영웅을 미래로 호위해 가기 위해 군중 틈에 끼어들었다. 무르타자는 징역 20년이 선고되었다.

어느 겨울날 밤, 그 물방앗간의 살인사건이 있고 여러 해가 지났을 때, 가니가 화톳불 앞에 앉아 있는데 문간에서 누군가가 속삭이는 소리가 들렸다.

"친구야, 어디 있니?"

가니가 문을 열었다. 무르타자 칸이었다. 먼지가 찌들어붙은 누더기 옷을 입고 어깨에는 총을 메고 있었다. 가니는 당시의 상황을 이렇게 말하고 있다.

"다른 사람들이라면 그를 방으로 들인다는 것은 생각할 수도 없는 일이었을 것이다. 그러나 나는 그에게 문과 마음을 다 열어주었다. 그는 내가 아는 사람이고, 그의 아버지는 우리 아버지가 아는 사람이었고,

그의 할아버지는 우리 할아버지가 아는 사람이었기 때문이다."

그곳에서 불을 쬐면서 가니는 오랫동안 궁금했던 것을 용기를 내어 물어보았다.

"무르타자, 아타는 너와 가장 가까운 친구였잖아. 그런데 왜 그를 죽였지?"

무르타자의 대답은 이러했다.

"나의 숙부 때문이었어. 나는 그를 미워했고, 지금도 미워하지. 나는 무법자였어. 부하들도 용감했고. 숙부는 나를 몹시 아꼈지. 나한테 잘해주고 지원도 아끼지 않았으니까. 내가 그의 막강한 정적들을 협박하여 영국인 통치자 앞에서 그의 위상을 높여주었고, 또 내가 혈육이고 조카니까 나를 사랑했던 것 같아. 그래서 그의 사랑에 대한 보답으로 나도 진실하게 그를 존경하고 또 충성을 다했지.

어느 날 저녁에 숙부가 나에게 사람을 보냈어. 지독히도 추운 날씨였는데, 나는 숨어 있던 곳에서 나와 할머니의 따뜻한 난로가 기다리는 곳으로 갔지. 숙부가 오신 거야. 아타가 숙부의 적대자들과 숙부를 살해할 계획을 세우고 있다고 장황하게 이야기 하시더군. 숙부는 내 발을 붙잡고 우시는 거야. 나한테 제발 자기를 구해달라고, 그리고 가문의 명예도 다시 찾아야 한다고 애원하더군. 나는 거절했지.

그러니까 숙모까지 나서는 거야. 숙모는 아주 슬픈 표정으로 가만히 앉아서 나를 보면서, 아버지의 동생이 살해당하는 꼴을 보고 싶냐고 그러더라구. 숙모는 이렇게 말했어. '저이는 이제 늙고 백발이 다 되었다. 너는 젊고 튼튼하잖니. 너는 낳아주고 명성과 특권을 다 베풀어준 가문에 대해서 빚진 게 아무것도 없다고 생각하니? 네 아버지 압둘라는 아무리 험한 일도 마다하지 않았단다. 그분은 타고난 칸이셨고, 칸답게 사셨고, 칸답게 돌아가셨단다.'"

무르타자가 말을 이었다.

"그 말이 나를 끝장나게 한 거야. 할 수 없이 그렇게 하겠다고 약속했지."

가니가 물었다.

"숙부가 무서웠어?"

무르타자가 냉담하게 대답했다.

"이 친구야, 나는 병으로 죽는 것말고는 아무것도 무서워한 적이 없어. 하지만 무법자는 항상 두려운 법이야. 목숨을 노리는 적들이 너무 많거든. 어쨌든 나는 아타를 죽이고 싶지 않았어. 그래서 그런 일을 하지 않고는 못 배기게 만든 숙부가 밉기만 해."

그는 몸서리를 쳤다. 그의 갈색 눈동자에는 고뇌의

흔적이 역력했다.

"정말이지 난 아타를 완전히 잊어버리고 싶었어. 하지만 성공하진 못했지. 그가 항상 날 따라다녀. 아타는 살아 있지. 그는 이야기를 하기도 하고 웃기도 해. 용감하게, 그리고 아주 호탕하게……."

무르타자는 이렇게 덧붙였다.

"나는 그 일에 대한 대가로 숙부를 쏘아 죽일까도 해보았어. 하지만 차마 그럴 수 없었지. 숙부는 장수했고, 나는 계속 양심의 가책을 느꼈지."

그는 쓴웃음을 지으며 어깨를 으쓱했다.

"내가 먼저 아타를 안 죽였으면 그가 숙부를 죽이려 했을 거야. 이봐, 친구야, 우리 음악이나 한 곡 들을까?"

가니는 시타르(sitar)*를 들어서 애조 어린 곡을 연주했다.

"우리 저 불이나 바라보고 이야기는 그만 하자. 말이 필요 없잖아. 나도 이해해. 나도 파탄 사람이잖아."

*

파탄 사람들의 거친 얼굴 뒤에는 강한 자존심과 소

박한 요구가 숨어 있다. 그것이 종종 사람들을 황폐하게 만든다. 가니는 이렇게 기록하고 있다.

파탄 사람은 구걸을 하기보다는 도둑질을 한다. 그는 사람이지 벌레가 아니기 때문이다. 그는 아리따운 아내의 찢어진 옷과 어린 자식의 굶주린 눈동자를 본다. 그는 총을 뽑아든다……. 그는 가난의 수치와 불명예를 당하기보다는 신과 인간의 분노를 사기를 원한다. 바로 이런 이유 때문에, 나는 파탄 사람들의 머리와 가슴이 텅 비어 있을지언정 그들을 사랑한다.

가니의 예리한 눈길은 파탄의 정신이 지니고 있는 화려함과 비극을 모두 파악하고 있다.

"그들의 폭력적 본성, 강한 육체와 부드러운 마음은 살아가기에는 너무나 불안정하게 결합해 있다. 그것은 시와 미술을 하기에 이상적인 본성이다."

디르에 있는 파탄 사람의 골짜기로 가보자. 거기서 그는 우리에게 이런 모습으로 다가온다. 중간 키에 예민한 성격을 가지고 있는 그는, 긴 머리타래에 기름을 발라 잘 빗은 다음 붉은 수건으로 감싸서 카이저의 왕관처럼 머리 위에 감아 올리고 있다. 그는 머리에는 꽃을 달고, 눈은 세안약으로 말끔하게 닦았다. 그의 입술은 호두나무껍질로 인해 붉게 물들었다. 손에는 시타르를 들고 어깨에는 총을 메고 다닌다. 당신이 그의 눈동자를 들여다보기 전까지는 그를 나약한 사람이라고 생각할 것이다. 그들은 성격이 깔끔하고 남자답고 대담하다. 그들은 두려움을 모른다…….

파탄 부족들 가운데 가장 용감한 부족의 아들인 그는 싸울 때 결코 숨지 않으며, 위협당하면 웃고 노래한다. 그는 기꺼이 싸우다가 죽는다. 그는 사랑하고 웃고 싸우는 것 이외에는 아무것도 모르기 때문이다.

소년의 어머니가 그에게 이야기한다. "비겁한 자는 죽는다. 그러나 그가 지른 비명은 오래도록 살아남는다." 그래서 소년은 비명을 지르지 않는 법을 배운다. 그는 생명보다 귀중한 것을 열 가지 이상이나 배운다. 그래서 그는 죽거나 죽이는 것을 대수롭지 않게 생각한다. 그에게는 색깔이 있는 옷이나 외국의 음악 같은 것은 허락되지 않는다. 그런 것들은 팔을 약하게 만들고 눈길을 부드럽게 만들기 때문이다. 그는 매를 바라보는 대신 나이팅게일은 잊어버리라고 가르침을 받는다. 그것은 영원한 포기, 즉 남자가 남자이기 위해서, 그리고 그들의 현명한 어리석음을 위해서 영원히 체념해야 할 것이다.

파탄 사람은 철저한 자기 말살까지 요구하는 부족의 뜻을 위해서 자기를 포기하는 것을 배운다. 바로 이것이 파탄 사람의 생활에서 가장 숭고한 예술이라 할 수 있는, 죽이는 방법과 죽는 방법을 배우는 방식이다. 그러한 예술을 통해서 그는 가장 온전한 의미에서의 파탄 사람이 되는 것이다. 그런 방식으로 폭력적인 죽음은 거의 보장되어 있는 것이나 마찬가지고, 또 어떤 의미에서는 폭력적인 죽음을 추구한다고 할 수 있다. 왜냐하면 이것이 낙원으로 이르는 가장 확실한 길이기 때문이다. 자신의 총에서 연기가 사라지기 전에 죽는 것, 그리고 가능하다면 얼굴에 미소를 띠고 죽는 것이 바로 그 길이다. 그리고 더 이상 묻지 않는다. 가니는 이렇게 말한다.

어느 날 그는 밖으로 나가서 다시는 돌아오지 않는다. 그는 웃으며 총탄이 날아다니는 길로 뛰어들었다가 동족이 쏜 총에 맞았다. 그의 아내는 그에게서 한 순간의 기쁨과 두 아들과 평생의 슬픔을 물려받는다. 그녀는 아들을 위해서 남편의 총과 시타르를 걸어둔다. 그녀는 저녁에 사랑의 노래를 들으면서 눈물을 감추는 법을 배운다. 그녀는 큰아들을 몹시 좋아한다. 그가 아버지를 닮았기 때문이다. 그녀는 작은아들도 사랑한다. 그의 미소가 아버지의 미소를 닮았기 때문이다. 두 아들이 묻는다. "우리 아버지는 어떻게 생겼어요?" 그녀는 두 아들에게 그가 위대한 의사였다거나, 철학자였다거나, 사제였다고 말할 수도 없다. 그녀는 아버지가 훌륭한 사람이었으며, 훌륭한 전사였다고 말하면서 싸움에 관한 노래를 들려준다. 그들의 아버지가 죽을 때 있었던 바로 그 싸움에 관한 노래이다. 그 싸움에서 그들의 아버지는 세 형제와 다섯 사촌과 함께 죽었다.

그날은 저주받은 날, 쓸쓸하고 추웠지
봄의 마지막 날이었다네…….

가니는 명예를 짓밟힌 파탄 사람에 대해서 이렇게 기술하고 있다.

그는 총을 쏘아야만 한다. 달리 어쩔 도리가 없다. 만일 그가 총을 쏘지 않으면 형제들이 그를 무시할 것이고, 아버지가 그를 조롱할 것이며, 누이는 그의 눈길을 피할 것이고, 아내는 그를 무례하게 대할 것이며, 친구들은 더 이상 친구로 대하지 않을 것이다. 그는 반드시 총을 쏘아야만 한다. 아타는 자신의 사람들을 괴롭히는 자를 죽여야만 했다. 무르타자는 그의 가장 친한 친구 아타를 죽일 수밖에 없었다. 보복과 죽음, 죽음과 보복은 항상 그리고 영원히 존재한다.

파탄 사람은 무턱대고 사람을 죽이지는 않는다. 그러나 그는 스스로의 왜곡된 자존심의 희생자이다. 바로 그런 왜곡된 자존심은 그를 손쉽게 파멸의 먹이로 만들었다. 그리고 이런 사실을 누구보다도 잘 알고 있었던 사람들이 바로 영국인들이었다. 영국 통치의 전진파 전략 가운데 하나는 파탄 사람들을 분열시켜서 서로 대립하도록 만드는 것이었다. 가니는 이렇게 주장하고 있다.

인도 행정부 정치국이 하는 유일한 역할은 키베르 관문의 매들에게 까마귀와 독수리의 야비한 방법을 가르치는 일뿐이다. 정부는 그 부족들 가운데 가장 비천하고 가장 탐욕적인 자들을 유혹하여 중요한 지위를 부여하고 영향력을 행사하도록 만들었다…….

영국인들은 멋지게 성공을 거두었다. 파탄 사람들은 서로의 목을 자르느라 분주해서 다른 것을 생각할 겨를이 없었다. 방방곡곡 피와 어둠으로 물들었다. 대영제국은 안전했고, 파탄 사람들은 저주를 받았다.

그러나 바로 그때, 가니가 이야기하듯이 무슨 일인가가 일어났다. 그 일은 오랜 세월 동안 죽음과 보복이 난마처럼 뒤얽혀 있던 그곳에서는 도저히 일어날 것 같지 않은 기적과도 같은 일이었다. 그 기적은 바로 가니의 아버지였다. 천재적인 통찰력을 가지고 있던 바드샤 칸은 폭력의 정체가 무엇인가를 보았다. 그것은 피에 대한 굶주림의 결과가 아니라, 무지와 미신, 그리고 사람을 짓누르는 관습의 결과였다. 그러한 무지와 폭력 아래에서 칸은 각별한 자기 포기와 인내, 그리고 용기를 지닌 사람들을 보았다. 그는 자신의 과제를 알고 있었다. 교육시키고, 깨우치고, 고양시키고, 영감을 불러일으키는 것이다. 그는 통찰력을 가지고 마치 나무에서 죽은 가지가 떨어져 나가듯이 파탄 사람들에게서 폭력과 무절제가 떨어져 나가는 것을 보았다. 이제 그의 일은 도끼를 휘두르는 일이었다.

가니는 이렇게 결론짓고 있다.

바드샤 칸은 진정한 의미에서 파탄 사람들의 정치학 그 자체였다. 그는 파탄 사람들을 이해하고 있었고, 파탄 사람들은 그를 이해하고 있었다. 만일 당신이 파탄 사람이 아니라면, 두 가지 일 가운데 한 가지도 이해할 수 없을 것이다. 만일 당신이 그를 옆에서 지켜보고 그의 갈색 눈동자를 들여다본다면, 당신은 파탄의 정치학에 관해서 내가 수많은 이야기로 들려줄 수 있는 것보다 더 잘 이해하게 될 것이다. 왜냐하면 한 인간에게서 가장 거룩하고 가장 아름다운 것은 하늘의 별무리나 달빛처럼 말로서는 표현할 수 없는 것이기 때문이다.

바드샤 칸은, 사랑은 단 한순간에 포탄을 가지고 한 나라를 파괴할 수 있는 것보다 더 많은 것을 창조해낼 수 있다는 것을 발견했다. 지극한 애정이 어린 힘이 바로 가장 큰 힘이라는 것, 사람이 진정으로 용감해지는 유일한 길은 정의의 길에 있다는 것, 사람이 가지고 있는 맑은 꿈은 생명 그 자체보다 더 소중하다는 것을 깨달았던 것이다. 그는 바로 이런 것들을 파탄 사람들에게 가르쳤던 것이다.

제9장

신의 종들

나와 같은 무슬림이나 파탄 사람이 비폭력의 신조에 동의하여 받아들이는 것은 전혀 놀랄 만한 일이 아닙니다. 비폭력의 신조는 새로운 신조도 아닙니다. 그것은 1천4백 년 전 예언자 모하메드가 메카에 있을 때 내내 따르던 신조이며, 그 이후로 압제자의 멍에를 벗어버리기를 원했던 모든 사람들이 따랐던 신조입니다. 그러나 우리는 너무나 오랫동안 그것을 잊고 있었기 때문에, 간디 선생이 우리 앞에 그것을 제시했을 때 새로운 신조를 주장하는 것으로 생각했습니다.

—바드샤 칸

1926년~1929년

신의 종들

1926년 베람 칸이 세상을 떠났다. 그가 정확히 몇 살이었는지 아는 사람은 아무도 없다. 다만 1857년 '인도폭동' 때 적어도 여든 살은 넘었던 것으로 생각된다.

파탄의 관습에 따르면 위대한 칸이 세상을 떠나면 장례식 때 사람들에게 적선을 베풀도록 되어 있었기에, 많은 이슬람 학자들이 찾아와 손을 벌렸다. 세상을 떠난 사람이 가난한 칸이 아니었던 것이다.

가파르 칸은 아버지를 추모하기 위해 2천 루피를 적선하겠다고 선언했다. 그는 아버지의 죽음을 애도하는 마을사람들을 모아서 자선금을 학자들에게 줄 것인지 아니면 학교에 희사할 것인지를 결정하도록 할 참이었다.

"자선금을 학교에 주시오!"

마을사람들이 외쳤다.

아버지가 세상을 떠나고 나서, 바드샤 칸은 누이, 아내와 함께 메카로 순례를 떠나기로 결정했다. 그 순례는 정통 무슬림이 수행할 수 있는 가장 신성한 일이었다. 항상 경건한 것만큼이나 실천적이었던 칸은 메카에서 열리는 이슬람 민족의 대회에 때를 맞춰 방문하기로 했다. 그는 이슬람의 다양한 양상을 대표하는 사람들을 만나는 것이 즐거웠다. 그러나 신학적인 자잘한 문제들만 놓고 계속 언쟁을 일삼는 것을 보고는 실망했다.

다시 한 번 비극이 닥쳤다. 칸의 아내가 예루살렘에 있는 높은 계단에서 떨어져 숨을 거두었던 것이다. 그는 다시는 재혼을 하지 않겠노라고 결심했다. 그는 이렇게 말했다.

"그 이후로 나는 조국을 위해 봉사하는 일에 전심전력을 다하느라 결혼할 여유가 없었을 겁니다."

파탄 사람의 도덕 세계에서 재혼을 하지 않는 것은 독신을 맹세하는 것과 같은 일이었다. 칸은 그 맹세를 지켰다. 간디와 마찬가지로 그는, 민족을 해방시키고 역사 안에서 올바른 지위를 찾도록 그들을 향상시키는 일에 모든 정열을 쏟아붓는 방법을 배웠던 것이다.

인도로 돌아오는 길에 칸은 팔레스타인, 레바논, 시리아, 이란 등지를 방문했다. 그는 근대화 개혁을 수행하고 있는 이슬람 국가들의 파도와 같은 힘을 느꼈다. 이슬람은 이제 르네상스를 맞고 있었고, 칸은 무슬림 국가에서 벌어지고 있는 수많은 민족주의 운동이 영감을 얻기 위해서 인도를 주목하고 있다는 것을 비로소 인식하게 되었다. 인도는 대영제국의 '모퉁잇돌'이었다. 만일 그 돌이 제거된다면, 중동지역에서의 영국의 세력도 흔들리게 될 것이다. 그리고 프랑스도 그 뒤를 잇게 될 것이다.

중동지역에서 돌아오는 길에 새로운 생각들로 마음이 상쾌해진 칸은 푸쉬툰(pushtun)* 지르가, 즉 파탄 청년동맹의 결성을 결심했다. 그가 운영하는 아자드 학교의 졸업학생들로 이루어진 그 동맹은 점점 수가 증가하고 있었다. 청년동맹과 더불어 그는 새로운 교육, 사회, 정치 개혁 프로그램들을 시작했다.

칸은 여성의 역할 문제에 대해서도 관심을 가졌다. 그는 퍼르다(purdah)*라는 전통적인 제도를 안타깝게 생각하고 있었다. 무슬림 여성이 사회에 온전하게 참여하는 것을 제한하는 제도였는데, 그는 여성들에게 자신의 가문의 여성들이 그러했듯이 베일을 벗고 전면에 나서도록 격려했다. 그의 누이들은 이러한 운동에 적극적으로 활약했으며, 1930년에 이르러서는 국경지역의 여러 지방들을 여행하면서 연설활동을 벌였다. 여성으로서 그런 활동을 펼친다는 것은 이슬람의 대도시에서도 용기를 필요로 하는 일이었는데, 국경지역과 같은 보수적인 지역에서 그런 활동을 한다는 것은 특별한 용기가 없이는 불가능한 일이었다.

간디 역시 적극적인 여성운동이 비폭력을 통하여 자유를 획득하는 데에서 핵심적으로 대두되는 일이라고 생각하고 있었다. 1925년 12월에 그는 뛰어난 지도력을 가진 시인 사로지니 나이두 여사에게 국민회의파 의장직을 넘겨주었다. 그녀의 모범적인 활동은 인도의 여성들을 자극하여 정치활동 무대에서 여성들의 역량을 발휘하도록 힘을 주었다.

이런 개혁적인 생각들을 전파하는 일에 도움을 주기 위해서, 칸은 한동안 아프가니스탄어로 발행되는 간행물을 창간하는 것에 대해서 생각하고 있었다. 그는 다른 곳으로 이주해 간 파탄 사람들이 그 지역의 언어를 재빨리 받아들이고 모국어를 버리며, 심지어 국경지역에서도 교육받은 파탄 사람들이 영어나 우르두어를 선호하여 아프가니스탄어를 포기한다는 사실을 알고 있었다. 칸은 이런 현실을 보며 마음이 아팠다. 그는 아프가니스탄어가 가지고 있는 유연한 리듬과 그 언어로 되어 있는 많은 민요, 서사시, 노래를 사랑했다. 아프가니스탄어로 된 시 가운데에는 인도 대륙에서 가장 아름다운 시도 포함되어 있었다. 아프가니스탄어로 된 간행물을 만들어낸다면 파탄 사람들은 언어의 자존심을 회복할 수 있을 것이고, 또한 모든 파탄 사람들에게 개혁의 메시지를 전달할 수 있을 것 같았다.

『푸쉬툰(*Pushtun*)』, 즉 '파탄'이라는 잡지는 출간되자마자 국경지역에서뿐만 아니라 다른 곳에서도 성공을 거두었다. 심지어 많은 파탄 사람들이 살고 있는 미국에서도 호응이 대단했다. 파탄의 지식인들은 푸쉬툰왈리, 즉 파탄의 길을 발견하고 기뻐했다. 그들은 고상하고, 용감하고, 활기가 넘치는 민족이었다. 그들은 또한 편집자의 펜에서 꾸준히 쏟아져 나오는 비평을 좋아했다. 그 표지에는 열다섯 살 난 가니 칸의 시가 실렸다. 가니는 이미 포부가 대단하고 정열이 끓어오르는 작가가 되어 있었던 것이다.

만일 내가 노예로 살다가 무덤에 묻혀
눈부신 묘비 아래 누워 있다면,

그곳에 경의를 표하지 말고 침을 뱉으시오!
어머니, 내가 영국인들의 총에 맞아
산화하지 않는다면
당신은 어떤 얼굴로 나를 위해 애곡하겠습니까.
내가 이 비참한 조국을
에덴의 낙원으로 만들지 않는다면,
내가 파탄 사람들의 길과 집을 깨끗하게
쓸어버리지 않는다면!

『푸쉬툰』에는 위생, 사회문제, 그리고 이슬람법에 관한 글들이 실렸다. 그 잡지는 공개적이고 지속적으로 퍼르다 제도에 대해서 의문을 제기했다. 한 문필가는 이렇게 기술했다.

"아름다운 딸들이 산지를 돌아다니며 땔감을 모아 머리에 이고 다니고, 수확을 거두어들이며, 전쟁터를 누비고 다니는 우리 파탄 땅에서 퍼르다는 발을 디딜 자리가 없다. 퍼르다는 과거에도 존재하지 않았고, (관습을 제외하고는) 오늘날에도 존재하지 않으며, 미래에도 결코 존재하지 않을 것이다."

파탄 사람의 자매국인 나이지리아는 이렇게 호소했다.

"여성의 적은 오로지 파탄 남자이다. 그들은 현명

하지만 여성을 억압하는 일에는 열심이다. ……파탄 남성들이여, 당신들의 자유는 요구하면서 왜 여성들에 대해서는 그 자유를 부인하는 것인가?”

*

계속해서 인도 대륙의 다른 곳에서는 인도인과 영국인 사이에 긴장이 고조되고 있었다. 새로운 총독 어윈 경은 간디를 비롯해서 다른 어떤 대표자와도 만나기를 거절함으로써 인도인들의 자치 요구에 대한 답을 대신했다. 그 대신에 영국의 한 전기작가마저도 ‘한탄스러울 정도로 전략이 부족했던 처리 방식’을 선택했는데, 그것은 바로 인도의 운명을 결정하는 데 그에게 자문을 해줄 위원회를 불러들인 것이었다. 그 위원회는 영국의 귀족과 의회 의원으로만 구성되어 있었다.

사이먼위원회 위원들이 1928년 2월 인도에 도착했을 때, 그들은 한결같이 철저히 배척을 당했으며, 그 해 내내 대규모 시위가 벌어졌다. 때때로 시위는 경찰에 의해서 폭력적으로 진압되기도 했다. 국경지역에 인접한 펀자브 지방은 특히 반항적이었다. 펀자브 지방의 지도자 라즈푸트 라이는 라호레에서 경찰에 맞아 숨을 거두었다. 그때 그의 나이는 64세였다. 그 일이 있고 나서 몇 주가 지나지 않은 1928년 12월에 라호레의 경찰 부국장이 암살되었다. 또 하나의 지속적인 저항의 온상이었던 벵골에서는 수바스 찬드라 보세가 폭력 혁명을 선동하고 있었다.

이렇게 들끓는 상황에서 그해 12월에 무슬림 지도자들은 벵골의 수도 캘커타에서 대회를 소집했다. 칸도 그 대회에 참석했는데, 모임의 분위기 때문에 마음이 편치 않았다. 그 대회의 의장은 개회 연설에서 힌두교도들을 비난하고 조롱했다. 펀자브 지방에서 지도자가 그를 맹렬하게 비판하자 대회장은 아수라장이 되었다. 연단에 있던 또 다른 펀자브 사람이 일어서서 칼을 빼들었고, 대회는 혼란 속에서 결렬되고 말았다.

칸이 보기에 이런 사람들은 이슬람을 대표할 만한 인물이 아니었다. 다른 무슬림 지도자들이 보기에도 그들은 이슬람 지도자라고 할 수 없을 정도였다. 그와 때를 같이해서 인도의 국민회의파가 캘커타에서 모임을 갖고 있다는 소식을 들은 칸은, 그곳에 참석해서 가능하다면 간디를 만나보기로 결심했다.

그는 간디가 한 위원회 모임에서 연설을 하는 것을 보았다. 그 모임에 참석했던 젊은 청중 하나가 간디를 야유했다. 간디는 화를 내지 않았다. 다만 웃고는 이야기를 계속했다. 간디가 보여준 인내심에 칸은 깊은 감동을 받았다. 다시 이슬람 지도자 대회로 돌아갔을 때, 그는 대회 의장을 개인적으로 만나서 만일에 지도부가 조금만 더 관용과 자제력을 갖춘다면, 운동이 더 강하게 될 것이라고 생각한다고 이야기했다. 그러자 의장은 자제력을 잃었고 그는 이렇게 말했다.

"아니, 파탄 사람같이 거친 사람들이 지금 나에게 관용을 이야기하는 겁니까!"

그 말에는 가시가 돋쳐 있었다.

칸은 대회장을 나와 집으로 돌아왔다. 그러나 간디가 보여준 모범은 그의 가슴속에 남아 있었다. 폭력과 다툼은 파탄 민족을 분열하게 만들 뿐이라는 생각이 점점 더 분명하게 굳어가고 있었다.

몇 달 후, 또 하나의 대회가 러크나우에서 열렸고, 칸은 거기서 간디를 만났다. 또한 민족주의운동의 훌륭한 젊은 지도자 자와할랄 네루도 만났는데, 그는 마침 칸의 형과 영국에서 함께 공부했던 가까운 친구이기도 했다. 칸은 파탄의 문제들을 장차 인도의 초대 수상이 될 바로 그 사람과 상의할 수 있었다. 거기서의 만남이 인연이 되어 두 사람은 같은 생각을 가지고 있는 동지로서 깊은 유대감을 느끼게 되었고, 그 우정은 세상을 떠난 이후에도 지속되었다.

칸은 러크나우에서 곧장 델리로 가서 다른 민족주의 지도자들과 만났다. 어디를 가든 그는 무언가 사태가 긴박하게 돌아가고 있다는 것을 느꼈다. 1922년, 영국 통치에 대한 승리가 거의 눈앞에 보이는 상황이었기에, 인도 사람들은 만일 자치가 허용되지 않는다면 또 한 번의 충돌이 불가피할 것이라고 영국인들에게 경고했다. 그러나 영국인들은 인도인들의 경고를 무시했다. 인도인들은 동요하기 시작했다. 그들은 자유를 원했고, 자유를 위해서 기꺼이 투쟁할 각오가 되어 있었다.

네루나 수바스 찬드라 보세와 같은 젊은 지도자들은 영국 통치권에 대해서 전면전을 벌일 시기가 왔다고 주장했다. 하지만 항상 신중했던 간디는 더 기다리면서 영국인들에게 그들의 의중을 표명할 시간을 주어야 한다고 요구했다. 그 밖에도 그는 인도는 아직 투쟁할 준비가 되어 있지 않다고 주장했다. 영국인들에게 1년만 시간을 주자는 것이었다. 만일 그때가 되어서도 영국인들이 양보를 하지 않으면 더는 참을 수 없는 인도의 젊은이들이 투쟁을 할 것이며, 그렇게 되면 이 싸움은 승리로 끝날 것이다.

칸은 이러한 새로운 긴박성을 인식하고 국경지방으로 돌아와, 파탄 사람들을 인도 전체 상황의 흐름 속으로 이끌어야겠다고 결심했다. 그는 그해 여름을 무더위와 싸우며 먼지가 날려 숨이 막힐 것 같은 마을들을 발이 닳도록 돌아다녔다. 지역 주민들에게 지역과 가족을 넘어 넓은 전망을 가지도록 하기 위한 것이었다. 그해 여름이 지나갈 무렵이 되자, 그는 몸도 지치고 마음도 급해졌다. 무언가 더 할 일이 있을 것만 같았다.

*

한때 여름의 더위로 약해졌던 세상이
다시 점점 강해지고 있다.

다른 모든 파탄 사람들과 마찬가지로, 시인이었던 쿠샬 칸에게도 봄보다는 가을이 모든 것을 새롭게 하는 계절이었다. 그때가 되면 태양은 아라비아해를 향하여 지고, 관문에서 불어오는 바람은 공기를 서늘하게 하고, 오리 떼가 중앙아시아 평원으로부터 줄지어 떠오며, 포플라나무와 버드나무는 호박색으로 물들고, 파탄 사람들의 혈기는 동요하기 시작한다.

1929년 9월 페샤와르 골짜기에는 시원한 바람이 불어왔다. 칸은 다시 투쟁할 준비가 되었다고 생각했다. 하지만 그 싸움은 영국인들과의 싸움이 아닌, 파탄 사람들과의 싸움이었다. 그는 위대한 한순간이 다가오고 있다는 것을 직감하고, 그 순간을 위해 민족을 준비를 시켜야겠다고 결심했다.

어느 날 오후 우트만자이에서 열린 한 모임에서 칸은 자신의 속내를 솔직하게 털어놓았다. 그는 자신의 민족에 스며 있는 작은 악습들부터 설명하기 시작했다. 그는 분명히 이렇게 말했다. 공개적이고 정당한 싸움에서는 그 어느 누구라도 때려눕힐 수 있는 강인한 파탄 사람들이, 영악한 영국인들 앞에서는 꼼짝도 하지 못한다. 우리는 누구도 원망할 수 없고, 오로지 우리 자신의 잘못을 탓할 수밖에 없다. 그는 이렇게 말했다.

민족이 발전하는 데에는 두 가지 길이 있습니다. 하나는 종교의 길이요, 또 하나는 애국의 길입니다……. 여러분은 모두 미국이나 유럽에 대해 들어보셨을 겁니다. 그런 나라에 사는 사람들은 그렇게 대단히 종교적인 사람들이라고 할 수는 없습니다. 그러나 그들은 애국심을 가지고 있으며, 민족을 사랑하고, 사회적인 의식에 대해서도 애정을 가지고 있습니다.

그런 나라들에서 이루어진 발전을 한번 보십시오. 그리고 우리 자신들을 보십시오! 우리는 아직 우리 발로 일어서는 법도 배우지 못했습니다. 그들의 생활 수준을 보고, 우리들의 생활 수준을 돌아보십시오.

자존심 강한 파탄 사람들의 수천 개의 눈동자가 사방을 두리번거렸다. 눈에 보이는 것이라곤 누더기 옷과 거죽만 앙상하게 남은 당나귀들, 뿌리만 남은 풀을 뜯고 있는 야윈 염소들, 그리고 깡마른 얼굴들이었다…….

만일 우리가 망하는 길에 들어서 있다면, 그것은 우리가 진정한 종교의 정신을 가지고 있지 않기 때문도 아니고, 진정한 애국심, 우리 민족에 대한 참된 사랑이 없어서도 아닙니다……. 위대한 혁명이 일어나고 있습니다. 여러분은 그 혁명에 대해서 한 번도 들어본 일이 없을 것입니다!

최근에 나는 인도를 방문하면서, 모든 사람들이 조국을 위해서 봉사할 준비가 철저히 되어 있다는 것을 알게 되었습니다. 그렇다면 이곳은 어떻습니까? 여성들은 그만두고라도, 남성들조차도 조국을 위해 봉사하고자 하는 어떤 의욕도 보이지 않고 있습니다. 그들은 '조국'이라는 단어가 무엇을 의미하는지조차 알지 못하는 것만 같습니다!

칸은 주변을 둘러보았다. 검은 눈동자들이 반짝이고 있었다. 그의 말이 끝나자 소란스럽던 군중들은 찬물을 끼얹은 듯 조용해졌다. 수염을 기르고 터번을 두른 머리들은 움직이지 않았다. 연단 뒤로 염소 두 마리가 지나갔지만 아무도 그것에 신경을 쓰는 사람은 없었다. 칸은 계속해서 열변을 토해냈다.

혁명이란 홍수와 같은 것입니다! 한 민족은 그것으로 번영할 수 있고, 또한 그것으로 망할 수도 있습니다. 널리 많은 사람들이 각성하여 깨어 있는 민족, 형제애와 민족정신을 발전시켜 가는 민족은 혁명을 통해서 유익을 얻을 것이 분명합니다. 만일 사람들이 깨어 있다면 홍수에 대비할 것입니다. 홍수가 올 때 온 민족은 홍수를 따라서 움직이게 될 것입니다.

그러나 사람들이 잠을 자고 있다고 생각해 보십시오! 만일 그들이 서로에 대해서 무관심하고 나라에 대해서 무관심하다면, 온 나라는 혁명이 다가올 때 그 홍수에 휩쓸려버릴 것입니다.

칸은 잠시 말을 멈추고 호흡을 가다듬고는 다시 이렇게 외쳤다.

파탄 동포 여러분!

세계의 발전한 나라들을 보십시오! 그들의 발전이 하늘에서 떨어진 것이라고 생각하십니까? 그들의 발전은 하늘에서 거저 떨어진 것이 아닙니다. 이와 마찬가지로 우리의 번영도 하늘에서 저절로 떨어져 내리지는 않을 것입니다!

그 나라들이 번영하고 있는 비결은, 조국의 번영을 위해서 사치스러움과 즐거움과 편안함을 희생했던 남녀들이 있다는 사실에 있습니다.

우리는 그런 사람들이 없습니다. 오로지 자기 이익만을 보고, 조국이야 악마에게 물려가든 말든 팽개쳐두고 있습니다! 다른 나라에서는 사람들이 아무도 혼자 섬에서 살게 내버려두지 않는 방법을 배웠습니다. 그러나 우리 나라에서는 모든 사람이 자신만의 꿈의 세계에 빠져서 살아가고 있습니다. 이것은 동물과 같은 일입니다. 동물도 살아가고, 짝을 찾고, 어린것들을 키울 곳을 찾을 수 있습니다. 만일 우리가 그런 장소만 찾고 더는 아무것도 하지 않는다면, 어떻게 우리를 만물의 영장이라고 할 수 있겠습니까?

일찍이 파탄 사람이 같은 파탄 사람에게 그렇게 노골적으로 이야기한 적은 없었을 것이다.

여러분, 이것을 기억해 두십시오. 만일 나라가 번영한다면, 그것은 모든 사람들에게 영향을 미칠 것입니다. 모든 남자, 여자, 어린아이가 그 나라의 번영에서 유익을 얻게 될 것입니다. 여러분 자신의 힘으로 부자가 된다고 해서, 여러분의 나라가 번영하게 될 것이라고 생각해서는 안 됩니다. 이치는 그렇지가 않습니다. 만일 여러분의 나라와 여러분이 번영하기를 원한다면, 여러분은 스스로의 힘만으로 살아가서는 안 될 것입니다. 여러분은 공동체를 위해서 살아야만 합니다. 그것만이 번영과 진보의 길이 될 것입니다.

그는 연설을 마쳤다. 파탄 사람들이 맹세를 하는 소리가 여기저기서 들렸다. 한쪽에서는 알라신의 이름을 부르기도 했다. 사람들의 목소리는 굳은 의지에 가득 차 있었다. 바드샤의 이야기는 마치 면도날처럼 날카로운 툴와르(tulwar)*처럼 파탄 사람들의 자존심에 상처를 주었지만, 그들은 고통스러워하지 않았다. 그들은 그 툴와르가 사랑하는 마음에서 던진 것임을 알고 있었다. 조국의 명예를 회복시키기 위해서.

*

파탄의 한 젊은이는 칸의 말에 너무나 깊은 감동을 받아 밤새도록 잠을 이루지 못했다. 바드샤는 엄연한 진실만을 이야기했을 뿐이다. 그 모임에서는 많은 약속들이 이루어졌다. 1천 명의 사람들이 맹세를 했던 것이다. 그것이면 충분하지 않은가? 홍수는 이미 가까이 몰려와 있었다.

이튿날 아침, 기도시간을 알리는 사람이 아침기도를 하라고 부르기도 전에 이 젊은이는 칸의 집 마당에서 문을 두드리고 있었다. 10여 마리의 닭들이 홰에서 시끄러운 소리를 내며 울고 있었다. 젊은이는 흉금을 다 털어놓았다. 무언가를 해야만 한다. 그는 주장했다. 모든 사람들이 조국을 위해서 목숨을 바치겠노라고 알라 신의 이름으로 맹세한 바로 그 조직을 이제 어떻게 해야 할 것인가? 이것은 청년동맹의 문제가 아니라 조직가와 사회활동가를 위한 문제였다. 조국이 필요로 하는 것은 조국을 위해서 기꺼이 목숨을 바칠 각오가 된 사람들이었다. 조국은 그러한 군인들을 필요로 했던 것이다!

칸은 이 파탄 청년의 목소리에 가득 찬 정열이 마음에 들었다.

"앉게. 이야기 좀 하세."

소금 간이 된 뜨거운 차와 갓 구운 빵 한 접시가 나왔다. 해는 아직도 지평선 위로 올라오지 않은 이른 시간이었다.

군인들이라! 칸은 군인이라는 말을 좋아했다. 많은 파탄인들은 전사였다. 그러나 실제로 군대에 간 사람들은 영국인의 통치권을 위해서 싸웠다. 분명히 그들에게는 군인들이 필요했으나 그 군인들은 이제 폭력을 위한 것은 아니었다.

한 가지 생각이 입 밖으로 흘러나왔다. 그러나 그 생각은, 마치 희미한 여명의 빛줄기로 마당에 드리워진 그들의 그림자처럼 처음에는 그 형체를 잘 알 수가 없었다. 훈련을 받고, 규율이 서 있으며, 장교들과 간부들도 있고, 제복과 깃발을 갖춘 군대이지만, 비폭력 병사들로 이루어진 군대여야 했다. 마치 가이드 부대처럼 북과 백파이프 부대도 있어야 할 것이다! 그리고 투쟁을 하기로 맹세를 한 군대가 될 것이다. 그러나 총을 들고 싸우는 것이 아니라 목숨을 가지고 싸워야 하는 군대가 될 것이다.

칸이 알고 있는 한 그런 군대는 전례가 없는 것이었다. 훈련을 받은 전문적인 비폭력 전사들로 이루어진 군대는 새로운 것이었다.

청년은 바드샤를 바라보았다. 그러나 파탄 사람들이 아닌가? 무장을 하지 않은 파탄의 군대가 가능할 것인가?

"파탄 사람들이 아니라면 누가 그런 군인이 될 수 있을까?"

칸은 되뇌었다. 파탄 사람이 아니라면 누가 그런 무모한 일을 시도할 것인가? 올바른 뜻을 위해서, 무기도 없이 적과 맞서서 물러서지도 않고 보복하지도 않는 것보다 더 큰 허세가 있을까? 그것은 가장 고상한 명예였다.

칸은 차를 더 청했다. 파탄 사람들은 처음에는 그런 투쟁을 바달, 즉 보복의 법이 손상된 것이라고 생각할 것이다. 칸은 그렇게 생각했다. 보복의 법은 어쩌면 그들이 태어날 때부터 핏속에 흐르고 있는 것인지도 모를 일이었다. 그러나 간디는 10년이 넘도록 '강한 자들의 비폭력'에 대해서 이야기해 오지 않았던가? 그는 그 비폭력이라는 것이 특별히 담대한 자들에게, 어떤 희생을 치르고라도 투쟁할 각오가 되어 있는 자들에게 의미가 있는 것이라고 주장해 왔다. 투쟁하기에 적합치 않은 민족은 싸우지 않는 것의 덕목 또한 증명할 수 없다고 칸은 말해 왔다. 그렇다, 파탄 사람들은 그런 점에서 앞서 있다! 이제 필요한 일은 그들을 이해시키는 일이었다. 단지 대여섯 명이라도 설득하여 그 투쟁을 시도하게 할 수만 있다면…….

*

그들은 스스로를 '쿠다이 키드마트가르', 즉 '신의 종들'이라고 불렀다. 그들의 표어는 '자유'였고, 그들의 무기는 '섬김'이었다. 신 자신은 섬김을 필요로 하지 않기 때문에 그들은 신의 백성들을 섬긴다.

쿠다이 키드마트가르는 압둘 가파르 칸의 지도하에 역사상 최초로 전문적인 비폭력 군대가 되었다. 인류 역사상 가장 있을 법하지 않은 일이 벌어진 것이었다. 파탄 사람으로서 그 군대의 맹세를 받아들이기만 한다면 누구나 입대할 수 있었다.[14]

나는 쿠다이 키드마트가르이다. 신은 섬김을 필요로 하지 않기에, 그의 피조물을 섬기는 것이 그를 섬기는 것이며, 따라서 나는 신의 이름으로 인류를 섬길 것을 약속한다.

나는 폭력과 보복을 삼갈 것을 약속한다.

나는 나를 억압하고 학대하는 자들을 용서할 것을 약속한다.

나는 다툼과 분쟁에 가담하여 원수 맺는 일을 삼갈 것을 약속한다.

나는 모든 파탄 사람을 나의 형제요 친구로 대할 것을 약속한다.

나는 반사회적 관습과 관행을 삼갈 것을 약속한다.

나는 검소한 생활을 하고 덕을 실천하며 악행을 삼갈 것을 약속한다.

나는 착한 예절과 선행을 실천하고 게으른 생활을 하지 않을 것을 약속한다.

나는 적어도 하루에 두 시간씩은 사회활동에 헌신할 것을 약속한다.

그런 맹세를 한다는 것이 파탄 사람에게 간단한 문제는 아니었다. 파탄 사람은 그런 맹세를 쉽사리 하지 않으려 했다. 왜냐하면 일단 말을 입 밖으로 낸다는 것은 그것을 깨뜨릴 수 없음을 의미하기 때문이었다. 그의 원수조차도 그에게 목숨을 걸고라도 내뱉은 말을 지킬 것을 주장할 수 있는 일이다. 그 맹세와 조직의 핵심은 바로 '비폭력'이었다. 비폭력은 영국인들의 폭력에 대항하기 위한 것이었을 뿐만 아니라 파탄 사람들의 생활에 만연해 있던 폭력에 대항하기 위한 것이었다. 비폭력을 가지고 그들은 자유를 얻을 수 있을 뿐만 아니라, 더 많은 것, 즉 번영과 존엄성과 자존을 얻을 수 있었다.

칸은 처음에 그가 세운 학교를 졸업한 젊은이들 가운데에서 지원자를 끌어들이기 시작했다. 지원자들이 그를 중심으로 모여들었다. 훈련을 받고 제복을 입은 그들은 장교 뒤에 줄을 지어 마을들을 돌아다니며 지원자들을 모집했다. 그들은 처음에는 간단한 하얀 겉옷을 입었다. 그러나 하얀 옷은 곧 더러워졌다. 그들 가운데 두 사람이 지역에 있는 무두질 공장에서 제복을 염색하여 입자, 붉은 벽돌색이 해결책이 되었다. 그 색은 쉽게 더러워지지도 않았고, 염색 비용도 쌌다. 그리고 무엇보다도 다행인 것은 그렇게 염색한 옷이 멋이 있다는 것이었다. 마을사람들은 쟁기를 내려놓고 이런 멋쟁이들이 도대체 누구인가 보려고 몰려들었다.

모병은 쉽지 않았다. 그러나 칸과 열성적인 자원자들은 용기를 잃지 않았다. 단 몇 달 만에 그들은 5백 명의 지원자를 모집했다. 그 숫자는 영국의 통치를 물리칠 성전을 벌이기에는 턱없이 부족했으나, 그것은 단지 시작일 뿐이었다. 맹세를 한 자원자들은 지휘하는 장교들과 함께 소대를 이루었고, 기본적인 군대의 훈련을 받았다. 그러나 모든 내용은 무기의 사용을 필요로 하지 않는 것이었다. 그들은 엄격한 훈련을 받고, 휘장을 달고, 삼색기를 들고, 온전한 군대 체계를 갖추었다. 백파이프 부대도 두었다.

칸은 지르가(jirgah)*라고 불리는 위원회를 조직했다. 이 위원회는 오랜 세월 동안 파탄 사람들의 법률을 유지해 왔던 전통적인 부족회의의 이름과 모형을 본뜬 것이었다. 마을들을 큰 구역으로 나누고, 그 구역들을 책임지는 위원회를 두었다. 그리고 주 지르가(Provincial Jirgah)를 최종적인 권위기관으로 두었다. 모든 위원회는 선거로 선출된 장교들로 이루어지기 때문에, 주 지르가는 파탄 사람들의 일종의 비공식적인 의회처럼 되었다.

현역 장교들은 위원회의 간부로 선출될 수 없었다. 내분을 피하기 위해서 그렇게 정한 것이었다. 그는 살라르 에 아잠, 즉 최고사령관을 임명했다. 최고사령관은 다시 그의 지휘를 받을 장교들을 임명했다. 군대는 완전히 자발적인 것이었다. 장교들까지도 무임으로 봉사했다. 여성들도 모집되었고, 장차 있을 투쟁에서 중요한 역할을 담당하게 될 참이었다.

자원자들은 마을로 들어가 학교를 열고, 활동 계획

을 돕고, 대중집회에서 질서를 유지하는 일도 했다. 때때로 그들은 활동 캠프에 모여 훈련을 받기도 했고, 산악지대를 향해서 군대식으로 오래 행군을 하기도 했다. 그들은 행군을 하면서 이렇게 노래했다.

우리는 신의 군대,
죽음에도 재물에도 변하지 않네.
우리는 전진한다.
우리도 지도자도,
죽음을 각오하고.

우리는 섬기고 우리는 사랑하네
우리의 인민들과 우리의 뜻을.
우리의 목표는 자유,
우리가 치를 값은 우리의 목숨.

산악지대의 구불구불한 길로 좁다랗게 열을 지어 행군하는 이들을 보면서, 사람들은 어떤 화가 난 이슬람 학자가 외국인들에 대항해서 또 한 번의 성전을 벌이고 있나 보다, 하고 생각했을 것이다. 그러나 오랜 세월 동안 연발권총으로 무장하고, 허리춤에는 칼을 숨기고 다녔던 이 파탄 사람들은 이제 행군을 위한 지팡이만 지니고 있었다. 그들은 오로지 규율과 신앙과 타고난 기개로만 무장하고 있었던 것이다.

제10장

예언자의 무기

나는 여러분에게 무기를 주려고 합니다. 그 무기는 경찰이나 군대도 맞설 수 없는 무기입니다. 그것은 예언자 모하메드의 무기입니다. 그러나 여러분은 그 무기가 무엇인지 모를 것입니다. 그 무기는 인내와 의로움입니다. 이 땅 어느 권력도 그 무기에 맞서서 버티지 못합니다.

여러분이 여러분의 마을로 돌아가게 되면, 형제들에게 말해 주십시오. 신의 군대가 있고, 그 무기는 인내라고 말입니다. 그리고 형제들에게 신의 군대에 입대하라고 요청하십시오. 모든 어려움을 견디십시오. 만일 여러분이 인내를 발휘한다면, 승리는 여러분의 것이 될 것입니다.

—바드샤 칸

1930년~1931년

예언자의 무기[15)]

1929년 12월 31일, 자정을 알리는 종소리와 함께 귀를 먹먹하게 할 정도로 큰 함성 소리가 고도(古都) 라호레의 정적을 깨고 온 나라로 퍼져나갔다. 그것은 자유의 함성이었다. 5천 명의 의회 대표단은 동조하는 구경꾼 2만5천 명이 지켜보는 가운데 그 전 한 주간 동안 인도의 장래에 대해서 논의했다. 당장 독립을 요구하고 혁명을 일으킬 것인가, 아니면 계속해서 영국인들과 논의를 하고 항의만 할 것인가? 예의 주시하는 가운데 이제 더 논쟁은 필요 없게 되었다. 영국인들에게는 그 문제에 대해서 생각할 수 있는 1년의 시간이 주어졌고, 그들의 의도를 숨기고 있는 침묵은 충분한 대답이 되었다.

영국인들이 보기에 인도는 언제까지나 영국의 것으로 남아 있을 것만 같았다.

그래서 그 혁명의 함성이 터져나오게 되었던 것이다. 5천 명의 대표단은 모든 인도인들은 자유로우며 향후 영원히 자유로울 것이라고 스스로 선언하기로 결정했다. 그들의 자유선언은 1776년 7월 필라델피아에서 있었던 미국 식민령의 작은 무리의 선언을 반향하는 것이었다.

우리는 인도의 인민이 다른 모든 인민들과 마찬가지로 자유롭고, 자신의 수고의 열매를 누리며, 충분한 성장의 기회를 가질 수 있도록 삶에서 필요한 것들을 소유하는 것이 양도할 수 없는 권리라고 믿는다. 우리는 또한 만일 어떤 정부가 한 인민에게서 이러한 권리를 박탈하고 억압한다면, 그 인민은 그러한 정부를 바꾸거나 폐지할 수 있는 권리가 있다고 믿는다. 인도에 있는 영국 행정부는 인도인들의 자유를 박탈했을 뿐만 아니라, 대중의 착취에 기반을 두어왔고, 인도를 경제적으로, 정치적으로, 문화적으로, 정신적으로 침해해 왔다. 따라서 우리는 인도가 영국과의 관계를 끊어야 하며, 완전한 독립에 이르러야 한다고 믿는다. 우리는 우리 나라에 이런 사중적인 재난의 원인을 제공한 통치권에 계속하여 복종하는 것이 인간과 신에 대한 범죄라고 주장하는 바이다.

청년 제퍼슨이라 할지라도 이보다 더 정확하고 명석하게 언어를 구사할 수 없었을 것이다. 여기저기 펼쳐진 천막 아래 모여 있던 많은 사람들은 어렴풋하게나마 미국 식민지 주민들의 이미지를 가지고 있었으리라는 것은 의심할 바 없이 분명한 일이었다. 또한 그들에게는 미국의 독립전쟁에 대한 인상도 있었을 것이다.

그럼에도 불구하고 차이는 있었다. 이것은 미국의 독립전쟁이 아니라 인도의 독립전쟁이었으며, 그 말은 간디의 말이었다. 목적은 동일했으나 수단은 놀랄 정도로 완전히 달랐다. 결의는 이렇게 계속된다.

하지만 우리는 우리의 자유를 쟁취하는 가장 효과적인 방법이 폭력이 아니라는 것을 인식하고 있다. 우리는 가능한 한 영국 정부에 대한 모든 자발적인 협력을 거두어들임으로써 준비를 할 것이며, 납세 거부를 비롯하여 시민불복종을 위해서 준비할 것이다. 만일 우리가 자발적인 협력을 거두어들이고, 납세를 중지할 수 있으며, 도발을 당하고도 폭력을 행사하지 않을 수 있다면, 이러한 비인도적인 통치는 종식될 것이라고 우리는 확신한다.

인도의 삼색기가 게양되고, 대중집회는 축하의 분위기로 무르익었다. 파탄 사람들 2백 명이 팔에 팔을 걸어 큰 원을 그리며 길을 인도했다. 북을 쾅쾅 울려댔고, 원형으로 팔을 걸고 둘러선 사람들은 카자흐족의 춤과 비슷한 박진감 넘치는 파탄 사람들의 춤을 추기 시작했다. 네루 같은 사람도 파탄 사람의 터번을 두르고 고귀한 발꿈치를 움직여 춤을 추었다. 인도는 자유였다! 이제 인도가 해야 할 일은 그것을 영국인들에게 증명해 보이는 것뿐이었다.

바로 그것이 간디의 일이었다. 그는 인도가 사티아그라하, 즉 비폭력 저항을 시작하게 될 날을 선정하고 과제를 발표할 것이다. 간디는 인도 국민들에게 마지막 결전을 위해서 준비하라고 말하고, 자신은 내면의 목소리에 귀를 기울이며 때를 기다렸다. 내면에서 부름이 있을 때 그는 그것을 알아듣게 될 것이고, 신호를 하게 될 것이다.

인도는 때를 기다리며 들끓고 있었다. 수평선 위에서 끓어오르는 몬순 지대의 구름처럼, 전 인도 3억의 인민들이 폭풍이 터지기만을 기다리고 있었다. 1월이 지나고 2월이 왔다. 간디는 말이 없었다. 영국인들은 사무실에서, 클럽에서, 무르익어가는 폭풍에 대해서 불평을 늘어놓으며 대기하고 있었다. 그들은 아무 일도 없는 상황이라 어떠한 일도 할 준비가 되어 있지 않았다. 간디가 어떻게 하는지 두고 보자.

1930년 3월 2일, 간디는 총독에게 '한 행정부의 수반이 받아본 가장 이상한 형태의 통지문'을 보냈다. 그 통지문에서 간디는 그가 왜 '영국의 통치를 재앙이라고 생각하는가'를 상세하게 논리적으로 설명한 후에, 어윈 경에게 정중하게 '만일 동등한 사람들 사이에 열리는 진정한 의미에서의 회의를 할 수 있는 길을 열어놓지' 않는다면 전국적 규모의 시민불복종운동이 9일 동안 시작될 것이라고 통보했다. 간디는 어디서 어떤 일이 벌어질 것인지에 대해서는 언급하지 않았다.

어윈 경은 그 편지를 받았음을 인정했다.

1930년 3월 12일, 간디는 사바르마티 강변에 있는 그의 아슈람을 떠나서 단디의 해변마을까지 24일간의 행진을 시작했다. 4월 6일 아침, 그를 격려하는 수천 명의 인도인들에 에워싸인 간디는 단디 해변에서 소금 한 줌을 집어들고 소금의 제조와 판매에 대한 행정부의 독점권에 대항하는 전쟁을 선포했다. 그 유명한 소금 행진이 시작되었던 것이다.

한 줌이면 충분했다. 간디의 행동은 인도 전역에 있는 인민들에게 소금법을 위반하라는 신호가 되었다. 소금법은 소금이 물만큼이나 절박하게 필요한 적도지대에서는 한결 더 악랄한 착취수단이 되었다.

그 법은 시장에서의 소금 판매를 독점할 뿐만 아니라, 소금에 대해서 많은 세금을 부과하여 당시 행정부의 가장 큰 세입원 가운데 두번째를 차지할 정도였다. 부자든 가난한 사람이든 모든 인도인들은 소금을 사용할 수밖에 없었다. 모든 사람이 소금법에 영향을 받고 있었던 것이다. 따라서 간디는 모든 국민들이 자기가 처한 입장에서 소금법을 위반하라고 설명했다. 소금법은 그야말로 식민 독재의 가장 완벽한 상징이었다. 그것은 무식한 인도의 농부라도 이해할 수 있는 상징이었던 것이다.

저항의 계절풍이 전국을 강타했다. 소금법에 대해 공개적으로 저항하는 가운데 수백만의 인도 사람들은 불법적인 소금 수백만 갤런을 만들고, 팔고, 사들였다. 그것은 스스로 자유를 선언하고 이제 그 자유에 따라서 행동하기 시작하는 인민들의 확고한 태도 표명이었다.

그달 말이 되자 전 인도는 혁명으로 인해 흥분의

도가니였다. 영국인들은 일찍이 이런 일은 본 일이 없었다. 역사상 그 어떤 행정부도 경험해 보지 못한 일이었다. 영국의 경찰과 군인들은 라티라고 하는 강철 장식이 붙은 몽둥이로 비무장 민간인들을 구타하여 쓰러뜨리고, 의회 사무실을 습격하고, 재산을 약탈하고, 정치지도자들을 모두 체포했다. 간디만은 예외였다. 간디 한 사람 정도는 남겨두어도 그 운동이 무너질 것이라고 생각했던 것이다. 집회가 금지되고 신문들이 폐간되었다. 결국 10만 명이 감옥에 갇히게 되었다.

그러나 폭풍은 거세지기만 했다. 아무리 잡아가두고 폭력으로 진압을 해도 저항자의 수는 늘어만 갔다. 결국 런던에서 들려오는 점점 거센 비난을 견딜 수 없었던 총독은 5월 4일에 간디를 체포했다. 간디는 감옥으로 가면서 인도 국민들에게 단 한마디의 말만 남겼다. 완벽한 비폭력으로 투쟁을 수행하라. 인도 국민들의 마음속에는 10년 전에 실패했던 운동에 대한 기억이 새로웠다. 당시 경찰 몇 사람이 시위대에 의해서 살해되었다는 이유로 간디는 그 운동을 중지시켰던 것이다. 이번에 그들은 위대한 마하트마 간디의 인내심을 시험하려 하지 않았다. 강도 높은 억압에도 불구하고 인도 사람들 편에서는 폭력이 없었다.

국경지역에서의 억압은 전대미문의 기록을 남겼다. 4월 첫째 주 이후로는 기자들의 지역 출입이 허락되지 않았고, 지역신문은 철저한 검열을 거쳐서 발행되었다. 무장을 하지 않은 민간인들을 불태워 죽이고, 구타하고, 능욕했다는 소문들이 무성했다. 외부인들은 어느 누구도 그 진실을 확인할 길이 없었다. 의회는 입법위원회의 대변인직을 막 사임한 비탈바이 파텔의 지휘하에 조사위원회를 임명하고, 국경지역을 방문하여 사태의 전말을 정확하게 조사하도록 했다. 행정부는 이에 맞서서 행정부 자체적으로 술레이만 조사위원회를 구성했다. 그러나 의회 대표단은 접경지역에서 그곳에 들어가지도 못하고 돌아서야 했다. 파텔과 그의 동료들은 국경지역과 인접한 라왈핀디에 머물면서 자신들이 조사한 내용을 공개했다. 75명의 목격자들과 대담을 하고 난 후 3백50쪽에 달하는 보고서를 내놓자 행정부는 즉각 그 보고서를 압수했다. 그 보고서에는 인도 사람들이 전에는 전혀 듣지도 보지도 못했던 소름끼치는 만행이 적혀 있었다. 그러나 그 만행의 세부 사항들이 적혀 있는 의회 보고서의 해적판 문서들이 인도로 반출되었고, 얼핏 읽어보기만 해도 영웅적 행위에 대해 알아볼 수 있었다. 그 영웅적 행위는 진정으로 강하고 용기 있는 자들만이 할 수 있는 것으로서, 사랑과 비폭력을 그들의 유일한 무기로 사용하였던 것이다.

*

페샤와르의 '소요' 이야기는 당연히 바드샤 칸의 이야기로 시작하고 있다.

1930년 1월에 있었던 라호레에서의 독립선언은 인도 전역에 걸친 공공집회에서 반복되었고, 국경지역의 몇몇 장소에서도 이루어졌다. 칸과 붉은 옷을 입은 '신의 종들'은 즉시 국경지역의 모든 마을들을 돌아다니면서 집약적인 교육운동과 조직운동에 들어갔다. 걱정스럽기는 했지만 파탄 사람들을 자극하는 것을 원치 않았던 영국인들은 전혀 움직이지 않고 있었다. 당시 페샤와르의 사령관은 칸을 불러서 그가 하고 있는 일을 중지할 것을 명령했다.

칸은 이렇게 대답했다.

"이것은 기본적으로 정치운동이 아니라 사회운동입니다. 사실상 이런 운동은 정부가 나서서 할 일입니다. 나는 지금 당신들이 할 일을 하는 것입니다. 당신들은 외려 내 일을 돕고 협력해야 합니다."

사령관은 칸의 조언을 받아들이지도 않았고, 칸도

그의 명령을 듣지 않았다. 칸은 쿠다이 키드마트가르에 마을에서 조직을 만드는 일을 계속하라고 지시했다. 몇 주 후, 간디가 단디 해변에 도착하여 소금을 집어드는 역사적인 행동을 했다. 며칠 만에 페샤와르의 모든 인민들이 소금법을 위반했다고 평가되었다. 국경지역 전체를 통틀어 영국인들은 자신들이 절대적으로 많은 수의 외국인들에 둘러싸여 있다는 사실을 깨달았지만 그들을 어떻게 통제해야 할지 방법을 찾지 못하고 있었다. 그들은 과거와 마찬가지로 국경지역이 폭력 사태로 폭발하게 되리라고 생각하고 있었다.[16)]

1930년 4월 23일, 칸은 우트만자이 마을에서 열린 한 대중집회에서 사람들에게 시민저항에 가담할 것을 권고했다. 다음으로 그는 비슷한 호소를 하기 위해서 페샤와르를 향해 출발했고, 중도에 나키라고 불리는 마을에서 체포되었다. 파탄인의 피가 흐르고 있는 마을사람들은 즉각 그 시간부터 모두 쿠다이 키드마트가르가 될 것을 자발적으로 선언했다. 칸이 체포되었다는 소식은 빠르게 퍼져나갔고, 이 소식을 들은 수천 명의 시위대가 감옥을 에워쌌다. 칸의 형 칸 사헤브 박사가 때마침 그곳에 도착하여 군중에게 비폭력을 유지할 것을 호소했다. 바드샤 칸과 동료 네 사람은 아무런 사고 없이 국경지역으로 송치되었으며, 거기서 3년 징역형을 선고받았다.

한편, 국경지역은 끓어오르고 있었다. 그러나 폭력은 없었다. 페샤와르에 있던 다른 쿠다이 키드마트가르 지도자들은 바로 그날 이른 시간에 체포되었고, 오전 중반쯤이 되자 자연스럽게 시위가 일어나 전 도시를 휩쓸게 되었다. 많은 사람들이 키사카와니 시장에 모여 체포에 항의했다. 가까운 기지에서 군대가 동원되었고, 장갑차 석 대가 몰려왔다. 그때쯤이 되자 체포된 사람들은 모두 평화롭게 결말을 보게 되었고, 경찰국장은 군중에게 폭력을 사용하지 말 것과 해산하여 집으로 돌아갈 것을 명령했다. 그들은 경찰국장의 말을 따라서 그렇게 해산하기 시작했다. 바로 그때 사태가 발생했다. 의회 조사위원회 보고서는 사실적인 방식으로 이렇게 진술하고 있다.

> 바로 그때, 갑자기 장갑차들이 아무런 경고도 없이 전속력으로 군중을 향해 돌진하기 시작했고, 군중 속으로 달려들었다. 몇 사람은 장갑차에 깔려 중상을 입었고, 몇 사람은 그 자리에서 즉사했다. 사람들은 무장을 하지 않은 상태였다. 돌이나 벽돌을 들고 있는 것도 아니었다. 군중은 큰 자제력을 발휘하면서 부상

자들과 사망자들을 한 곳으로 모아들였다.

더 많은 사람들이 모이게 되었다. 군대는 발포를 명령했다. 보고서는 이렇게 계속되고 있다.

몇몇 사람이 부상을 당하고 사망했다. 군중들은 어느 정도 뒤로 밀리게 되었다. 11시 30분경, 군중 바깥에서 구경을 하고 있던 한두 사람이 나서서 사람들에게 해산할 것을 권했고, 당국자에게는 군대와 장갑차를 철수시킬 것을 설득했다. 군중은 사망자와 부상자들을 옮길 수 있도록 허락하고 군대와 장갑차가 철수하기만 한다면 기꺼이 해산을 할 참이었다. 결국 사람들은 해산하지 않았고, 총탄을 받고 목숨을 내놓을 각오를 하고 있었다. 두번째 발포가 시작되었다. 발포는 불규칙적으로 세 시간 이상 지속되었다…….

하버드대학교의 지니 샤프는 「비폭력 운동 연구」에서 키사카와니 시장에서의 발포를 이렇게 서술하고 있다.

앞에 있던 사람이 총격을 받고 부상을 입어 쓰러지면, 뒤에 있던 사람이 가슴을 풀어헤치고 앞으로 나와 총탄을 막고 나섰다. 그래서 어떤 사람은 몸에 총탄을 스물한 발이나 맞았는데, 사람들은 겁에 질리지 않고 당당하게 서 있었다. 한 어린 시크교도 소년은 군인 앞으로 나가서 나에게 총을 쏘아보라고 말했고, 그 말을 들은 군인은 전혀 주저하지 않고 총격을 가하여 그를 살해했다. 군중은 계속해서 그 지점에 군인들과 마주하고 섰으며, 그래서 가끔씩 군인들의 총격을 받았다. 결국 그곳에는 부상을 당하고 죽어가는 자들의 시신이 산더미처럼 쌓이게 되었다.

이 보고서에 따르면, 사람들은 총탄에 맞서기 위해서 한 사람씩 앞으로 나섰으며, 그들이 총상을 입고 쓰러지면 사람들이 그들을 뒤로 끌어내고 또 다른 사람들이 앞으로 나와 총격을 받곤 했다고 기록하고 있다. 이런 사태는 오전 11시부터 오후 5시까지 계속되었다. 시신들의 숫자가 너무나 많아지자 정부의 구급차가 와서 시신들을 싣고 갔다. 그리고 불태워버렸다.[17)]

그날 오후 내내 정부군은 무장도 하지 않은 파탄 사람들을 시장을 뒤지고 이야기꾼의 거리와 은세공의 거리까지 추격하여 보이는 대로 총격을 가했다.

의회 보고서는 약 2백~3백 명의 사람들이 사망하고 더 많은 사람들이 부상을 당했다고 추산했다.

어느 시점에서 정부는 명사수들로 구성된 가르왈리스 기관총부대에 군중을 향해서 발포하도록 명령했다. 무장을 하지 않은 남자와 여자, 그리고 어린아이들이 살해되어 쓰러지게 될 상황에 직면하자 가르왈리스 부대원들은 명령을 듣지 않았다. 그들은 장교에게 이렇게 말했다.

"당신이 원한다면 차라리 우리를 총살시킬 수 있을 것입니다. (1857년 인도폭동 때 형벌로 영국인들은 인도인들을 대포로 쏘아서 죽였다.) 우리는 무장도 하지 않은 우리 형제들을 죽일 수는 없습니다."

가르왈리스 부대원들의 영웅적 행위에 대한 소문이 퍼지자 전 인도가 크게 감동을 받았다. 그러나 부대원들은 그 일로 인해서 큰 대가를 치러야 했다. 전원이 체포되었고, 그 가운데 열일곱 사람이 군법회의에 회부되어 유죄 선고를 받았다. 한 사람은 해외에 있는 범죄자 식민령에 평생 동안 추방되었고, 또 한 사람은 15년 징역형이 선고되었으며, 나머지는 장기 징역형이 선고되었다.

가르왈리스 부대는 세계에서 가장 유명한 연대 가운데 하나이다. 충성심 때문만이 아니라 용기 때문에 널리 알려진 부대였기에, 그들이 명령에 불복종했다는 사실로 인해서 영국인들은 소름끼치는 '대폭동' 때의 기억을 되살리게 되었다. 그들은 그것을 막으려고 결심하고 있었다. 결국 최종적인 휴전이 이루어지고, 소금 행진 때 체포되었던 모든 정치범들이 석방이 되고 난 이후에도 가르왈리스 부대원들은 일반사면에서 제외되어 형량을 다 채워야만 했다.

페샤와르는 혼란 속으로 빠져들었고, 군대와 경찰은 시위를 진정시키려고 애쓰고 있었다. 그 이후 이틀 동안을 의회 조사위원회는 이렇게 보고하고 있다.

"군인들의 만행으로 인해서 페샤와르는 생지옥이 되었다."

그 이후 25일 밤에 군대와 경찰은 쿠다이 키드마트가르 자원자들의 손에 그 도시를 맡기고 떠났다. 며칠 후 군대와 경찰이 다시 나타나 도시를 통제했다. 그들이 처음으로 취한 조치는 쿠다이 키드마트가르를 불법 단체로 선언하고 그들의 사무실을 폐쇄한 다음, 모든 서류를 쓸어버리고 돈을 가져가 버린 것이다. 의회 보고서는 이렇게 결말을 짓고 있다.

그날부터 도시는 지극히 현실적인 목적을 가지고 있는 계엄령하에 들어가게 되었다. 페샤와르에 있는 어떤 사람의 목숨이나 자유, 재산도 안전하지 못했다…….

그 지역은 외부세계와는 완전히 차단된 금단의 땅이 되었다. 그곳은 인도의 다른 지역과는 완전히 단절되었고, 그 어떤 정치지도자도 그곳에 발을 들여놓는 것이 허용되지 않았다……. 이런 모든 일들에도 불구하고, 지역 사람들의 정신은 흔들리지 않고 유지되었으며, 철저한 비폭력이 준수되었다.

바로 그날부터 칸의 마을에서도 억압이 시작되었다. 칸 사헤브 박사는 페샤와르에 있는 동생의 감옥 주변에 몰려왔던 군중들을 해산시킨 후에, 우트만자이에서 대중집회가 열린다는 소식을 듣고 도움을 주기 위해서 현장으로 달려갔다. 훗날 그 지역의 수상으로 선출된 그는 이렇게 말했다.

"여기서 저는 지금 난생처음으로 정치연설을 해보는 것입니다."

칸 박사는 비폭력을 호소했다. 그가 연설을 마치고 나자 가이드 부대 기병대가 도착했다.

가이드 부대 사령관은 지금 군인들이 발포를 할 것이니 군중은 해산하라고 명령했다. 아무도 자신의 말에 귀를 기울이는 사람이 없자 그는 칸 박사에게 도움을 청했다. 칸 박사는 이렇게 말했다.

"지금 당신이 할 수 있는 최선의 조치는 그냥 돌아가고, 우리가 목적지까지 행진하도록 허용하는 것입니다. 하지만 당신이 발포를 원한다면, 지금 바로 시작하십시오. 우리가 일단 이곳을 떠나기 시작하면 발포는 그리 용감한 행동은 아닐 것이기 때문입니다."

허세를 부리던 기병대는 떠났고, 쿠다이 키드마트가르들은 행진을 시작했다. 행진을 하는 도중에 그들은 기병대의 공격을 받았다. 칸 박사는 아주 간결하게 이렇게 보고했다.

장교들은 당황했고, 진압은 혹독했다. 그러나 쿠다이 키드마트가르들은 반격을 하지 않고 버티고 서 있었다. 그 결과 9월 말이 되자 우리는 8만 명이 넘는 자원자들을 얻게 되었다.

*

영국인들을 놀라게 만들었고, 또 인도인들을 어리둥절하게 만들면서도 한편으로 감동시켰던 것은 바로 파탄 사람들의 비폭력이었다. 그들이 그러리라고 예상했던 사람은 아무도 없었고, 그래서 영국인들은 맥이 풀리고 말았다. 칸은 훗날에 이렇게 기록했다.

> 영국인들은 폭력적인 파탄 사람보다는 비폭력적인 파탄 사람을 더 두려워했다. 영국인들이 파탄 사람에게 가했던 모든 끔찍한 만행들은 오로지 한 가지 목적을 가지고 있었다. 파탄 사람들에게서 폭력을 유발시키기 위한 것이었다.

그 이후로 이어진 정부의 많은 극단적인 행위들은 파탄 사람들이 비폭력에 대한 맹세를 깨뜨리도록 몰아가려는 시도로 이해될 수 있을 것이다. 만일 그들이 맹세를 깨뜨리고 보복을 했다면, 영국인들은 유리한 위치를 차지할 수 있었을 것이다.[18]

여기서 영국인들의 교묘한 재주가 드러나게 된다. 그들은 파탄 사람들이 어떤 대목에서 명예가 손상되었다고 느끼는지를 잘 알고 있었고, 그래서 그들은 쿠다이 키드마트가르들을 맹세를 깨뜨리게 될 정도까지 밀고 가기로 작정했다. 정부군은 1930년 5월 13일 새벽 동이 트기 전에 우트만자이 마을로 들어갔다. 영국군 8백 명과 인도 기병대 일개 연대, 그리고 네 문의 야전대포와 엄청난 무기로 무장한 특수 기습부대가 어둠에 싸여 있던 그 마을을 포위했다.(당시에 우트만자이 마을은 아마도 전체 주민이 5천을 넘지 않았던 것으로 추정된다.) 군대는 마을로 들어가 한 작은 상점을 포위했다. 상점의 위층에는 쿠다이 키드마트가르의 본부가 있었다. 앞문을 부술 수 없었던 그들은 사다리를 타고 벽을 올라가 발코니 주위에 둘러섰다. 안에 있던 쿠다이 키드마트가르의 사령관 라브나와즈 칸은 그 건물에 있던 모든 자원자들에게 비폭력의 맹세를 잊지 말 것을 당부했다. 그들 가운데에는 열네 살 난 칸의 아들 왈리도 끼어 있었다. 영국군 사령관은 바로 키사카와니 시장에서 발포를 명령했던 바로 그 사람이었다. 그는 파탄 사람들에게 거리로 내려가 붉은 제복을 벗을 것을 명령했다. 그들은 거부했다. 사령관은 권총을 뽑아들고 한 파탄 사람의 가슴에 겨누었다.

"옷을 벗어!"

그 쿠다이 키드마트가르는 이렇게 대답했다.

"그럴 수 없습니다. 파탄 사람은 살아 있는 한 바지를 벗을 수 없습니다."

사령관은 권총으로 그의 머리를 내리쳤고, 그는 의식을 잃고 쓰러지고 말았다. 영국군은 그의 옷을 벗기고 매질을 했다.

그다음 차례는 파이즈 모하메드라는 사람이었다.

그 역시 옷 벗기를 거절했고, 군인들은 강제로 그의 옷을 벗겼다. 그 사람은 키가 크고 체격이 건장했는데, 대항하지는 않았지만 순순히 협력하지도 않았다. 그의 옷을 벗기기 위해서 여덟아홉 명의 군인들이 달려들어야 했고, 그 역시 옷이 벗겨진 채 의식을 잃을 때까지 매를 맞았다.

한 사람씩 한 사람씩, 다른 자원자들도 똑같은 고통을 치렀다. 어떤 사람들은 이층 발코니에서 떠밀려 거리로 내려왔다. 그러나 아무도 맞서 싸우지 않았고, 또한 달아나지도 않았다.

군인들은 드디어 쿠다이 키드마트가르의 단장인 모하메드 나키브 칸에게 이르렀다. 그 역시 무자비하게 매질을 당했고, 군인들은 그의 셔츠를 벗기는 데 성공했다. 그러나 그가 바지를 벗으라는 명령을 받았을 때, 무언가가 쏟아졌다. 얼굴에서 피가 흐른 것이었다. 바드샤 칸은 그들에게 죽을 각오를 하라고 말했었다. 단장은 기꺼이 죽으려고 했다. 그러나 이것은 죽음보다도 더 처참한 상황이었다. 그는 몸을 돌려 총이 있는 쪽으로 달렸다. 차라리 파탄 사람답게 싸우다가 죽으려는 것이었다!

"모하메드 나키브!"

사령관의 목소리가 울려퍼졌다.

"너의 인내심이 겨우 이거야? 너는 죽을 때까지 비폭력을 지키겠다고 맹세했어!"

모하메드 나키브는 파탄 사람 중에서도 유난히 자존심이 강했고 성격이 급했다. 그가 그 지역 자원자 부대의 단장이라는 직함을 받았다는 것은 사람들이 놀랄 일이었다. 사실상 모든 부대원들은 폭력 전과를 가지고 있었으며, 형벌을 받기보다는 형벌을 주는 일에 익숙해 있었다. 이제 자신의 위치가 분명해지자 그의 눈길이 이글이글 타올랐다. 그는 기다리고 있는 군인들을 돌아보았다. 그들은 웃지 않았다. 단장의 얼굴에 미소의 흔적이 나타났다. 그 미소는 파탄 전사의 도전적인 미소였다. 그는 사방에서 총부리가 자신을 향하고 있는 것을 보고 자신이 곧 패배하리라는 것을 알았다. 그리고 군인들이 자신의 몸을 정복할지언정 파탄 사람으로서 자신의 영혼은 날개를 치며 낙원으로 비상하고 있다고 비아냥거렸다. 얼굴에 수염이 텁수룩하게 난 모하메드 나키브 칸은 뒤로 돌아서더니 천천히 걷기 시작했다. 그는 파탄 사람의 당당한 걸음걸이로 영국인 장교에게 갔다.

젊은 왈리 칸은 제복을 입고 서 있었고, 행정장관이 그에게 다가갔다.

"너는 누구냐?"

영국인이 물었다.

"나는 압둘 가파르 칸의 아들이오!"

그의 목소리가 거리 사방으로 울려퍼졌다. 행정장관은 그를 모욕하기 시작했고, 군인들은 그를 총검으로 괴롭혔다. 한 무슬림 인도 군인이 참다 못해 앞으로 나와서 군인들의 총검을 밀쳐버렸다. 그런 혼란스런 상황을 틈타 하산 칸이라는 파탄 사람이 왈리를 붙잡고 길로 뛰어내려 그를 모스크에 숨겨주었다.

그러자 군인들이 작전을 시작했다. 그들은 사무실 건물에 불을 질러 무너뜨리고, 마을을 약탈했다. 마을사람들은 집 밖으로 나가 농장으로 갈 수도 없었고, 가축에게 풀을 뜯기거나 화장실에 갈 수도 없었다. 군인들은 울타리 밖에 있던 가축들을 눈에 보이는 대로 총으로 사살하거나 총검으로 찔러 죽였다. 붉은 옷을 입은 사람은 모두 옷을 벗기고 매질을 하여 감옥으로 끌고 갔다.

결국 그 마을은 완전히 소탕되었다. 자원자들은 한 사람도 남김없이 체포되었다.

"이제 붉은 옷은 없나?"

행정장관이 신경질적으로 호통을 쳤다.

압바스 칸이라는 이름을 가진 마을 노인은 이것을 견딜 수 없었다. 그는 붉은 옷이 아니었다. 그가 급진적인 개혁자들과 무슨 상관이 있겠는가? 그러나 그는 영국인들의 무례함을 견딜 수 없었다. 그는 집으로 가서 셔츠를 붉은 물감에 적신 다음 젖은 셔츠를 입고 거리로 뛰쳐나갔다.

"붉은 옷이 여기 있다!"

노인은 영국인 행정장관의 면전에 대고 소리쳤다.

파탄 사람의 자존심은 어떻게든 드러나고 만다. 압바스 칸의 태도는 예외라기보다는 관습적인 것이었다. 칸은 쿠다이 키드마트가르들을 1천 명 정도밖에는 모집할 수 없었으나, 영국인들이 억압하고 뻔뻔스런 행위를 하자 그해 여름이 끝나갈 무렵이 되어서는 그 운동에 참여한 사람이 무려 8만 명을 넘게 되었다.

행정부는 그런 사실에 아랑곳하지 않고 다른 방법을 시도했다. 8월에는 계엄령이 선포되었고, 그 지역은 완전히 군인들의 손안에 들어가게 되었다. 그들은 쿠다이 키드마트가르들의 옷을 벗기고, 매질을 하고, 군인들이 늘어선 사이를 뛰어가게 했다. 군인들은 그들이 지나갈 때마다 총과 총검으로 찔러댔다. 보조감독관 제임슨이라는 사람은 사람들이 보는 앞에서 자원자들의 옷을 벗기고 육체적으로 모욕을 주고는 그들을 오물구덩이에 던져넣었다. 어떤 사람들에게는 그런 긴장이 너무나도 견디기 어려운 것이었다. 그들은 비폭력에 대한 맹세를 깨뜨리기보다는 차라리 자살을 선택했다.

영국인들은 또한 붉은 옷에 볼셰비키의 사상을 주입함으로써 그 운동을 전복시키려고도 했다. 영국인 행정장관은 모든 마을의 촌장들에게 한 가지 명령을 내렸다.

당신들은 의회 자원자들이 붉은 옷을 입고 마을에 들어가는 것을 막아야만 한다. 그들은 자신들을 쿠다이 키드마트가르라고 부른다. 그러나 실제로는 간디의 종이다. 그들은 볼셰비키의 옷을 입고 있다. 그들은 볼셰비키가 지배하는 곳에서 당신들이 들었던 것과 똑같은 분위기를 만들어내게 될 것이다.

한 미국인 여행가가 증언한 내용을 바탕으로 파탄인 저술가 모하메드 유누스는 이렇게 기록하고 있다.

그 이후로 2년 동안 그 지역은 암흑기였다. 총격, 매질, 그리고 이런저런 자극적인 행위들이 사람들을 괴롭혔다. 그 사람들은 이전 같았으면 복수하지 않고는 견디지 못했을 것이다. '붉은 옷 사냥'은 그 지역에 있던 영국군들의 오락이자 심심풀이였다.

몹시 추운 겨울, 코하트에서 우리의 젊은이들은 매질을 당한 뒤 그 도시를 관통하여 흐르는 얼음처럼 차가운 강물에 던져졌다. 반누와 데라이스마일칸에서도 같은 일들이 벌어졌다.(거기서 영국인들은 마을을 봉쇄하고 사람들을 굶주리도록 하여 복종하게 만들려고 했으나 성공을 거두지 못했다.) 스와비의 거주자들은 그들의 들이 파괴되는 것을 보았고, 저장해 놓은 밀이 기름이 뿌려져 불살라지는 것을 보아야 했다.

그러나 파탄 사람들은 폭력과 유혈사태의 분위기 속에서 성장했음에도 불구하고 그런 충동들을 받으면서도 꼼짝도 하지 않았으며, 그들의 목표를 달성하기 위해서 많은 사람들이 평화롭게 죽어갔다.

*

이번에는 영국인들이 별의별 짓을 다 해보아도 소용이 없었다. 심지어 간디를 감옥에 집어넣어도 효과가 없었다. 어디에서도 지도자들은 오지 않았다. 그리고 그 운동은 눈에 보이지 않는 추진력을 가지고 파도처럼 밀려오기만 했다. 인도 전 지역에서 파업, 파업감시, 집회, 행진, 그리고 영국인의 통치권을 공개적으로 무시하는 행위들이 헤아릴 수 없이 많이 발생하여 1930년 가을과 겨울까지 이어졌다. 인도 사람들은 여전히 비폭력을 유지하고 있었다.

그해 말, 어윈 경은 간디를 델리로 초대하여 휴전을 논의했다. 영국이 처음으로 간디와 그의 운동을 인정한 것이었다. 그들은 다른 선택 방법이 없다는 것을 알고 있었다.

며칠간의 협상 끝에 간디와 어윈은 한 협정서에 동등한 자격으로 서명했다. 시민불복종운동은 유보되었고, 인도의 모든 정치범이 석방되었다. 국경지역에서 칸의 운동은 결국 그렇게 오랫동안 추구해 오던 양보조건들을 정부로부터 얻어냈다. 칸의 운동에 동의하지 않던 사람들도 국경지역이 "이제야 그 지역 토착민으로 행정부의 수반이 임명되고, 온전히 모습을 갖춘 총독의 주가 되고…… 결국 오랜만에 파탄 사람들이 영국령 인도와 정치적 동등성을 회복하게 된" 것이 "의회 붉은 옷의 압력 덕분"이라는 사실을 인정했다.

그러나 간디와 어윈이 맺은 협정의 조건들은 어느 한 편도 만족시키지 못했다. 런던에 있는 정치가들이 보기에는 너무나 많은 양보가 이루어졌다. 그리고 자유를 기대했던 인도 사람들이 보기에는 너무나 작은 것을 얻어낸 것이었다. 그러나 당사자 두 사람은 그 협정이 하나의 분기점을 의미함을 알고 있었다. 간디는 인도의 자유가 현실적으로는 허락되지 않았지만 원칙적으로는 허락되었음을 알고 있었고, 한편 완전히 제국주의적인 생각에 젖어 있던 처칠은 "한때 제4법학원의 변호사였고, 지금은 치안을 방해하는 탁발승이 옷도 제대로 입지 않고 맨발로 총독의 궁으로 걸어 들어가 거기서 황제의 대리인과 동등한 자격으로 마주앉아 협상을 한다는 사실 자체가 욕지기나고 모욕스러운 일"이라고 분통을 터뜨리고 있었다. 당시에는 결정적인 것도 아니고 요령부득한 것처럼 보이기는 했지만, 간디와 어윈의 협정은 제국주의의 종말이 시작되었다는 것을 예고하는 것이었다. 당시 어느 누구보다도 역사를 잘 알고 있던 처칠은 제국주의의 조종(弔鐘) 소리를 듣고 있었던 것이다.

제11장

국경지역의 간디

나는 단 한 가지 척도만을 가지고 있습니다. 그 척도는, 한 인간이 신에게 복종하느냐 않느냐 하는 것입니다.

—바드샤 칸

1931년~1934년

국경지역의 간디

파탄 사람들의 삶 구석구석에는 신에 대한 간결하지만 정열적인 신앙이 흐르고 있었다. 모든 경건한 무슬림들이 그러하듯이, 파탄 사람들은 하루에 다섯 번씩 하던 일을 멈추고 메카를 향하여 고개를 숙이고 기도를 한다. 그리고 인도를 받기 위해서 마을의 사제를 바라본다. 따라서 이슬람 학자는 통상적으로 한 부족의 진정한 권력의 중심을 이룬다. 파탄 사람들의 전투는 전사들에 의해서 이루어지지만, 그 전사들은 사제들에게서 영감을 받는다. 처칠이 '미친 탁발승'이라고 생각했던 물라 마스툰은 하나의 예에 지나지 않는 인물이었다.

신학(神學)이 부족한 파탄 사람들은 진실로 경건했

던 사람들의 생애에서 영성(靈性)을 찾으려 한다. 파탄의 산지에는 피르(pir)*와 탁발승들의 사당과 무덤이 점점이 박혀 있다. 어떤 점에서는 이런 것들이 진정한 의미에서의 권력의 중심이다. 왜냐하면 위대한 성자의 무덤 하나쯤 가지고 있지 않은 부족이 없기 때문이다. 파탄 사람들은 종종 가장 엄숙한 맹세를 할 때면 사람이 접근하기도 어려운 험한 곳에 있는 이런 돌무더기들을 찾아간다.

칸은 자신이 성자처럼 생각되고 있다는 사실을 깨닫고 마음이 몹시 불편했다. 간디-어윈의 협정에 따라 1931년 5월 국경지역으로 돌아온 칸은 마을사람들에게 에워싸였다. 사람들은 그를 만지면 병이 나을 수 있다고 믿었던 것이다. 그가 우물이라도 하나 파놓으면 그 물은 곧 바닥이 났다. 그러니 그가 성자가 아니고 무엇이란 말인가? 더욱이 인도의 다른 지역에서도, 칸의 순수한 신앙과 엄격한 생활 방식 때문에 그는 '국경지역의 간디'로 알려지게 되었다.

그는 그런 사실을 좋아하지 않았다. 그는 학생들을 모아놓고 이렇게 말한 적이 있다.

"내 이름에 간디의 이름을 붙이지 마십시오. 나는 여러분이 나에게 쏟아주는 칭찬을 받을 만한 사람이 못 됩니다. 그런 칭찬은 우리 민족의 성격을 바꾸어준 비폭력 방법에나 어울리는 것입니다."

구두쇠처럼 살았던 칸은 마을사람들에게 열심히 일하는 것이 자신을 존경하는 것보다 훨씬 더 기쁜 일이라고 분명하게 말했다. 그는 또한 '바드샤'라는 말도 싫어했다. 그는 스스로를 인민들의 왕이 아니라 종이라고 생각했다. 사람들은 그를 보면서 진정한 성자가 어떤 사람인지를 알게 되었다.

이러한 그의 행동도 사람들의 생각을 지워버릴 수는 없었다. 그는 육식을 포기하고, 차도 끊었다. 일찍이 파탄 사람으로서는 들어본 적이 없는 일이었다. 그는 소식(小食)을 하고 집에서 짠 옷을 입었다. 그는 이제 곧 파탄 사람으로서 가장 큰 희생을 치를 각오를 하고 있었다. 그는 자신의 땅 소유를 거절하고 그 소유권을 세 아들에게 넘겼다. 땅을 소유하지 않은 파탄 사람은 지르가에서 투표권을 잃게 되어 있다. 따라서 땅을 포기한다는 것은 파탄 사람으로서 취급받기를 포기한다는 것을 뜻했다. 그는 문자 그대로 땅이 없는 탁발승이 되었다. 파탄 사람들은 배우지 못했다. 그러나 아무리 무지한 자라도 이렇듯 엄격하고, 자신을 내세우지 않는 칸이 어떤 존재인가는 알 수 있었다. 그는 정신적인 등불이었다.

이제 칸은 거의 쉬지 않고 계속해서 마을들을 순회

하면서, 산적한 어려운 문제들과 직면해야 했다. 암살을 겨우 모면한 일도 두 번이나 있었다. 그에게 저항을 한 것은 영국인들이나 이슬람 학자들만이 아니었다. 부유한 칸들은 개혁운동을 자신들의 이익에 위협이 되는 것으로 간주했다. 영국인들은 칸들이 지니고 있던 특권을 조심스럽게 보호해 주는 대신, 그들을 대중적인 불안을 방지하는 지렛대로 이용했다. 칸은 이 같은 삼중고를 겪어야만 했다. 마을사람들은 너무나 무지하여, 지속적으로 직접 접촉을 해야만 그들을 정신적으로 지도할 수 있었고 또 실천할 수 있도록 만들 수 있었다. 칸은 그 지역에 있는 모든 마을들을 빠짐없이 방문하려고 애를 썼다. 여벌 옷 한 꾸러미와 꼭 필요한 것 몇 가지만을 가지고 다녔던 그는, 종종 하루에 백릿길을 걸으며 서너 마을에 들러 각 마을에서 한 시간씩 이야기를 나누곤 했다. 때로 그와 자원자들은 연극을 만들어 마을사람들에게 보여줌으로써 비폭력을 가르치기도 했다.[19)]

하루 동안의 순례 중 마지막 마을에 도착하게 되면, 그는 먼저 모스크로 가서 그곳을 깨끗이 치웠다. 모스크라고 해야 대개는 다듬지 않은 돌과 회반죽으로 만든 초라한 방에 지나지 않았다. 특히 그는 마을의 가난한 사람들과 함께 묵기를 좋아했다. 어린아이 한

명을 데리고, 혹은 어깨에 작은 천 두 장만 걸친 채 부족사람들과 이야기를 나누면서, 보다 더 청결하게 생활할 것과 보다 더 강해질 것과 더 많이 사랑할 것을 권하곤 했다. 밤이면 접객소에서, 낮이면 모스크에서 활동하면서, 칸은 전혀 쉬지 않았다. 그는 가는 곳마다 이렇게 이야기하곤 했다.

"두 가지 목표를 항상 잊어버리지 말아야 합니다. 조국을 해방시키는 것과 굶주린 자들을 먹이고 헐벗은 자들을 입히는 일입니다."

칸의 누이는 그 지역 전체를 돌며 집회를 통보했다. 칸은 간디의 모범을 따라서 파탄 여성들을 일깨우기 시작했고, 파탄 여성들은 그의 가르침을 받고 베일 뒤에 숨어 있던 중세의 세계에서 뛰쳐나와 개방적인 지도자로 변신하기 시작했다. 칸은 그런 여성들의 변화된 모습을 사랑했다. 그는 바이자이에 모인 군중에게 이렇게 말했다.

자매 여러분, 나는 아주 각별한 기쁨을 맛보고 있습니다. 인도를 돌아다닐 때 가는 곳마다 전국의 모든 힌두 여성들과 파르시 여성들이 각성하는 것을 보면서, 나는 혼자서 이렇게 생각하곤 했습니다. '우리 파탄 여성들이 저렇게 각성을 할 때는 언제 올 것인가?'

나는 그때부터 이런 갈망을 마음속에 간직하고 있었습니다. 오늘 나는 신에게 감사를 드립니다. 나의 소망이 이루어지고 있는 것을 보고 있기 때문입니다.

신은 남자와 여자를 구별하지 않으십니다. 만일 어떤 사람이 다른 사람보다 뛰어나다고 이야기할 수 있다면, 그것은 선행과 도덕에서 뛰어나야만 그럴 수 있습니다. 역사를 공부해 보면, 여러분은 여성 중에도 많은 학자와 시인이 있다는 것을 알게 될 것입니다. 여성들을 비하하는 것은 큰 잘못입니다.

만일 우리가 성공을 이루고 조국을 해방시킨다면, 우리는 여러분에게 엄숙하게 약속할 것입니다. 여러분은 여러분의 권리를 얻게 될 것이라고 말입니다. 거룩한 코란경에서도, 여러분은 남자와 동등한 몫을 가지고 있다고 적혀 있습니다. 여러분은 오늘날 억압받고 있습니다. 이는 우리가 신과 예언자 모하메드의 명령을 무시하고 있기 때문입니다. 오늘날 우리는 관습에 따라서 여러분을 억압하고 있습니다. 그러나 우리는 신에게 감사해야 합니다. 우리의 이득과 손실, 발전과 퇴보가 남성과 공통된 것임을 깨달았기 때문입니다.

영국인들은 칸의 여행이 중단되기를 원했다. 국경

지역 행정부는 만일 그가 여행을 중지하지 않는다면 체포하겠다는 의사를 총독에게 통보했다. 간디는 만일 칸을 체포하면 협정을 거두어들이겠다고 항의하고, 그곳 행정부의 불만 사항을 확인하기 위해서 국경지역을 직접 방문하겠다고 요청했다. 간디의 방문은 허락되지 않았으나, 그의 아들 데바다스가 허락을 받고 그곳으로 가서 보고서를 작성했다. 데바다스는 국경지역 행정부가 단지 칸이 정치적으로 무지한 파탄 사람들을 일깨우고 있다는 사실 때문에 불안해하고 있다고 했다. 그는 이렇게 기술했다.

> 나는 6일 동안을 여행한 끝에 이전 어느 때보다도 칸 사헤브(압둘 가파르)의 인격의 힘과 영감을 깨닫게 되었다. 거기서 나타나고 있는 하나의 핵심적이고 의문의 여지가 없이 분명한 사실은, 칸 사헤브 자신이 붉은 옷 운동을 반대하던 사람들을 비롯해서 모든 사람들에게 존경을 받고 있다는 것이었다.
>
> 대부분의 파탄 사람들이 칸 사헤브의 영향력에 감동을 받고 있었다. 그의 인격은 그들 사이에서는 마치 주술처럼 작용하고 있는 것만 같다. 그는 전혀 쉬지 않고 활동하고 있다. 그는 이곳 저곳을 돌아다니며, 마을사람들과 자유롭게 어울려 그들과 똑같이 생활하

고 있다.

그의 성품은 소박하며, 가난한 자들과 억눌린 자들에게 깊은 연민을 나타내고 있고, 그래서 사람들의 가슴속에 항상 살아 움직이고 있다.

행정부는 모든 도로의 6.5킬로미터 내에서 대중 집회를 금지했으며, 영국 정보원이 밤낮으로 칸을 미행했다. 영국 언론은 종종 그에 대해 왜곡 보도를 했다. 『데일리 익스프레스』는 "인도에서의 성전의 위협은 압둘 가파르 칸에 의해서 시작되었다"고 비난했다. 아주 뿌리깊은 영국의 두려움이 작용한 것이었다. 왜냐하면 물라 마스툰이 대영제국의 무슬림 지역에서 일어난 유일한 폭력적인 사제는 아니었기 때문이다. 『데일리 메일』은 예상대로 한층 더 악의적인 보도를 내보냈다. 그 신문은 국경지역을 '소련공화국의 전초기지'라 칭하고, '인도에 대한 침략의 창 끝'이라고 주장하면서, "러시아인들이 키베르 관문 지역에 황금을 쏟아붓고 있다", 혹은 "무슬림들이 러시아 무기로 무장하고 있다"고 보도했다. 그리고 결론짓기를, "그들의 지도자는 무서운 압둘 가파르 칸으로서, 그는 상습범이고 영국인들의 불구대천의 원수"라고 썼다.[20]

하지만 그러한 중상모략과 방해에도 불구하고 칸

은 여행을 멈추지 않았다. 루스탐 마을은 대중 집회를 금지하는 형법 144조에 의한 집회 금지 구역이었다. 칸은 마을사람들에게 그 명령은 간디-어윈 협정에 위배되는 것이므로 그 법률을 무시할 것을 촉구했다. 그는 이렇게 말했다.

죽음을 두려워하지 마십시오. 144조가 여러분의 시금석입니다. 만일 여러분이 이 명령에 반대할 수 없다면, 어떻게 여러분이 전쟁터에 나갈 수 있겠습니까? 그 명령은 신경도 쓰지 마십시오. 각오를 하고 비폭력의 전쟁터로 나오십시오. 비폭력 전쟁이란 여러분의 선조들이 1천4백 년 전에 치렀던 전쟁입니다. 사람들에게 여러분이 그 선조의 후손이라는 것을 보여주십시오…….

여러분이 여러분 스스로를 다스리고, 살아 있는 한 다른 어떤 사람의 통치에도 복종하지 마십시오. 각오를 하고 이런 억압적인 통치에서 여러분 자신을 자유롭게 하십시오. 만일 여러분이 전쟁터에서 죽는다고 한들 그게 무슨 대수입니까? 사람은 다 죽게 마련입니다.

국경지역에서의 긴장은 높아가기만 했다. 1931년

12월 22일, 국경지역의 행정장관 랠프 그리피스 경은 칸을 한 리셉션에 초대했다. 칸은 참석을 거절했다. 행정부가 쿠다이 키드마트가르를 억압하는 한, 행정부와 화해하고 싶은 생각이 없었던 것이다.

그리피스도 단호했다. 그는 경찰관을 시켜서 칸을 불러오게 했다. 칸이 행정장관에게 말했다.

"나는 분명한 사람이오. 나는 솔직하게 이야기하는 것을 좋아합니다. 나와 흥정할 생각은 하지 마시오."

행정장관이 대답했다.

"정치란 '장군' 하면 '멍군' 하는 장기와 같은 것이오. 당신만 괜찮다면 나는 당신을 장기 친구로 삼고 싶소."

"나는 당신과 장기를 둘 사람이 아니오."

칸은 그렇게 대답하고 자리에서 일어섰다.

"기다리시오."

행정장관이 자신의 실수를 인정하면서 응수했다.

"저기 밖에 있는 사람들을 좀 보시오."

그는 대기실 의자에 앉아 있는 사람들을 향해서 손을 흔들었다. 거기에는 각 마을의 칸들과 마을사람들이 줄을 지어 있었다.

"저 사람들은 나와 함께 상담을 하자고 저렇게 여러 날씩 기다리고 있소. 하지만 난 그들을 만나주지도 않았소. 그런데 당신은 내가 그렇게 여러 번 만나자고 청해도 호의조차 보이지 않았소."

칸이 웃음을 터뜨렸다. 행정장관의 솔직함이 마음에 들었다.

"저 사람들은 죄다 무언가 당신에게 원하는 것이 있을 것이오."

그렇게 대답하면서 다시 자리에 앉았다.

"나는 아무것도 원치 않소. 그런데 피곤하게 기다릴 일이 있겠소?"

그리피스 행정장관은 그 말을 듣고 주먹으로 탁자를 내리쳤다.

"정직한 사람들은 멀리하고 부정직한 사람들로만 에워싸인 정부는 참으로 불행한 정부요. 이건 망할 징조란 말입니다!"

칸과 행정장관은 이야기를 나누었으나 서로 다른 점들만 확인했을 뿐이었다. 간디처럼 칸도 분명하게 말했다. 만일 '파괴와 부족들을 살해하는 데 사용하는 돈을 절반만' 가내 수공업이나 학교를 위해서 사용한다면 영국인들은 파탄 사람들을 두려워할 필요가 없을 것이며, 영국인과 파탄 사람은 영원한 친구가 될 수도 있을 것이라고 말했다. 그리고 인도를 소련의 침공으로부터 보호하려는 일에 대해서도, 영국이 취할 수 있는 가장 최선의 방책은 파탄 사람에게 자신의 땅에서 스스로 주인이 될 수 있도록 허용하는 것이라고 말했다. 그는 분명하게 말했다.

"아무도 우리를 지배할 수는 없소. 만일 어느 누구라도 우리에게 대항해서 전쟁을 치르려고 생각한다면, 우리는 조국을 지키기 위해서 모든 것을 기꺼이 희생할 각오가 되어 있소."

칸이 자리에서 일어나자, 그리피스 경은 다시 만나기를 바란다고 말했다. 칸은 그 결별의 제스처에 대해서 차마 모른 체할 수가 없었다. 그는 문을 향해 걸으면서, "그래야지요. 하지만 또 경찰을 보내셔야 할 겁니다" 하고 말했다.

그들이 서로 만나서 어떤 비난을 주고받았다고 할지라도, 국경지역의 행정장관들은 칸이 진실로 존경할 만한 인물이라는 것을 알게 되었을 것이다. 역대 행정장관들은 이 파탄 사람의 용기와 솔직함에 대해서 진심으로 감탄했다. 그렇다고 해서 그들이 파탄 사람들이 제국 신민으로서 떠안고 있는 의무들을 면제해 주지는 않았다. 그리피스 경은 칸과 작별 인사를 하고 델리로 출발하여 총독을 방문하고, 12월 24일에 돌아와 칸을 체포했다. 칸 사헤브 박사, 가파르칸의 아들인 왈리, 가니, 알리 역시 체포되었다. 실제로 그날부터 두 주 만에 인도의 주요 정치지도자들은 모두 감옥에 갇히게 되었다.

협정은 파기되었다. 1931년 성탄절에 영국군 6개 중대가 페샤와르를 점령했다. 이번에는 상황이 달랐다. 이전처럼 '온건한 조치들'은 없었다. 상황을 보아가며 적당히 일을 처리하던 어윈 경을 대신해서 새로 부임한 총독은 훨씬 더 거칠었고, 런던으로부터 인정사정 볼 것 없다는 지시를 받고 있었다. 국경지역에서 명령이 내려졌다. 붉은 옷을 발본색원하라!

*

간디는 1932년 1월 4일 자정 무렵에 체포되었다. 그는 사람들과 헤어지면서 영국인 베리어 엘윈에게 국경지역으로 들어가서 그곳에서 무슨 일이 일어나고 있는지 믿을 만한 정보를 인도 전역에 알리라고 지시했다. 엘윈은 국경을 넘어가 20쪽에 달하는 보고서를 급히 작성하여 보냈다.

12월 25일 이후로, 붉은 옷의 주요 활동은 마을에서 자원자를 뽑아서 페샤와르의 시위대로 보내는 일이었습니다. 경찰은 시위자들의 이름과 주소를 받아냈습니다. 시위자들은 원칙에 따라서 자신들의 이름과 주소를 정직하게 가르쳐줍니다. 그러자 일 개 중대 병력이 밤을 틈타서 시위자들이 살고 있던 마을을 습격했습니다.

군대 병력은 통상 새벽 3시경에 도착합니다. 그 마을은 포위됩니다. 마을의 지도자 격이 되는 사람은 붉은 옷을 찾아내라는 명령을 받습니다. 만일 거부하면 심하게 매질을 당합니다. 붉은 옷을 찾아내면, 군인들은 그들을 체포하고, 구타하고, 붉은 옷을 벗겨서 불태워버립니다.

그 지역의 쿠다이 키드마트가르 사무실은 불태워져서 무너지게 됩니다. 경찰은 가옥을 습격하고 가져갈 수 있는 것은 무엇이든 약탈합니다. 이곳에서 안전한 사람이라곤 단 한 명도 없습니다.

당국자들은 엘윈을 장사꾼으로 오인했다. 그래서 그는 인도인과 영국인을 번갈아 대담하면서 국경지역에서 일 주일을 머물 수 있었다. 그는 영국 군인들의 입을 통해서 직접 인도 전역에 떠돌던 소문들의 실상을 아무런 어려움 없이 확인할 수 있었다.

사태를 변화시켜 놓은 것은 협정이었다. 국경지역의 강경한 관리와 군인들은 그 협정을 뼈아픈 패배라고 생각하면서, 패배를 만회할 기회를 기다리고 있었다. 협정이 깨지는 것을 보면서, 그들은 기회가 왔다고 생각했다.

한 관리가 엘윈에게 이렇게 말했다.

"이 붉은 옷 사업은 박살을 내야 합니다. 그리고 우리는 그렇게 하려고 결심을 하고 있습니다."

엘윈은 군중을 향한 대량 발포, 구타, 공개적인 태형, 재산 몰수, 그리고 마을을 약탈하여 벌금을 채우는 행위 등에 대해서 이야기를 들었다. 한 경찰관은 흡족한 듯이 이렇게 말했다.

"군인들은 마치 몽고인처럼 돈을 긁어들이고 있습니다."

페샤와르에서만 체포된 사람이 무려 3천5백 명에 달했다. 1월 11일, 엘윈이 그 도시에 도착했을 때, 붉은 옷은 단 한 사람도 보이지 않았다. 정부 관리들은 공개적으로 뻔뻔스럽게 이렇게 말했다.

"이곳은 국경지역입니다. 당신처럼 '아래쪽'(인도의 다른 지역)에 사는 사람들은 이해할 수 없지요."

엘윈은 아무리 '아래쪽' 사람들이라고 해도 비인도적인 행위에 대해서 그것이 비인도적인 행위라는 것쯤은 안다고 대답했다.

'북부 산악지대 아래쪽'에 있는 한 작은 마을에서

엘윈은 그곳 부족 사람들과 이야기를 나누었다. 그들은 '수려한 용모에 친절한 눈빛을 지닌 당당한 사람들'이었다.

내가 물었다.

"도대체 무슨 일이 벌어지고 있는 겁니까?"

대답은 이러했다.

"참 말씀드리기가 어렵군요. 우리는 우리가 할 수 있는 일은 다 할 것입니다. 목숨을 바칠 각오도 되어 있고요. 하지만 이 줄룸(zulum)*을 보복하지 않고 견디는 건 참 어려운 일이군요."

"하지만 폭력이 도움이 될까요?"

"전혀 도움이 안 됩니다."

"그렇다면 당신들은 비폭력을 믿으십니까?"

"진심으로 믿고 있지요."

이렇게 무지한 촌사람들이 비폭력을 실천하는 일에 그렇게 정열적으로 참여하고 있다는 사실을 무엇으로 설명할 수 있을 것인가? 그것은 아마도 바드샤에 대한 넘치는 사랑 때문이기도 할 것이다. 그들은 바드샤가 자신의 목숨을 그들을 위해서 내주고 있다는 것을 알고 있었다. 그리고 목숨을 건 그런 순수한 도전이 파탄 사람들의 허세를 누그러뜨리는 호소력을 지니기도 했을 것이다. 그러나 칸은 늘상 감옥에 가 있어서, 계속해서 그들의 곁에 있으면서 감동을 줄 수 없었다. 그럼에도 불구하고 그렇게 많은 사람들이 비폭력의 태도를 유지하고 있는 것을 보면, 거친 성격을 가진 파탄 사람들이 비폭력의 핵심적인 요소, 즉 비폭력은 효과가 있다는 사실을 이미 이해하고 있음이 분명했다. 칸은 언젠가 이렇게 설명한 일이 있다.

> 독립을 얻기 위해서, 우리 지역에서 두 가지 운동이 시작되었습니다. ……폭력적 운동(1919년 이전의 봉기들)은 폭력에 대항하는 사람들의 머릿속에 증오를 만들어냈습니다. 그러나 비폭력운동은 그 사람들의 사랑과 애정과 공감을 얻어냈습니다. 만일 (폭력적인 봉기 때) 한 영국인이 살해되었다면, 그 범인은 처벌을 받을 뿐만 아니라, 온 마을과 전 지역이 그 일로 인해서 고통을 당하게 됩니다. 폭력을 주장하고 그것을 실행하는 자는 억압에 대해서 책임이 있습니다. 우리는 비폭력운동 속에서 자기 고통을 받아들입니다. ……그래서 이 운동이 사람들의 사랑과 공감을 얻어내게 되는 것입니다.

간디는 엘윈의 보고서가 매우 정확하다고 주장했었다. 그에 걸맞게, 엘윈은 붉은 옷들이 폭력에 호소한 일이 있는가를 아주 세심하게 조사했다. 그가 알아낸 바로는 폭력이 없었던 것은 아니었다. 쿠다이 키드마트가르가 폭력에 관련되지 않았지만, 화가 난 파탄 마을사람들이 폭력과 연관된 일이 있었던 것이다. 마을사람들은 경찰관에게 욕을 하고, 어린아이들은 침을 뱉고, 경우에 따라서는 돌을 던져 공격하기도 했다. 엘윈은 이렇게 기록했다.

> 그러나, 그렇다손 치더라도 이런 종류의 예들은 지극히 드물며, 따라서 당국자들이 폭력적인 정책을 사용한 것을 정당화할 수 있을 정도의 것은 아니었다.

당국자들은 마을사람들을 돌아가면서 조직적으로 구타하고, 고문을 가하고, 보복을 했던 것이다.

엘윈은 칸에 대해서 여러 가지 이야기를 들었다. 한 관리는 이렇게 말했다.

"그는 늙은 불량배입니다."

한 아프리디족 사람은 이렇게 말했다.

"그는 전혀 좋은 사람이 아닙니다. 총도 쏠 줄 모릅니다."

그의 가족과 함께 살았던 한 영국 여인은 이렇게 말했다.

"그는 그리스도이십니다."

엘윈은 행정부의 입장을 듣기 위해 행정장관 그리피스에게 인터뷰를 하자고 제안하는 편지를 썼다. 그리피스는 엘윈을 체포하여 거기서 가장 빨리 출발하는 기차에 태워 그 지역에서 추방했다. 엘윈은 행정부가 일종의 평화를 만들어내는 데에는 성공을 했으나, 그것은 '죽은 자들의 평화'라고 결론지었다.

"행정부는 북부에 사는 우리의 많은 형제자매들의 생활을 불쾌하게 만들었다. 그러나 그것이 그들의 정신을 짓밟지는 못했으며, 앞으로도 결코 짓밟지 못할 것이다."

칸은 국경지역에서 이감되어 인도 북부 비하르에 있는 한 교도소 독방에 감금되었다. 그에게는 신문이나 편지도 금지되었고, 누구와 접촉하는 것이 허락되지 않았다. 심지어 다른 죄수들이 그의 감방 앞을 지나가는 것조차 금지되었다.

1934년 4월, 간디는 이미 추진력을 잃어버린 시민불복종운동을 유보시키는 대신, 동료들과 함께 인도를 자유를 향해 몰아가기 위해서 마을향상운동에 투신했다. 대부분의 정치범들이 석방되었지만 칸은 풀려나지 못했다. 그의 건강은 계속 악화되고 있었다. 한 이해심 많은 관리가 방문한 이후로, 그는 독방 신세를 면할 수 있었다. 칸 사헤브 박사가 비하르로 이감되어 동생과 함께 지낼 수 있게 되었던 것이다. 바드샤 칸은 형을 선고받은 일이 없었다. 행정부가 임의대로 그를 3년 동안이나 구금하고 있었던 것이다. 그래도 형제가 같이 있을 수 있도록 해주는 양심은 있었다.

제12장

경전을 읽는 사람들

어린 시절, 나는 폭력적인 성격을 가지고 있었습니다. 내 혈관 속에는 파탄 사람의 뜨거운 피가 흐르고 있었습니다. 그러나 감옥에 갇혀 있는 동안, 나는 코란경을 읽는 것 이외에는 아무런 할 일이 없었습니다. 나는 메카에 있던 예언자 모하메드에 관하여 읽었고, 그의 인내와 그의 수난, 그의 헌신에 관해서 읽었습니다. 어린 시절에 이미 그 모든 내용을 읽었지만, 간디가 영국의 통치에 대항해서 벌이는 투쟁에 관해 내 주변에서 듣게 되는 이야기들에 비추어서 그것을 읽게 되었던 것입니다. 마침내 간디 선생을 만나게 되었을 때, 나는 비폭력이나 건설 프로그램에 대한 그의 생각들을 온전히 알게 되었습니다. 그의 생각들이 나의 삶을 완전히 바꾸어놓았습니다.

—바드샤 칸

1934년

경전을 읽는 사람들

국경지역에 있는 영국 관리들은 진퇴양난에 빠지게 되었다. 그들은 칸이 그 지역으로 돌아오는 것을 원치 않았지만, 감옥에 더 붙잡아둘 방법을 찾지 못하고 있었다. 1934년 여름에 그들은 하나의 묘안을 찾아내고, 델리에 있는 정부에 이렇게 통보했다.

> 이곳의 정치적 분위기는 마하트마 간디가 스스로 정한 단식을 끝내고 8월에 페샤와르를 방문할 것이라는 소문으로 무르익고 있습니다. 그는 어떤 금지명령도 복종하기를 거부할 것이라고 생각되며, 압둘 가파르 칸의 석방 문제에 초점과 관심을 집중할 것으

로…….

가능한 한 상황을 악화시키지 않기 위해서, 그리고 인도나 다른 나라들에서 공중 여론을 부추길 가능성이 있는 그의 단식투쟁에 빌미를 주지 않기 위해서, 인도 정부는 압둘 가파르 칸과 칸 사헤브가 펀자브, 카슈미르, 북서부 국경지역을 방문하는 것을 허용하지 않는 한…… 그 두 사람을 석방하는 것이 좋을 것이라고 생각됩니다…….

압둘 가파르는 대중에 대해 강력하고 미신적인 지배력을 가지고 있으며, 그의 말을 들으면 대중은 쉽사리 들끓기 때문에 현재와 같은 상황에서는 그를 국경지역으로 돌아오도록 허용해서는 안 될 것입니다.

가파르 칸과 칸 사헤브는 1934년 8월 27일에 하자리바그 중앙교도소에서 석방되었다. 그러나 국경지역에 들어가는 것은 금지되었다. 하지만 그 추방은 오히려 기회가 되었다. 칸 형제는 고향으로 돌아올 수 없었기 때문에 간디의 초청을 수락했다. 간디가 중앙 인도에 새로 지은 아슈람에서 함께 살자고 초청했던 것이다. 칸은 간디를 여러 번 만난 일은 있지만 그와 함께 지낼 기회는 없었다. 일과 투옥과 운동의 요구 때문에, 지금까지 비폭력을 주도해 온 두 인물이 서로 접촉할 기회가 없었던 것이다.

소금 행진 이후로 간디는 세계적인 명사가 되어 있었다. 그는 정치의 소용돌이에서 벗어나기 위해 중앙 인도의 외딴 평원지역으로 이주하여, 그 지역에서 가장 가난한 마을과 가까운 곳에 자리를 잡았다. 그는 자신이 세운 건설 프로그램에 몰두하고자 했다. 그 프로그램은 황폐화된 인도의 마을을 향상시키는 일이었다. 간디는 인도 사람들에게 비폭력적으로 투쟁하고 죽는 방법을 가르쳐왔다. 이제 그는 그들에게 비폭력적으로 살아가는 방법을 가르쳐야 한다는, 한결 더 어려운 과제에 직면해 있었다. 그것이 바로 훗날 세바그람이라고 불리게 된 그 아슈람의 목표였다.[21)]

칸 형제는 9월에 그 아슈람에 도착하여 곧 헌신자, 어린아이, 염소의 무리와 더불어 자리를 잡았고, 마하트마 간디를 직접 만나기 위해서 전 세계로부터 끊이지 않고 몰려드는 순례자들과 섞이게 되었다.

그곳에서의 생활은 청빈하고 힘겨운 것이었다. 칸 형제는 그런 생활을 사랑했다. 그들은 거친 음식과 힘든 노동을 함께 하고, 간디와 함께 주변 마을을 찾아다니며 기초위생법을 가르쳤다. 칸 사헤브 박사는 작은 병원을 열었고, 정기적으로 마을을 돌아다니며 순회 진료를 했다. 칸은 물레를 잣는 방법을 스스로 배웠다.

어린아이 같은 칸 형제의 순박한 심성이 온 아슈람을 매료시켰으며, 특히 간디는 더 큰 감동을 받았다. 간디는 비서 마하데브 데사이에게 그 두 사람과 이야기를 하고 '신의 두 종'이라는 제목으로 전기를 쓸 준비를 하라고 지시했다. 간디는 그 서문에서 칸 형제에 대해서 이렇게 기술했다.

> 나는 (칸의 형제를) 알면 알수록 그들에게 더욱더 끌렸다. 나는 그들의 신실함과 솔직함, 그리고 지극한 순박함에 감동을 받았다. 나는 또한 그들이 진실과 비폭력을 단순히 하나의 정략이 아니라 하나의 신조처럼 믿고 있다는 사실을 알게 되었다. 두 형제 가운데 동생은 깊은 종교적 열정에 흠뻑 젖어 있다는 것을 깨달았다. 그의 신조는 편협한 것이 아니었다. 나는 그가 보편주의자라는 것도 알게 되었다. 만일 그가 어떤 정책을 가지고 있다면, 그것은 그의 신앙에서 우러나온 것이었다.

데사이는 칸의 영적인 기질에 대해서 이렇게 서술하고 있다.

내가 보기에, 그에게서 가장 위대한 것은 그의 영성이다. 그것은 곧 진정한 이슬람의 정신이며, 신에게 순복하는 것이다. 그는 간디 선생의 생애 전체를 바로 이 자를 가지고 측량했으며, 그가 간디 선생에게 매달리는 것도 다른 근거를 가지고는 설명할 수 없는 것이다. 그를 간디 선생에게 끌리도록 만든 것은 간디 선생의 이름이나 명성이 아니며, 그의 정치활동이나 반역이나 혁명정신도 아니다. 그에게 가장 큰 호소력을 지녔던 것은 간디 선생의 순수하고 금욕적인 생활, 그리고 꾸준히 고집해 온 자기정화(自己淨化)이다. 1919년 이후로 그의 전 생애는 자기정화를 위한 지속적인 노력의 생애였던 것이다.

오후가 되면 칸 형제와 간디는 종종 칸 형제의 고향 마을에 관한 이야기를 나누었다. 칸 형제가 고향을 떠나온 지도 벌써 3년이 지나고 있었다. 그들은 간디가 국경지역을 방문하여 그들의 농장에 머물면서, 작은 휴식처 근처의 강변을 함께 걷기를 원했다. 칸이 이렇게 말했다.

"마하트마 선생님, 선생님은 그곳에 아슈람을 두실 수도 있습니다. 지상에서 그곳보다 더 아름다운 곳은 없을 겁니다. 페샤와르 계곡 전 지역에는 곡식과 과

일이 풍성합니다. 선생님이 그곳에 가신다면 휴식도 취하고 좋은 음식도 드시고 해서 건강도 좋아지실 겁니다."

간디는 그곳을 생각하며 미소를 지었다. 한동안 그는 국경지역을 방문하고 싶어했다. 거기서 쿠다이 키드마트가르와 이야기를 나누고, 이미 마하트마의 정신에 마음을 두고 있는 가슴이 넉넉한 칸 형제와 오랜 시간을 같이하고 싶었다. 간디는 이렇게 기록했다.

> 칸 형제의 우정은 나에게는 신에게서 받은 선물과도 같았다. 그들과 같이 있으면 있을수록 더욱더 사랑하게 되었다. ……그들은 착하고 순박했으며, 통찰력도 갖추고 있었다. 그들은 슬며시 남의 의중을 떠보거나 에둘러서 말하는 그런 사람들은 아니었다.

저녁이 되면, 아슈람의 거주자와 방문객은 네엠나무 주변에 모여 기도 모임을 갖곤 했다. 사람들은 찬송을 부르기도 하고, 서로 다른 경전을 가지고 기도문을 읽기도 했다. 칸은 간디 옆에 앉아서 코란경을 읽었고, 때로 안경을 빼놓고 왔을 때는 간디의 안경을 빌려서 끼기도 했다. 광활한 지평선 너머로 해가 넘어가면, 간디는 눈을 지그시 감고 거룩한 말씀에 몰두하여 깊은 명상에 잠겼다.

칸 형제는 재미있는 대조를 이루었다. 칸 사헤브 박사는 외향적이었다. 그는 유럽에 여러 해 동안 머물면서 성격이 더 활달해졌다. 칸이 삶을 본질적으로 종교적인 것으로 보았다면, 칸 사헤브 박사는 세속적인 면에서 바라보았다. 칸은 금욕적이고 절제 있는 생활을 한 반면 칸 사헤브 박사는 자신의 뜻대로 살았다.

"칸은 우리 두 사람 몫의 기도를 하고 있답니다."

그는 곧잘 그렇게 농담하곤 했다.

칸 사헤브 박사는 철천지원수라도 인내심을 가지고 대할 수 있었지만, 성격이 보다 괄괄했던 칸은 영국인들의 오만방자함을 그냥 두고 보지 못했다. 그래서 델리에서 열리는 중앙입법대회에 국경지역의 대표자를 보내달라는 요청을 받았을 때, 가겠다고 동의한 사람은 바로 사헤브 박사였다. 그들은 둘 다 쿠다이 키드마트가르였고, 따라서 두 사람의 성격이 다르다는 것은 단지 그들이 서로 다른 면에서 봉사를 했다는 것을 의미했을 뿐이다. 데사이는 이렇게 기록하고 있다.

칸 형제는 오늘날 인도의 '공공의 적들'과 함께 생

각되고 있다. 그들은 비길 데 없는 큰 희생을 치렀다. 그들은 다른 사람이 거의 경험해 보지 못한 고난을 겪었다. ……그들이 인민의 신망을 받고 있는 비결은 분명히 그들이 겪은 희생과 고난에서 비롯된 것이다. 그러나 그런 신망은 그들의 일상생활에서 더 크게 연유하고 있다. 동생은 신의 사람이며, 형은 두려워할 것도 없고 나무랄 것도 없는 기사이다. 그들은 부정과 비현실적인 것, 그리고 과시와 마력 같은 것을 몹시 싫어한다. 타고난 귀족인 그들은 다른 사람들로서는 흉내내기도 어려운 소박한 삶을 살고 있다.

칸 형제와 간디는 정치 이야기를 자주 하지는 않았다. 간디는 쿠다이 키드마트가르에 대해서 더 많은 것을 알고 싶어했다. 그들의 비폭력은 얼마나 심오한 것이었는가? 그래서 그는 가파르 칸이 지니고 있던, 독실하지만 관대했던 이슬람 신앙에 대해서 흥미를 가지게 되었다. 한번은 간디가 칸에게 사헤브 박사의 영국인 아내에 관해 물었다. 그는 이슬람으로 개종한 사람인가? 칸은 이렇게 대답했다.

"형수가 무슬림인지 기독교인인지 저로서는 알 수 없다고 한다면, 선생님은 놀라시겠죠?"

정통 무슬림에게는 아주 근본적인 그런 문제에 대

해서조차 칸이 초연한 입장을 가지고 있다는 것을 알고 간디는 크게 감동을 받았다.

"제가 아는 한 형수는 개종을 한 일이 없습니다. 아주 자유롭게 자신의 신앙의 길을 가고 있지요. 저는 그 문제에 대해서 형수에게 물어본 일도 없습니다. 제가 그걸 왜 묻겠습니까? 남편과 아내가 서로 각자 신앙을 가지지 못할 이유가 없지 않습니까? 결혼을 한다고 꼭 신앙을 바꿔야 합니까?"

간디가 말했다.

"나도 동감입니다. 하지만 대부분의 무슬림들도 그럴까요?"

"아닙니다. 내가 알고 있는 한 그들은 그렇게 하려 하지 않습니다. 하지만 그 문제에 관해서, 무슬림 십만 명 가운데 한 명도 진정한 이슬람의 정신이 무엇인지 모르고 있습니다. 사람들이 서로 다투게 되는 배경을 생각해 보면, 모든 신앙은 각기 그들의 신봉자들을 위해서 풍부한 영감을 가지고 있다는 것을 사람들이 인식하지 못하기 때문이 아닌가 합니다. 거룩한 코란경은 신이 모든 민족과 사람을 위해서 사자들을 보내고 있다는 것을 여러 가지로 이야기하고 있습니다. 그들 모두가 알레 키타브(Ahle Kitab)*, 즉 '경전의 사람들'이지요. 그리고 힌두교도들도 유대인이나 기독교인 못지않게 경전을 읽는 사람들입니다."[22]

칸은 딸 메하르 타즈를 초청했다. 영국에서 돌아와 이곳 와르다의 아슈람에서 공부하라고 불렀던 것이다. 그녀는 11월에 도착했다. 가니도 얼마 지나지 않아서 누이를 뒤따라왔다. 그는 미국에서 대학을 다니고 있었는데, 자금이 떨어져서 학교를 그만둘 수밖에 없었다. 칸의 아들 왈리와 알리도 그들과 합류했다. 이제 칸의 가족들은 와르다에서 재회하게 되었다. 그들이 그렇게 다시 만난 것은 3년 전 성탄절에 칸이 체포되고 나서 처음이었다.

칸은 벵골의 무슬림들이 거기로 와서 이야기 나누기를 원한다는 전갈을 받았다. 간디는 신중했다. 행정부가 북부지역의 잠잠한 무슬림들에게 성격이 거친 파탄 사람을 풀어놓기를 원하지 않을 것 같아서였다. 행정부는 무언가 간섭할 꼬투리를 잡아서 그를 체포할지도 모르는 일이었다. 간디는 길을 떠나는 칸에게 이야기를 할 것과 이야기를 해서는 안 되는 것에 대해서 세심한 지시를 내렸다. 또 지금은 투옥을 감수해야 할 시기가 아니며, 인도 사람들이 혁명의 또 다른 면모, 즉 건설적인 면도 갖추고 있다는 것을 보여줄 때라고 말했다.

칸은 캘커타에서 연설하면서 벵골의 청년들에게

그들 나름대로 쿠다이 키드마트가르 운동을 시작하라고 촉구했다. 그는 여행을 하는 동안 간디가 왜 그렇게 물레질을 고집하는지 그 깊은 뜻을 깨닫게 되었다. 물레질을 하면 마을사람들이 충분히 먹을 수 있었다. 물레질을 하지 않는 마을에서는 사람들이 굶주렸다. 그는 캘커타에 있는 도회지의 벵골 사람들에게 그가 방문했던 황폐한 마을들에 대해서 이야기하며, 관심을 가질 것을 호소했다.

여행을 마치면서 칸은 벵골 사람들에게 12월 초에 다시 돌아와서 그들과 함께 머물겠다고 약속했다. 그는 아직도 국경지역에 들어가는 것이 금지되어 있었기 때문에, 그 지역에 갈 수 없는 형편이라면 차라리 북부 인도의 가난한 무슬림들이 사는 곳이 자신이 있을 곳이라고 생각했던 것이다. 그는 봉사하고 싶었다. 자신의 손으로 직접 봉사하고 싶었던 것이다.

1934년 10월, 칸은 간디와 함께 봄베이에서 열리는 국민회의파 연차 총회에 참석했다. 민망스럽게도 그는 자신이 영웅이 되어 있다는 사실을 깨달았다. 중앙본부에 설치된 천막이 그의 이름을 따서 이름이 붙여졌고, 그는 총회의 의장직을 맡아달라는 요청을 받았다. 그는 정중하게 사양하면서 그 이유를 이렇게 말했다.

"나는 이 운동을 시작한 친구들에게 깊이 감사하는 마음을 가지고 있습니다. 하지만 내가 누차에 걸쳐서 분명히 이야기했듯이, 나는 보잘것없는 군인 한 사람에 불과합니다. 그리고 내가 바라는 게 있다면 그것은 장군으로서가 아니라 일개 사병으로 평생을 마감하는 것입니다."

한편 간디는 국민회의파에서 물러나 오로지 자신의 건설 프로그램에만 전념하고 있었다. 그는 총회에 모인 회중에게 국경지역에 가고 싶다고 이야기했다.

> 나는 인도의 한 마을에 파묻히고 싶습니다. 그리고 그것이 국경지역의 마을이었으면 합니다. 만일 쿠다이 키드마트가르가 진정으로 비폭력적이라면, 그들은 비폭력 정신의 발전을 위한 가장 큰 몫을 담당하게 될 것입니다. 나는 그들이 비폭력 정신을 받아들였다는 주장과 그들이 진심으로 힌두교도와 무슬림의 연합을 확신하고 있다는 주장이 진실이라는 것을 내 스스로 증명하게 되기를 갈망하고 있습니다.

간디의 예기치 않은 은퇴에 대해서 질문을 받은 칸은, 자신은 그 이야기를 듣고 전혀 놀라지 않았다고 말했다.

그가 어떤 결정을 하든 그것에 대해서 의문을 제기하는 것은 쉬운 일이 아닙니다. 왜냐하면 그분은 모든 문제를 신에게 물어보고 항상 그의 명령에 귀를 기울이기 때문입니다. 위대한 개혁가는 누구나 그와 같습니다. 그리고 개혁가의 생애에는 항상 그가 추구하던 것을 떠나서 그가 가지고 있는 한계와 연약함에 구애받지 않고 거대한 날개를 펴고 자유롭게 훨훨 날아서 비상해야 할 때가 오게 마련입니다. 그러나 그렇게 하는 것은 그의 섬김의 폭과 범위가 좁아지는 것이 아니라 오히려 넓어지는 것입니다.

봄베이에 머무는 동안 칸은 몇 차례 연설을 했다. 1934년 10월 27일에 그는 인도 기독교인협회에서 쿠다이 키드마트가르에 관한 이야기를 했다. 영국인들의 야만적인 억압에 대해 연설을 하는 동안, 칸은 감정이 벅차올라 속깊은 이야기들을 털어놓았다. 그는 수사적으로 이렇게 물었다.

우리의 잘못이 무엇입니까? 우리의 잘못은 우리 지역이 인도의 관문이라는 사실입니다. 단지 우리가 그곳에서 살고 있다는 이유만으로, 행정부는 우리를 '문지기들'이라고 부르면서 공공연히 이렇게 말합니다.

"우리가 어떻게 문지기들에게 개혁을 허용할 수 있겠는가? 만일 우리가 그들에게 그 어떤 것이라도 허용하면, 인도는 우리의 손에서 벗어나게 될 것이다." 영국인들은 그것을 위험한 일로 간주하고 있으며, 만일 문지기들이 인도 사람과 손을 잡게 되면 인도를 통치하는 것이 불가능하게 되리라고 생각하고 있습니다. 바로 이런 이유 때문에 우리의 운동은 처음부터 압제를 받게 되었던 것입니다…….

우리는 우리들의 학교를 시작했습니다. 그러나 행정부는 이런저런 구실을 들어서 우리 어린아이들의 교육기관을 교묘하게 황폐화시켰습니다.

국경지역에서 태어났다는 사실 때문에 우리는 비극적인 운명을 맞고 있습니다. 바로 인도의 관문이라고 불리는 그 국경지역에서, 우리 마을사람들이 문명화되기를 원한다는 것 자체가 큰 죄가 되고 있는 것이지요. 영국인들은 우리 부족들이 서로 싸움으로 해서 그들을 필요로 하고, 결국은 폐허가 되고 황량한 상태로 남게 되기를 원하고 있습니다. 그래야만 그들이 우리나라를 안심하고 지배할 수 있기 때문입니다.

봄베이에서의 마지막 날, 칸은 여성연합 모임에서 연설을 하면서 자유를 얻기 위한 투쟁에 가담한 수많은 여성들의 희생을 찬양했다. 만일 인도의 여성들이 각성한다면, 지구상의 어떤 세력도 인도를 노예 상태로 묶어둘 수 없을 것이라고 말했다.

그리고 그는 와르다로 돌아왔다. 가족과 재회한 그는 다시 아슈람의 일상으로 돌아왔다. 그는 간디와 오랜 시간을 머물면서 벵골의 무슬림을 위한 개혁 프로그램을 구체화했다. 칸은 벵골로 다시 돌아갈 날을 하염없이 기다리고 있을 수만은 없었다. 가난한 사람들과 일을 해본 지가 너무 오래 되었던 것이다. 그는 12월 8일에 길을 떠날 참이었다.

그러나 기회는 오지 않았다. 벵골은 펀자브 지방과 마찬가지로 영국인 통치자들에게는 항상 불안정한 지역이었다. 그래서 칸이 벵골 사람들과 함께 정착한다는 것은, 그들에게는 달갑지 않은 일이었다. 그들은 늘 쓰는 수법을 이용했다. 12월 7일, 그러니까 칸이 감옥에서 석방된 지 꼭 백 일째 되는 날, 그 지역 경찰국장은 아슈람으로 그를 찾아와 그가 봄베이에서 '선동적인' 발언을 했다며 다시 체포했다.

간디는 체포영장을 읽고는 경찰국장에게 칸이 가족을 떠날 수 있는 시간을 달라고 요구했다. 그리고 이렇게 덧붙였다.

"이번에는 우리가 변호를 할 참이오."

칸이 제지했다. 변호라! 사티아그라하 운동을 하는 사람은 결코 법정에서 스스로를 변호하지 않는다.

간디가 말리고 나섰다.

“이번은 경우가 다릅니다. 지금 우리는 사티아그라하 운동을 하고 있는 게 아닙니다. 따라서 우리는 어쩔 수 없는 경우가 아니라면 감옥에 가기를 원치 않습니다.”

“선생님 뜻대로 하시지요.”

칸이 대답했다.

아이들은 슬픔에 잠겼다. 또다시 아버지를 잃게 될 참이었다. 이번에는 또 얼마나 떨어져 있어야 할까? 아이들은 눈물을 흘렸지만, 칸은 울지 않았다. 그는 이런 광경을 하도 많이 겪어서 마음이 강해졌다. 그러나 다정다감한 마음씨를 가지고 있던 칸 사헤브 박사는 달랐다. 지난 3년간 동생과 함께 생활하면서 정이 깊어졌던 것이다. 도대체 이런 광경을 얼마나 더 겪어야 자유를 얻을 수 있단 말인가?

가파르 칸에게 가장 가슴 아팠던 것은 그가 벵골의 무슬림과 한 약속을 지키지 못하는 것이었다. 그는 간디에게 이렇게 말했다.

“나는 그들과 함께 일하면서 살겠다고 약속을 했습니다. 그런데 지금 그들에게 작은 봉사도 할 수가 없게 되었습니다."

칸은 그의 팔을 붙들고 늘어지는 아이들을 둘러보았고, 칸 사헤브 박사는 마룻바닥만 물끄러미 내려다볼 뿐 말이 없었다. 간디는 경찰국장과 이야기를 나누고 있었다. 그는 간디를 돌아보며 이렇게 말했다.

"나는 이것이 신이 하시는 일이라고 확신합니다. 그분은 내가 밖에서 일할 때가 되면 나를 감옥에서 나오게 해주실 것입니다. 지금은 감옥 안에서 봉사하라는 신의 뜻이겠지요. 신을 기쁘게 하는 것이 곧 나의 기쁨입니다."

제13장

두 명의 간디

간디 선생이 중요한 결정을 하실 때면 나는 본능적으로 나 자신에게 이야기합니다. "이것은 자신을 신에게 바친 사람의 결정이며, 신은 결코 그를 잘못 인도하시지는 않을 것이다."

—바드샤 칸

1934년~1938년

두 명의 간디

봄베이에서 자신이 처한 상황에 대해 영국인 법정에서 스스로를 변호하는 일이 가파르 칸에게는 마치 쓴 약과도 같았다. 그는 간디가 당부한 대로 했다. 그러나 그는 자신이 말했던 모든 것들이 진실이라는 것을 변호할 각오가 되어 있었다. 그의 변호사는 훗날 이렇게 말했다.

"사실, 그가 진실을 얘기하려고만 하면 정부를 경멸과 조롱거리로 만들 수 있었다는 사실과, 그럼에도 자신의 말을 변호하지 않는 이 정직한 파탄 사람은 나에겐 놀라움 자체였다."

그러나 간디는 그가 감옥에 있기를 원치 않았고, 칸에게는 간디의 말이 곧 법이었다. 그는 내키지 않는 마음을 억누르고 변명을 했다.

나는 충실한 의회의원이며, 그래서 현재 체포나 투옥을 하지 않겠다는 의회의 정책을 받아들였다.

따라서 나는 어떤 선동의 말도 하고 싶은 생각이 없다. 나는 아무리 의도하지는 않았다고 할지언정 기소의 사실과 관련되지 않은 이런 이야기를 한다는 것을 유감스럽게 생각한다.

이와 동시에 나는 쿠다이 키드마트가르 운동에 관한 이야기를 하고 싶다. 이것은 나의 기독교인 친구들이 이야기를 해달라고 초대를 했을 때 이야기한 내용이다. 내가 확신했던 것은 그 운동에 관한 진실이었다고 말하지 않을 수 없다. 나는 그 어떤 사람의 감정도 상하게 하려는 의도가 없었다.

그걸로는 충분치가 않았다. 영국인들은 그를 제거하기를 원했고, 인도인이나 몇몇 영국인들의 '감정'을 상하게 하는 것은 아예 생각도 하지 않았다. 그들은 인도인이나 몇몇 영국인들이 그가 공개적으로 변명을 하고 나서 그에게 선고를 내리는 일이 얼마나 가혹한 일인가를 이해할 수 없다고 생각하고 있었던 것이다. 재판을 주재하던 치안판사 H. P. 대스터는 칸의 말을 "의도적이고 위험하고 심각하고 무모한" 것이라고 생각했다. 치안판사는 칸이 "큰 영향력을 가지고 있는 인물이며, 그의 말은 평범한 사람의 말보다 더 큰 효력을 가지고 있다"고 말했다.

칸은 변호를 하지 않았기 때문에 치안판사는 그의 봄베이 연설문을 판단의 근거로 삼았다. 칸이 봄베이의 인도 기독교인협회에서 키사카와니 시장에서의 발포에 대해 이야기했다는 사실이 주목되었다. 치안판사는 이렇게 설명했다.

"(그 이야기는) 정부에 대한 아주 심각한 비난에 해당한다. 다시 말하자면 정부가 피도 눈물도 없이 2백명 혹은 2백50명의 무고한 사람들을 가차없이 살해했다고 말하는 것이다……."

그러고 나서 냉정하게 이렇게 결론을 내렸다.

"(그런 말들은) 분명히 듣는 사람들에게 적개심과 불만을 불러일으킬 것이다……."

1934년 12월 15일, 칸은 징역 2년을 선고받고 봄베이 비큘라에 있는 왕립교도소로 송치되었다. 거기서 그는 다시 사바르마티 중앙교도소로 이감되었고, 담요 두 장만을 지급받은 채 침상도 없이 독방에서 지냈다. 그는 시멘트 바닥에서 잠을 잤다. 경비병들조차도 그에게 말을 거는 것이 금지되었다.

무더운 날씨는 참으로 견디기 힘든 것이었다. 그는 식욕도 잃고 심한 감기를 앓았다. 3월이 되자 한때 90킬로그램이 넘었던 몸무게가 70킬로그램도 안 되게 줄어들었다. 정부는 만일의 사태에 있을지도 모를 대중의 반발을 염려하여 그를 기후가 좀 온화한 중앙지역으로 이감해 달라고 요청했다. 중앙지역의 관리들은 그런 일에 대해서 별로 충격을 받지도 않았다. 이미 그곳에서는 간디의 존재가 그들에게 큰 짐이 된다고 느꼈기 때문이었다. 그들은 다음과 같은 이유를 들어서 정부의 청을 거절했다.

그 지역에는 이미 무기한으로 억지로 떠맡긴 간디라는 인물이 있습니다. 와르다에 있는 그의 거처는 모든 지도적인 의회의원들이 드나드는 곳이며, 따라서 만일 정치적인 문제가 발생한다면, (이곳 그의 거처는) 즉시 불만의 중심지가 될 것입니다…….

한마디로 잘라서 말하자면, 간디의 국경지역 동역자를 간디의 거주지에서 더 멀리 둘수록 우리의 마음은 더 편안해질 것입니다.

하지만 중앙지역의 관리들은 '상당히 곤혹스러워하면서' 결국 칸의 이감에 동의할 수밖에 없었다. 칸은 알모라로 이감되어 최근에 자와할랄 네루가 갇혀 있다가 석방된 독방에 수감되었다. 그는 네루가 일을 시작했던 작은 정원에서 일하게 되었다. 인도의 주요 정치인사 가운데에서는 어느 누구도 투옥되지 않았던 이 정치적 침묵의 시기에, 칸은 또다시 18개월을 감옥에서 지내게 되었다.

1936년 7월, 칸은 석방되자마자 곧바로 간디에게로 갔다. 아슈람에 있던 그의 친구들은 와르다 역사까지 나와 그를 열렬히 환영했다. 그들이 역사에 들어가보니, 그는 3등 대합실 벤치에 다리를 늘어뜨린 채 굵은 삼베자루를 베개 삼아 누워 있었다. 귀족적인 인도의 영웅이 꼭 방랑하는 탁발승의 모습을 하고 있었던 것이다. 칸은 그들을 올려다보며 미소를 짓더니 이렇게 말했다.

"국민회의파 우정이 이런 것이군요!"

여전히 신중했던 영국인들은 국경지역에 대한 칸의 금족령을 일 년 더 연장시켰다. 그 금지령은 무한히 계속될 것 같았다. 그러나 적어도 칸 사헤브 박사의 경우는 그렇지가 않았다. 운명이 개입했던 것이다. 새롭게 형성된 인도의 입법의회를 위한 첫 선거가 1937년 1월에 있었다. 칸 사헤브 박사 역시 국경지역에 대한 금족령이 풀리지 않은 상태였지만, 국경지역

입법의회에서 의석을 얻기 위해서 그 지역으로 달려갔고, 그 선거에서 당선되었다. 7월에 그는 국경지역의 수상이 되었고, 그가 공식적으로 취한 최초의 조치는 동생 가파르의 금족령을 푸는 일이었다.[23)]

그해 8월 말에 칸은 6년 만에 처음으로 고향에 돌아오게 되었다. 그의 전기 작가이자 파탄 사람인 모하메드 유누스는 그가 돌아오는 광경을 이렇게 서술하고 있다.

> 드디어, 투옥과 망명으로 점철된 6년이라는 세월을 기다려, 1937년에 민족적 비극의 주인공은 열광적인 환영을 받으며 모국으로 돌아왔다. 그 유쾌하고 정열적인 환영회는 도저히 잊을 수 없는 것이었다. 그것은 인민들의 가슴속에 담긴 지극한 애정에서 솟아나오는 환영이었다.
>
> 가파르 칸은 바로 거기에 있었다. 그러나 그의 얼굴에는 그동안 그에게 가해진 극심한 고통의 흔적들이 드리워져 있었다. 그는 다시 한 번 험난한 물살을 헤치고 항해를 해온 것이다. 총선이 실시되었고, 그의 막료들은 북서부 국경지역 행정부를 결성하라는 요청을 받았다. 그것은 분명 개선의 순간이었다. 쉬지 않고 밤낮으로 일했던 25년간의 수고와 고난 끝에, 그의

당이 불공평한 권위를 물리치고 그 자리를 차지하여 '파크르 이 아프간', 즉 '파탄 사람들의 자존심'이 되살아나게 되었다. 제대로 먹지도 못하고, 제대로 준비도 갖추지 못한 이 초라한 쿠다이 키드마트가르들이 대영제국의 힘에 도전하여 행정부에서 스스로의 몫을 어느 정도라도 얻어낼 수 있었던 것은 바로 그의 용기와 결단력, 전략과 판단력 덕분이었다.

10월과 그 이듬해 1월에 네루는 다시 국경지역을 방문하고 칸을 대동하여 그곳 대부분의 지역을 순회했다. 그리고 1938년 5월에 오랜 숙원이었던 간디의 방문이 이루어졌다. 인도의 정계가 잠잠해지자 총독은 그의 방문을 허용했던 것이다.

칸은 뛸 듯이 기뻤다. 그는 노우셰라에서 간디를 만나 페샤와르에 있는 칸 사헤브 박사의 거처로 모셨다. 엄청난 군중이 말없이 길마다 늘어서서 그를 환영했다. 간디는 기쁘기만 했다. 수십 년 동안 그는, 귀에 대고 찬사를 아끼지 않고 그에게로 달려나와 발이라도 만지고 싶어하는 인도 사람들의 아낌없는 사랑을 받아왔다. 바로 그 애정이 그에게는 극복해야 할 가장 큰 시련 가운데 하나였다. 이 파탄 사람들은 그들의 애정을 절도 있게 표현하도록 훈련을 받아왔다. 우트만자이와 그 주변 마을에서도 간디는 똑같은 환대를 받았다. 수천 명의 쿠다이 키드마트가르들이 붉은 옷 제복을 입고 자세를 바르게 한 채 연도에 늘어서서 조용히 미소를 짓고 있었다.

칸은 희색이 만연했다. 그는 누더기를 걸치고 결연한 표정을 지은 이 사람들을 자랑스럽게 생각했으며, 그것을 감추려 하지 않았다. 그가 발걸음을 멈추는 곳마다 마을사람들이 몰려와서 마치 그가 형제라도 되는 듯 이야기를 나누고, 농담을 걸기도 하고, 조언을 구하기도 했다. 그들은 이제 수준이 높아졌다. 이제 배척운동을 해야 할 것인가? 이 소박한 마을사람들은 이제 영국인도 용병 지주도 두렵지 않았고, 힘이 솟는 것만 같았다. 마을사람들과 그들의 지도자 사이의 이런 끈끈한 유대를 간디가 알아채지 못할 리 없었다. 간디는 훗날 이렇게 기록했다.

나는 가는 곳마다 모든 남자와 여자와 어린아이들이 그를 알고 그를 사랑하고 있다는 것을 알 수 있었다. 그들은 그를 아주 반갑게 맞았다. 그의 손길이 그들을 어루만지는 것처럼 보였다. (그는) 그에게로 가까이 오는 자들이면 누구나 지극히 다정하게 대했다. 이런 광경들을 보면서 나는 무한한 기쁨을 느꼈다. 장군은 복종을 받을 권리가 있다. 그러나 보통의 장군들이 두려움을 통해서 복종을 얻어내는 것과는 달리, (가파르 칸은) 사랑이라는 권한으로 그런 복종을 자아내고 있었다.

칸은 혁명의 정신과 영감이 간디라는 것을 분명하게 천명했다. 발걸음을 멈출 때마다, 파탄 사람들 중 하나가 붉은 옷을 입거나 열광하는 대중 앞에 서서 간디가 파탄 사람들에게 어떤 의미가 있는 인물인지 이야기했다. 마르단에 갔을 때, 무뚝뚝하게 생긴 한 파탄 사람이 이렇게 말했다.

"우리는 선생님께 진 빚을 결코 잊지 못할 것입니다. 우리가 곤경에 처해 있을 때, 우리와 함께 계셨기 때문입니다. 우리는 배운 것도 없고 가난합니다. 하지만 우리는 아무것도 부족한 것이 없습니다. 선생님이 우리에게 비폭력의 교훈을 가르쳐주셨기 때문입니다."

간디는 건강 때문에 여행을 중도에 그만둘 수밖에 없었다. 그는 여름이 끝날 때 다시 돌아와서 여행을 마저 마치겠노라고 약속했다. 그는 쿠다이 키드마트가르에 대해서 보다 자세히 공부하고 싶어했다. 그들의 용기와 규율은 전 인도가 배울 만한 교훈이 될 것 같았던 것이다. 그는 떠나면서 이렇게 말했다.

"축하합니다. 나는 기도를 마칠 때마다 국경지역의 파탄 사람들이 인도를 자유롭게 만들 뿐만 아니라, 온 세계에 고귀한 비폭력의 교훈을 가르쳐주게 되기를 기도하려 합니다."

*

간디는 10월에 돌아왔다. 그는 쿠다이 키드마트가르, 특히 장교들과 개인적으로 만나 많은 이야기를 나누고 싶었다. 그는 그들의 비폭력이 신실하기는 하지만 완벽한 것은 아니라고 생각했다. 인도에서 그를 따르는 대부분의 사람들처럼 그들은 비폭력 저항의 개념을 이해하고 있었지만, 그러나 아직도 비폭력이라는 것을 정의롭고 생산적인 사회 건설을 위한 하나의 도구 정도로만 이해하고 있었다.

처음에 간디는 우트만자이에 있는 칸의 농장에 머물렀다. 그는 과로로 인해 기력을 잃어버려 대중연설도 연기해야 할 정도였다. 하지만 오랜 시간 수수밭과 목화밭, 그리고 강을 따라서 펼쳐진 과수원을 걷는 운동을 해서 그런지 다시 기력을 찾을 수 있었다. 일 주일 후, 간디와 칸은 차르사다에서 온 쿠다이 키드마트가르 장교들과 농가의 너른 마당에 앉아 이야기를 나누었다. 장교들은 간디에게 자신들의 비폭력이 완벽한 것이라고 설명했다. 그들의 생각은 확고부동했다.

간디의 표정은 회의적이었다.

그들의 비폭력은 바드샤 칸에 의존하고 있는 것이 아닌가? 아니다. 절대로 그럴 일은 없겠지만 칸 자신이 비폭력을 포기한다고 하더라도 그들은 그를 따르를 것이다.

간디는 미소를 지었다. 그들의 천진난만한 허세가 마음에 들었다. 그들이 지나치게 우쭐대는 것은 아닐까? 그러나 그는 그들이 대답을 하기에 앞서 먼저 자신에게 대답을 했다.

"아닙니다. 나는 여러분의 말을 액면 그대로 받아들이겠습니다."

그의 머릿속에 떠오른 진짜 물음은 그들이 비폭력의 의미를 온전히 이해하고 있는가 하는 것이었다. 그는 이렇게 말했다.

"여러분이 완전무장을 하고 있는 적과 맞설 때 수동적인 비폭력의 태도를 유지하는 것은 비교적 쉬운 일입니다. 여러분은 선택의 여지가 없었고, 단순히 저항했을 뿐입니다. 그러나 그것은 약자의 비폭력일

뿐입니다."

장교들은 당황하여 칸의 얼굴을 바라보았다. 만일 간디가 키사카와니 시장에서의 사태와 고하트에서의 발포, 그리고 우트만자이에서의 습격에 대해서 들었더라면?

"여러분 자신들 사이에서의 비폭력에 대해서는 어떻게 생각하십니까?"

간디는 다른 사람이 대답을 하기 전에 말을 이었다.

"여러분의 마을사람들 가운데 약한 사람들에 대해서는 어떻게 생각하십니까? 여러분의 힘을 막을 것은 오로지 여러분 자신의 규율과 의지라고 할 경우에 말입니다."

수염을 텁수룩하게 기른 사람들은 말이 없었다. 장교 한 사람이 간디가 말하는 '강한 자의 비폭력'이라는 말을 그동안 이해하지 못하고 있었다고 말했다.

간디가 말을 이었다.

"여러분이 칼과 총을 포기하기 위해서는 여러분이 더 강하다고 느껴야 한다는 뜻입니다."

만일 더 강하다고 느끼지 못한다면, 차라리 다시 총을 들고 용감한 군인처럼 싸우는 게 낫다는 이야기였다.

그는 이렇게 설명했다.

"가끔 나나 바드샤 칸은 비난을 받을 때가 있습니다. 우리가 용감하고 호전적인 국경지역의 사람들에게 비폭력의 복음을 전해서 인도와 이슬람을 무력하게 만들었다고 말입니다. 그들은 내가 여러분의 강인함을 무력하게 만들려고 여기에 왔다고 말하고 있습니다. 그들은 이 국경지역이 인도의 이슬람의 보루라고 말합니다. 파탄 사람들은 칼과 총을 다루는 데에는 명수들인데, 내가 그런 사람들에게 무기를 포기하도록 만들어서 그들을 무기력하게 하고, 결국 견고한 이슬람의 요새를 허물어뜨리고 있다고 합니다."

장교들은 간디의 말을 무시하면서 서로 속닥거렸다. 외부인이 쿠다이 키드마트가르를 알면 얼마나 알겠는가? 지난번 사티아그라하 때 그들에게 퍼부어진 것과 같은 총검과 총탄과 고문을 누가 견뎌낼 수 있겠는가?

간디는 자신의 물음에 대답하여 이렇게 말했다.

"나는 그런 비난을 인정하지 않습니다. 여러분은 비폭력을 받아들였기에, 실제로 인도와 이슬람에 대해서 지속적으로 봉사를 할 것이라고 나는 확신합니다. 여러분이 가지고 있는 힘은 정신적인 힘입니다. 그 힘을 가지고 여러분은 이슬람을 보호할 수 있을 뿐만 아니라 다른 종교들까지도 보호할 수 있을 것입니다."

그는 말을 멈추고 진지한 표정을 짓고 있는 얼굴들을 둘러보았다. 한 줄기 바람이 불어와 마당에 먼지가 일면서 병사들의 옷자락이 펄럭였다. 간디는 그들에게 호소했다.

"만일 여러분이 이 힘의 비밀을 이해하지 못한다면, 만일 여러분이 총을 포기해서 이전보다 더 강해지지 않고 더 약해졌다고 생각한다면, 비폭력의 맹세를 포기하는 편이 나을 것입니다. 나는 파탄 사람 중 단 한 사람이라도 나의 영향을 받아서 약해지거나 비겁해지는 것을 보고 싶지는 않습니다."

그는 잠시 말이 없다가 다시 입을 열었다.

"그런 것을 보느니 차라리 다시 무기를 들고 보복을 하는 편이 낫다고 생각합니다."

간디는 손짓을 해가며 이야기를 계속했다. 그가 가지고 있는 깊은 신념이 그들의 마음을 더욱 굳건하게 만들었다. 그들은 자신이 지니고 있는 비폭력이 간디가 마음속에 품고 있는 비폭력의 이상에 가까이 이르지 못했다는 것을 깨달았고, 더 많은 이야기를 듣고 싶어했다.

간디가 말을 이어나갔다.

"지금 영국은 17만8천60명의 군대를 가지고 우리를

지배할 수 있습니다. 하지만 만일 쿠다이 키드마트가르가 무기를 포기한 결과 그들의 가슴속에서 영적인 힘이 솟구치는 것을 느낀다면, 우리는 쿠다이 키드마트가르 1만7천 명만 있어도 인도의 독립을 얻을 수 있을 것입니다……. 왜냐하면 우리 쿠다이 키드마트가르들은 그들의 뒤에 신의 힘을 가지게 될 것이기 때문입니다. 그러나 마음속에는 폭력적인 생각을 품고 있으면서 겉으로만 비폭력을 맹세하는 사람들이 1백만 명이 된다고 하더라도, 그들은 아무것도 아닙니다. ……오히려 그런 사람들이 있다는 것은 위험만 더하게 될 것입니다."

"그렇다면 마음에서 폭력을 제거한다는 것이 무슨 뜻입니까?"

차르사다에서 온 단장 한 사람이 물었다.

"그것은 단순히 분노를 다스릴 수 있는 능력이 아닙니다."

간디가 주의를 환기시켰다.

"그것은 마음에서 분노라는 것을 완전히 지워버리는 것입니다. 만일 공격하는 사람을 보고 마음속에 분노와 두려움이 일어난다면, 내 마음속에서 아직 폭력을 완전히 몰아낸 것이 아니라는 이야기입니다. 비폭력을 깨닫는다는 것은 여러분이 마음속으로 신을 알 수 있는 힘, 즉 영적인 힘이 있다는 걸 느끼는 것을 의미합니다. 신을 아는 사람은 아무리 이겨내기 어려운 상황이 온다고 하더라도 마음속에 분노나 두려움을 품을 수가 없습니다."

오후 늦게, 해가 서쪽으로 기울고 포플라나무 그림자가 접객소를 가로질러 길게 드리워지는 시간, 간디는 진정한 쿠다이 키드마트가르, 즉 '신의 종'이 된다는 것의 의미에 관하여 이야기했다. 그는 차근차근 설명했다. 먼저 쿠다이 키드마트가르는 신의 사람이 되어야 한다. 신의 사람이 된다는 것은 순수함과 근면함을 요구하는 일이다. 그는 집안에서 실천할 수 있는 기술을 배워야 한다. 칼을 포기한 사람이 게을러서는 안 되기 때문이다. 물레질하는 것을 배워야 하고, 위생의 기초적인 사항과 응급처치법을 익혀야 한다. 그리고 신의 이름을 끊임없이 불러야 한다. 이 대목에서 간디의 목소리에 열정이 흘러넘쳤다. 폭력을 포기한 사람은 호흡할 때마다 신의 이름을 불러야 한다. 간디는 20년이 넘는 세월 동안 늘 그렇게 해왔다. 그래서 잠이 들었을 때에도 입에는 늘 신의 이름이 붙어 있었다.

나지막이 걸린 해가 간디의 눈동자에 그늘을 만들 즈음, 간디는 이렇게 결론을 지었다.

"붉은 옷을 입는다고 해서 쿠다이 키드마트가르가 되는 것은 아닙니다. 또 그 부대원이 된다고 해서 되는 것도 아닙니다. 쿠다이 키드마트가르가 된다는 것은 여러분의 마음속에 신의 힘, 즉 무기의 힘과는 반대가 되는 힘을 느끼는 것입니다. 그래야만 비로소 여러분은 비폭력이라는 집의 현관에 이른 셈이 되는 것입니다."

그는 자신의 이야기에 넋을 잃은 얼굴들을 돌아보며 이렇게 덧붙였다.

"지금까지, 여러분은 너무나 많은 것을 이루어낼 수 있었습니다. 그런데 하물며 여러분이 그 비폭력이라는 집안으로 들어서게 된다면 얼마나 더 엄청난 일이 이루어지겠습니까!"[24)]

*

10월 15일이 되자, 간디는 기력이 회복되어 칸과 함께 남부지역 여행을 시작했다. 그들은 네루가 내준 작은 짐차를 타고 여행을 하면서 이따금씩 자원자들과 이야기를 나누기 위해 길을 멈추곤 했다. 어느 마을에서 간디는 무화과와 참외를 한 아름 선물 받았다. 그 마을의 칸은 이렇게 말했다.

"우리는 선생님이 우리와 함께 정착하셔서 이 지역을 선생님의 고향으로 삼아주셨으면 합니다. 무엇보다도 선생님은 우리의 바드샤가 선생님의 지역에서 6년간 옥살이를 하는 동안 그를 보살펴주셨습니다. 우리는 선생님을 사랑의 수인으로 적어도 6개월은 모실 수 있습니다!"

그들은 차를 몰고 코하트 관문 지역의 깎아지른 듯한 험한 길을 지나서 쿠람 골짜기로 내려갔다. 간디는 군중에게 연설을 하기 시작했고, 그는 그들의 열광을 거부할 길이 없었다. 그는 사람들에게 인도에서는 파탄 사람을 '못된 아이를 잡아가는 귀신'으로 알고 있다고 말했다. 구자라트 주 그의 고향 마을에서는 아이들이 파탄이라는 이름만 들어도 새파랗게 질린다는 것이었다. 따라서 그들이 폭력을 포기한다는 것은 온화한 성격을 가진 힌두 사람들이 폭력을 포기하는 것보다는 훨씬 더 괄목할 만한 일이었다. 그는 한 자원자들 집단에서 이렇게 말했다.

"장미꽃 한 송이가 그 주변의 공기를 향기로 채우듯이, 10만 명의 쿠다이 키드마트가르가 진정으로 비폭력적이 될 때 그들의 향기는 온 나라 방방곡곡에 스며들게 될 것이며, 우리에게 고통을 주고 있는 노예 상태의 해악을 치료할 수 있을 것입니다."

두 사람의 간디는 남쪽으로 여행을 계속하여 메마르고 뒤틀린 데라자트 지역에 이르렀다. 붉은 옷을 입은 쿠다이 키드마트가르가 연도에 수 킬로미터 늘어서 있었고, 그 중간에 드문드문 키가 크고 하얀 터번을 두른 와지리족과 오라크자이족 사람들이 섞여 있었다. 그들은 마하트마와 그의 수제자의 얼굴을 한 번이라도 보려고 요새에서 내려와 있었다. 황량한 풍경을 배경으로 나귀와 낙타들과 함께 엉성하게 늘어선 그들은 어깨에 총을 메고 있었다. 그들은 간디를 보면서 왜 영국인들이 '저런 재수 없는 사람들'을 국경지역으로 불러들였을까 하는 의아한 눈길을 보내고 있었다. 그들이 가는 길을 따라서 북소리와 요란한 피리 소리가 어우러져 축제의 노래와 장송곡이 뒤섞인 것 같은 묘한 분위기를 연출하고 있었다.

24일, 그들은 반누라는 도시에 도착했다. 그 도시는 최근에 산지에서 내려온 무법자들의 습격을 받아 아직도 침울한 분위기에서 벗어나지 못하고 있었다. 와지리족 2백여 명이 상인 몇 사람을 살해하고 그들의 상점을 약탈하면서 온 도시를 휩쓸고 다녔지만, 경찰은 그들을 막을 방법이 없어 그저 손을 놓고 있었다. 간디는 와지리족도 인간적인 감정을 지닌 사람들이라고 지적했다. 그는 반누에서 군중에게 이렇게 말했다.

“만일 내가 할 수만 있다면, 나는 그 부족들과 섞여서 그들과 이 문제를 이야기하고 싶습니다. 그들도 사랑과 이성으로 호소하면 변화할 것이라고 나는 확신합니다.”

그달 말에 간디와 칸은 우트만자이로 돌아왔다.

*

칸의 농장에 있는 많은 과일나무들은 이미 잎새가 떨어지고 없었지만, 황금빛으로 물든 포플러 나뭇잎들은 아직도 바람에 나부끼고 있었다. 어느 날 아침, 칸은 간디와 함께 강가를 거닐었다. 그들은 다시 쿠다이 키드마트가르에 대해서 이야기를 나누었다. 그들은 어떻게 비폭력적일 수 있었는가?

칸이 이렇게 말했다.

“내 생각으로는, 그들도 인정했듯이 아직은 풋내기 지원자들에 불과하고 선생님이 말씀하시는 기준에는 훨씬 못 미칩니다. 그들의 마음속에는 아직도 폭력이 있습니다. 그것을 겉으로 발산하지만 않았을 뿐이지요. 하지만 선생님, 그들이 신실하다는 것만은 분명합니다. 한번 기회를 줘보시지요. 그들도 단련받으면

제대로 될 겁니다. 시도할 만한 가치가 있는 일이라고 생각됩니다."

그러나 파탄 사람들 전체를 놓고 볼 때 가야 할 길은 너무나 멀었다. 칸은 아직도 부족이나 가문 사이에 쌓여 있는 원한에 대해서 마음이 불안했다.

"마하트마 선생님."

그는 한동안 말이 없다가 다시 말문을 열었다.

"선생님도 보시다시피 이 땅은 아주 비옥하여 과일과 곡식이 잘 되기 때문에 가히 지상의 작은 낙원이라고 할 수 있었습니다. 그런데 이제 황폐해졌지요. 우리 파탄 사람들에게는 정말이지 폭력이 화근입니다. 폭력 때문에 우리의 연대가 깨지고, 내부적으로 우리를 원한으로 갈라지게 만듭니다. 파탄 사람들은 어떻게 하면 형제의 목을 잘라버릴까 생각하는 일에 온갖 정력을 다 낭비하고 있습니다. 우리가 이런 재앙만 제거할 수 있다면 그 힘을 어디엔들 못 쓰겠습니까!"

간디는 말이 없었다. 칸이 마음을 털어놓고 이야기를 하는 동안, 그는 고요히 흐르는 강물만 바라보고 있었다.

"나는 이런 확신을 가지고 있습니다. 이 국경지역에서는 비폭력운동이 신이 우리에게 맡겨주신 가장 큰 부탁이라고 말입니다. 비폭력이 아니고서는 파탄 사람들은 구원을 받을 방법이 없습니다. 나는 경험에 비추어서 말씀드리는 것입니다. 우리는 그동안 너무 소심하고 나태했습니다. 영국인들을 보기만 해도 겁을 집어먹었으니까요. 지금은 어린아이들까지도 외국인이 지나가면 빈정거리고 놀립니다. '아니 뭐야! 당신 아직도 여기 있는 거야?' 영국인들은 우리의 비폭력을 두려워합니다. 그들은 폭력을 사용하지 않는 파탄 사람이 폭력을 사용하는 파탄 사람보다 더 위험하다고 말합니다."

두 사람은 버드나무가 늘어선 길로 접어들었다. 버드나무 가지에 매달린 잎들이 고요한 강물의 표면에 잔잔한 물결을 만들어내고 있었다.

간디는 칸에게 자원자들이 건설 프로그램으로 훈련하는 일을 시작하는 것이 어떻겠느냐고 제안했다. 그 지역에서 건설 프로그램이 이루어지는 것을 아직 보지 못했기 때문이다. 간디는 말하기를, 파탄 사람들은 비폭력적으로 투쟁하는 방법을 알고 있고, 거기에 대해서는 추호도 의심하지 않는다고 말했다. 이제 칸은 그들에게 비폭력적으로 살아가는 방법을 가르쳐야 했다. 그것은 비폭력적으로 투쟁하는 것을 가르치는 것보다 훨씬 더 어려운 과제였다. 비폭력적으로 사는 것은 투쟁의 매력이 없기 때문이었다. 평화란 언제나 전쟁보다는 사람을 의욕적으로 만들지 못하는 법. 아마도 이 세상에 평화가 그토록 소중한 것은 바로 그런 이유 때문이리라.

간디는 칸에게 쿠다이 키드마트가르들은 물레를 돌려 실을 잣고 베를 짜는 것과 같은 가내수공업을 중점적으로 실행해야 한다고 말했다. 그는 자원자들 가운데 손으로 짠 직물 옷을 입은 사람이 거의 없다는 것에 주목했다. 더 큰 인도 지역에서는 집에서 손으로 짠 직물 옷이 시민저항운동의 비공식적인 제복이었다. 칸도 간디의 말에 동의했다. 그는 이미 우트만자이에서 가까운 곳에 하나의 센터를 시작할 계획을 가지고 있었다. 그의 계획은 모범 마을을 건설하는 것이었다.

"쿠다이 키드마트가르의 본고장에서 우리는 자급자족의 이상을 펼쳐보일 생각입니다. 우리가 생산한 옷만 입고, 거기서 기른 과일과 야채만 먹으며, 우리에게 우유를 공급해 줄 작은 낙농장도 세울 겁니다."

"그렇다면 쿠다이 키드마트가르는 오두막집을 짓는 일에도 참여해야겠군요!"

간디가 재빨리 덧붙였다.

"우리 역시 같은 생각입니다."

간디는 그 생각이 마음에 들었다. 간디는 칸에게 먼저 쿠다이 키드마트가르 한 부대를 와르다로 보내서, 거기서 물레질을 하고 천을 짜는 법이라든가 응급처치법, 위생학, 기초 교육을 받게 하자고 제안했다. 그리고 일체감을 증진시키기 위해 인도의 열다섯 가지 주요 언어들 가운데 가장 널리 사용되는 언어인 힌두스타니어도 배우게 하자고 했다.

칸의 얼굴이 환하게 빛났다.

"하지만 당신이 하는 일이 진전되지 않을 수도 있습니다."

간디가 주의를 환기시켰다.

"만일 당신이 앞장을 서고, 당신이 손수 이 모든 일에서 숙달되지 않는다면 말입니다."

구릿빛으로 물든 태양은 이제 서쪽 사페드 코 산기슭에 걸려 있었다. 공기가 금세 서늘해졌다. 그들은 다시 농가를 향해 걸었다.

"무기를 버리는 것만으로는 충분치가 않습니다."

간디가 목소리를 높였다.

"비폭력이라는 건 더 고상한 질서에 속하는 적극적인 원칙입니다. 그것은 영적인 힘이고, 우리 안에 내재하는 신성의 힘입니다."

목화밭 이랑에 이르자 그는 빨리 걷기 시작했다.

"우리가 비폭력을 실현하려면 신처럼 되어야 합니다. 진정한 비폭력은 작은 알갱이 하나라도 조용히, 교묘하게, 눈에 보이지 않게 작용하기만 한다면 온 사회를 변화시킬 수 있습니다."

자두나무 과수원 가장자리에 이르렀을 때 간디가 발걸음을 멈췄다.

"보입니까?"

그는 침착하지만 열정적인 목소리로 이 헌신적인 제자의 얼굴을 올려다보며 말했다.

"만일 당신이 우트만자이에서 제대로 시작만 할 수 있다면, 당신네들이 가지고 있는 폭력 문제는 곧 해결될 겁니다. 비폭력의 근거가 되는 기본적인 원칙은, 당신 자신이 보기에 선한 것이 똑같이 온 우주의 입장에서도 선한 것이 되어야 한다는 것입니다. 영국인들과의 관계에서도, 그들이 경찰과 군대로 표면상 유지하고 있는 '보호 상태'를 우리가 필요로 하지 않는다는 것을 보여줄 수만 있다면 우리와 그들과의 관계는 변화될 것입니다."

골짜기에 어둠이 찾아왔을 때, 간디와 칸은 간단한 저녁식사를 하고, 언제 한 번 산악지대에 있는 외딴 마을에서 하루 푹 파묻혀 지내자고 계획을 세웠다.

"선생님은 스와트를 한번 보셔야 합니다."

칸은 여러 해 전 북부의 소나무 숲에서 도제살이하던 때를 회상하면서 간디에게 말했다.

"그곳은 정말 낙원이지요."

11월 11일, 간디는 국경지역을 떠나 북부 인도로 갈 채비를 했다. 그는 페샤와르에 있는 자원자들에게 이렇게 말했다.

"쿠다이 키드마트가르는 비폭력을 실천하는 일에서 혁혁한 모범을 보여 이제는 비폭력을 이해하는 데까지 발전했습니다. 그러나 이제 한 걸음 더 나아가야 합니다. 비폭력에 대한 그들의 생각과 실천은 더 확장되어야 합니다. 특히 비폭력의 긍정적인 측면이 더 완전해지고 더 깊어져야 하겠습니다. 그러나 그런 모든 사실들에도 불구하고, 여러분들이 얻어낸 뚜렷한 결과로 인해서 나는 이 비폭력의 실험을 쿠다이 키드마트가르와 함께 해나가야겠다는 용기를 얻게 되었습니다. 신께서 그것을 원하신다면, 그 실험은 반드시 성공할 것입니다."

파탄 지역의 가장자리에 있는 탁실라라는 곳에서 간디는 와르다행 기차를 탔다. 그 끈질긴 두 명의 자유의 투사는 헤어지는 내내 서로의 얼굴을 간절한 마음으로 바라보고 있었다. 기차를 타고 펀자브 지방의 너른 평원을 지나면서 간디는 국경지역에 두고 온 친구에 관한 생각을 메모했다.

쿠다이 키드마트가르가 종국에 가서 어떻게 되든지, 그들의 지도자가 어떤 사람이었는가에 대해서는 의심할 바가 없다. 그는 의심할 여지가 없는 신의 사람이다. 그는 신의 살아 있는 현존을 믿고 있으며, 만일 신이 원한다면 자신의 운동이 번영할 것이라고 알고 있다. 그는 자신의 영혼 전체를 신의 대의에 맡기고 있기 때문에, 현재 벌어지고 있는 일에 대해서는 연연해하지 않는다.

우리는 탁실라에서 헤어지면서 눈시울을 적셨다. 나는 그 국경지역을 자주 여행하고 싶을 것이다. 왜냐하면, 인도의 다른 지역이 진정한 비폭력을 상실한다고 할지라도, 그 국경지역만은 모진 시련을 잘 견디어낼 것이라는 희망을 걸 수 있는 충분한 근거가 있기 때문이다.

이유는 간단하다. 바드샤 칸의 추종자들은 기꺼이 그에게 순종하려고 하고 있다. 그가 말만 하면, 그것은 실천으로 옮겨진다. (그의) 비폭력은 단지 말로만 떠드는 구두선(口頭禪)이 아니다. 거기에는 그의 마음 전체가 실려 있다. 그것을 의심하는 자가 있다면, 내가 앞서 다섯 주를 그와 함께 살았듯이 그와 함께 다섯 주만 살아보라. 그러면 의심은 아침 햇살에 안개가 사라지듯이 사라져버릴 것이다.

제14장

자유의 불길

예언자 모하메드는 많은 장애에 부딪혔습니다. 그러나 그는 결코 희망을 포기하지 않았고, 결국 승리했습니다. 그는 바로 그 교훈을 우리에게 남겼습니다. 따라서 우리도 어려운 문제들을 똑같은 정신으로 극복해 간다면, 우리도 실패를 할 까닭이 없습니다. 자유라는 대의는 항상 정의로운 것이며, 따라서 노예 상태에 저항하는 투쟁은 항상 아름다운 것입니다.

—바드샤 칸

1939년~1947년

자유의 불길

1939년 9월에 나치 독일군은 폴란드 국경을 넘어 침공했다. 그 다음날, 런던에 있는 영국 정부는 독일에 선전포고를 했다. 또한 델리에 있던 린리스고 총독도 마찬가지였다. 인도 사람들은 동의한 일도 없었고, 일언반구 상의를 받은 일도 없었지만, 3억에 달하는 인도 사람들이 9월 어느 날 아침 갑자기 지구의 다른 편에서 벌어지고 있는 전쟁에 가담하는 신세가 되어버렸다.

2주 후, 국민회의파 실무위원회는 파시스트들의 침공을 비난하면서 단 한 가지 조건에서만 영국을 도울 것이라고 선언했다.

"자유롭고 민주적인 인도는 침략에 대항하는 상호

방위를 위해서 다른 자유 국가들과 기꺼이 협력할 것이다."

다시 말하자면 인도는 대영제국을 위해서 싸우기에 앞서 자유롭게 되어야만 한다는 것이었다. 영국인들이 의도한 것은 무엇이었을까?

이에 대해서 린리스고 총독은 자신들은 전쟁이 끝나기 전까지는 이렇다 할 이야기를 할 수 없다고 말했다. 전쟁이 끝난 이후에라도 인도의 장래에 대해서 논의할 시간은 충분하다는 것이다. 행정부는 지금 당장은 우리와 함께 싸워달라고 말했다. 즉, 대영제국을 위해서 싸워달라는 것이었다.

엿새 후, 국민회의파 실무위원회는 투표를 통해 인도에 대한 영국의 계획을 분명하게 하지 않는다면 영국을 도울 수 없다고 결정했다. 영국인들은 국경지역에 있는 칸 사헤브 박사를 포함한 모든 국민회의파 각료들에게 저항을 중지할 것을 지시했다. 7년간의 평화 끝에 국민회의파와 영국인 행정부 사이에 전선이 형성되고 있었던 것이다.

한편, 보다 더 해결하기 어려운 또 하나의 전선이 인도 대륙에 있는 모든 마을과 지역의 심장부에서 형성되고 있었다. 그것은 인도의 가장 큰 두 종교집단인 힌두교도와 무슬림 사이에 형성되고 있는 전선이었다. 오랜 기간 비교적 평화롭게 지내오던 두 공동체는, 분리 통치라는 영국의 오랜 통치 정책의 앙금을 서로 느끼고 있었다.

일찍이 1859년에 봄베이 총독이었던 마운트스튜어트 엘핀스톤은 부관들에게 이렇게 지시했다.

"분리와 통치는 옛 로마의 표어였다. 이제 그 표어를 우리의 것으로 삼아야 한다."

여러 면에서 관습이나 생활 방식이 서로 다름에도 불구하고 인도의 힌두교도와 무슬림은 5백 년이 넘는 긴 기간 공통의 역사를 공유하며 살아왔다. 벵골과 같은 지역에서 그들은 같은 옷을 입고 같은 언어를 사용했다. 비전문가가 보면 그들은 구별이 되지 않았다. 그러나 영국인 통치자들이 보기에, 그들이 가지고 있는 차이는 그들을 착취하기 위해서 이용하지 않고는 배길 수 없는 결정적인 약점이 되었다.

1909년에 결성된 무슬림동맹은 제1차 세계대전 이후에 찾아온 무슬림 르네상스 기간에 힘을 얻게 되었다. 1920년에 벌어진 비협력운동 기간에 함께 활동을 하고 나서, 무슬림동맹과 국민회의파는 정치적 맞수가 되었다. 국민회의파는 영국인에 대한 독립과 비협력을 주장하고 있었고, 무슬림동맹은 대영제국 안에서의 자치령 상태와 대영제국의 후원을 선호하고 있었다. 1920년 이후, 무슬림 조직 기구 가운데 유일하게 칸이 이끄는 쿠다이 키드마트가르만이 영국의 통치를 반대했다.

1930년대 후반에 들어서면서 독립이 필연적인 것으로 생각되자, 무슬림 국가의 분리에 대한 생각이 추진력을 얻게 되었다. 1940년 3월, 무슬림동맹은 라호레에서 공식적으로 '자율적이고 주권을 지닌' 무슬림 국가의 수립을 요구했다. 무슬림동맹의 회장이었던 모하메드 알리 진나는 무슬림들은 그 자체로 하나의 국가이며, 따라서 "그들의 고국, 그들의 영토, 그들의 국가"를 가져야만 한다고 선언했다. 거기서 제시된 파키스탄은 무슬림이 다수를 이루어 살고 있는 북부 지역들로 구성되었다. 벵골, 카슈미르, 아삼, 펀자브, 신드, 발루치스탄, 그리고 북서부 국경지역이었다. 무슬림동맹은 칸과 쿠다이 키드마트가르에게 함께 연합하여 자신들이 주장하는 소위 '힌두 통치'에 대항해서 싸울 것을 요청했다.

칸은 거절했다. 그는 무슬림의 진정한 적은 힌두교가 아니라 영국인이라고 주장했다. 그는 영국인이 떠나고 나면 무슬림과 힌두교도는 이전에 오랜 기간 그러했듯이 통일된 인도에서 함께 살아갈 수 있을 것이라고 반박했다. 그는 국민회의파에 합류하여 영국인들의 독재에 맞서 싸우자고 무슬림동맹에 요구했다.

그 요구는 거절되었다. 무슬림동맹은 힌두교도들이 지배하는 국민회의파와 자신들은 아무런 관계가 없다고 주장했다. 그 연맹은 칸을 힌두교도라고 불렀다. 국민회의파와 무슬림동맹 사이에, 그리고 힌두교도와 무슬림 사이에 생긴 틈은 넓어지기만 했다.

1940년 6월, 프랑스가 독일에 함락되었다. 그다음 차례는 영국이 될 참이었다. 국민회의파 실무위원회에서 적이 침략하는 상황에서 인도가 어떻게 반응할 것인가를 두고 논쟁이 벌어졌다. 그들의 방어는 비폭력적이어야 하는가, 아닌가?

간디와 칸은 거기에도 이의가 있을 수 없다고 주장했다. 비폭력이란 어떤 목표가 달성되었다고 해서 버릴 수 있는 하나의 방편과 같은 것이 아니었다. 그것은 생활방식이고, 행동강령이었다. 만일 비폭력이 강력한 효력을 발휘하려면 삶의 모든 측면에서 일관성이 있어야 했다. 따라서 만일 인도가 무기를 가지고 자유를 지킬 생각을 가지고 있다면, 인도의 자유를 비폭력적으로 쟁취할 수 있으리라는 희망은 없었다.

그러나 실무위원회는 간디와 칸의 입장에 동의하지 않았다. 25년 만에 처음으로 네루, 파텔, 아자드, 라자고팔라차리 등 비폭력운동의 거장들이 모두 간디의 지도권에 대해 결별을 선언했다. 그들은 비폭력이 자유를 가져다줄 수는 있지만, 외부의 침략으로부터 자유를 지켜줄 수는 없다고 주장했다. 실무위원회는 안타까운 마음으로 자신들은 "간디 선생과 끝까지 함께 갈 수는 없다"고 결정했다.

간디는 국민회의파와는 별도로 자신의 노선을 따라서 일하자고 요청했다. 그는 그들이 엄격하게 비폭력을 신봉할 경우에는 어디서든 그들을 지지했다. 그것은 불일치를 확인하기 위한 참으로 신사다운 합의였다. 하지만 칸의 입장은 거북해졌다. 그는 만일 국민회의파가 원칙에서 비폭력과 간디의 노선과 결별한다면, 그 국민회의파의 일원으로 있고 싶지 않았던 것이다. 그는 또한 자신이 그 문제에 대해서 한치의 양보만 하더라도 무슬림과 힌두교도 사이에서 긴장이 끓어오르는 탄약고와 같은 국경지역이 화염에 휩싸이게 될 것이라는 것을 잘 알고 있었다.

그는 이렇게 선언했다.

내가 이 위원회와 계속 같이 행동한다는 것은 어려운 일이므로 나는 물러나려 한다. 나는 내가 믿어왔고 쿠다이 키드마트가르 형제들에게 전파해 왔던 비폭력이라는 것이 우리의 삶 전체에 영향을 주는 것이며,

유일하게 영구적인 가치를 지니고 있다는 점을 분명히 밝혀두고 싶다.

따라서 쿠다이 키드마트가르는 신과 인류의 종이라는 그 이름이 의미하듯이 자신의 목숨은 내놓을지언정 어떤 생명도 취하지 않을 것이다.

1940년 7월에 국민회의파는 이전에 제안했던 것을 다시 런던에 제안했다. 국민회의파는 만일 영국이 자치를 허용하기만 한다면, 영국의 전쟁 노력에 전적으로 그 무게를 실어 인도의 군대를 동원하고 동맹국의 자격으로 싸울 각오를 하고 있었다.

당시 영국 수상 처칠의 대답은 '아니오'였다. 그는 이전의 어떤 수상보다도 제국주의적이었고, 달변가였다. 그는 "대영제국의 말살을 주재하기 위해서 왕의 수상이 되지는 않았다." 오히려 그는 과거를 돌아보고 있었다. 제국의 영광스러운 시절은 결코 다시 돌아오지 않을 것이다. 영국 전투는 8월 8일에 시작되었고, 대영제국은 목숨을 걸고 싸웠다.

처칠이 그렇게 완강하게 제국주의를 옹호하고 나서자 마음이 상한 국민회의파는 마음을 가라앉히고 간디에게로 돌아왔다. 간디와 칸은 다시 실무위원회에 가담했다. 실무위원회가 간디에게 다시 한 번 사티아그라하를 주도해 줄 것을 요청했던 것이다. 간디는 그 일에 대해서 좀더 생각을 해봐야 할 것 같다고 말했다. 인도 사람들이 준비가 되어 있는지 확신이 서지 않았던 것이다.

*

한편 칸은 계속 정계를 떠나서 오로지 그의 민족을 가난과 냉담함으로부터 향상시키는 힘겨운 과제에 전력투구하고 있었다.

와르다에 머물면서 간디와 긴 대화를 나눈 이후로, 칸은 이제 자립자족하는 마을 경제 구축을 목표로 삼는 건설 프로그램이 빈곤과 폭력과 전쟁을 유발시키는 착취와 탐욕을 제거할 수 있다는 것을 이해하게 되었다. 그는 우트만자이 근처에 봉사 센터를 열고, 손수 짚을 엮어서 오두막을 하나 짓고 그곳을 본부로 삼았다. 거기서 그는 대중의 눈을 피해 조용히 일할 수 있었다. 그는 계속해서 여성들의 권리와 참여를 강조했다. 그는 코하트 근처에서 한 무리의 여성들이 모인 자리에서 이렇게 말했다.

자유를 얻게 되면, 여러분은 이 나라에서 남자 형제

들과 동등한 몫과 지위를 차지하게 될 것입니다. 우리는 큰 마차에 달린 두 바퀴와도 같습니다. 그래서 만일 우리의 운동이 서로 화합하지 못한다면, 우리의 짐차는 결코 움직이지 못할 것입니다.

칸은 또한 일 주일 훈련 프로그램을 개발하여 쿠다이 키드마트가르 자원자들을 건설 프로그램으로 훈련시키는 일을 시작했다. 간디의 영향력하에 있던 영국인 선교사 메리 바가 40대 초반의 나이로 그 훈련 프로그램에 참여했다. 그녀는 다음과 같은 기록을 남겼다.

쌀쌀한 이른 아침에 뜨거운 차를 마신 후, 두 시간 동안 마을 청소가 실시되었고, 마지막으로 똥 치우는 일에 관한 바푸(간디)의 강의가 있었다. 한 파탄 사람은 나에게 지난번에 함께 그 프로그램에 참여했던 사람들이 그가 찾아갔던 마을 경찰서까지 청소해 주었다고 기뻐하며 말했다. 나머지 시간은 물레질하기, 씨뿌리기, 깃발의식, 회의, 그리고 넓적하고 얇은 라티오 빵과 '달'이라는 콩 요리를 다른 부식 없이 먹는 두 번의 거친 식사가 있었다.

4백 명의 '붉은 옷들' 이외에도 방문객이 1백 명은

되었다. 방문객들 대부분은 발루치스탄, 카슈미르, 펀자브 지방에서 온 사람들이었다. 사람들이 큰 천막 안에 모이자 칸이 들어왔다. 그는 한참을 서 있다가, 캠프에 참여한 사람들을 진지하게 둘러보았다. 그의 표정은 엄숙하기까지 했다. 그가 들어오자 천막 안은 찬물을 끼얹은 듯 조용했고, 그가 차분한 음성으로 이야기를 시작하자 모든 사람들이 열심히 귀를 기울였다. 이따금 사람들은 그가 말한 것에 대해서 일제히 한목소리로 응답했다.

그러나 파탄의 이 훈련 캠프는 간디가 설립한 아슈람의 냉랭한 분위기와는 다른 그 나름대로의 스타일을 가지고 있었다.

오늘밤에는 춤을 추었다. 너무나 흥겨운 시간이었다! 악단들 역시 다른 사람들만큼이나 열심히 춤을 추었다. 그들은 적절한 때에 음악으로 사람들의 흥을 돋우었다. 북 치는 한 사람은 흥분한 나머지 북을 공중으로 던져올렸다가 다시 받아서 계속 치곤 했다.

그 캠프를 방문한 후에 메리 바는 칸이 우트만자이에 세운 다른 학교들 가운데 한 곳을 가보았다. 그 학교는 여학교로 "무슬림이 사는 북부 지역에서는 보기 드문 것이었다." 칸은 그녀를 초대하여 우트만자이에 있는 자기 집에서 가족들과 함께 지냈다. 메리 바는 칸의 농가에 머물면서 들판과 산기슭을 산책하기도 하고, 칸의 아들 왈리와 이야기를 나누기도 했다. 그녀는 당시의 상황을 이렇게 기록하고 있다.

> 나는 그(왈리)에게 어린 시절을 기억하느냐고 물었다. 그는 너무 어려서 1920년대 초에 있었던 무서운 상황은 알 수 없다고 말했다. 그러나 1931~1932년은 너무나 어려운 시기였다고 말했다. ……그는 그들이 우트만자이에서 포위 공격을 당했을 때의 일을 기억하고 있었다. 그때는 소 한 마리라도 집 밖에 나와 있으면 영국인들이 총으로 쏘거나 총검으로 찔러 죽였는데, 그렇게 곡식이나 가축이 해를 당하는 것을 보고는 아무도 들에 나갈 엄두를 내지 못했다고 한다. 한편 마을에는 오물이 쌓여 있었다고 한다. 그는 구타에 대해서도 이야기했는데, 한번은 정신을 잃을 때까지 구타를 당했다고 한다…….

그 이튿날 아침, 칸은 다른 식구들보다 먼저 일어나 분주히 움직였다. 하인들과 함께 집 안팎을 청소하고 있었다. ……그리고 정원으로 일하러 가기 전에 한 시간 동안 물레질을 했다. 그는 아무 일도 하지 않는 것을 싫어한다고 나에게 털어놓았다. 하루 종일 마을 사람들이 그의 이야기를 듣기 위해서 캠프에 찾아들었고, 거기서 나누는 이야기는 문 밖에서 진행되고 있는 일이 무슨 일이든지 도움이 되었다.

저녁이 되자 그의 아들들이 나를 데리고 산책에 나섰다. 나는 그들에게 아버지가 항상 지금처럼 편안하시냐고 물었다. 가니가 이렇게 대답했다. "아닙니다. 내가 어렸을 때 아버지는 나에게 무섭게 매를 대시곤 했습니다. 그리고 누구든 나쁜 사람이라고 생각되면 아버지는 달려들어서 마구 때리곤 했습니다."

가니의 이야기는 칸이 초년 시절에 겪었을 변화에 대해서 짐작케 하는 내용이었다. 가니가 태어났을 때 칸의 나이 23세였다. 우리는 마하트마 간디의 20대와 30대 때의 모습에 대해서도 비슷한 인상을 가지고 있다. 아내와 격렬하게 말다툼을 했다든지, 오만한 기질을 가지고 있었다는 예들을 보게 되는 것이다. 이런 면모들은 우리가 인식할 수 있는 그 사람의 인간적인 측면을 암시해 주는 것이다. 칸은 공개적으로 이렇게 인정했다.

"소년 시절에 나는 격한 성격을 가지고 있었습니다. 파탄 사람의 뜨거운 피가 내 혈관 속에 흐르고 있었던 것입니다."

그러한 그를 간디의 사상과 영향력이 완전히 바꾸어놓았던 것이다. 간디와 마찬가지로, 칸은 나면서부터 비폭력적인 사람은 아니었다. 그는 자신을 다시 만들어야 했던 것이다.

칸이 파탄 사람들 사이에서 활동하던 기간 중에도 보다 작은 변화들이 천 번은 일어나야 했을 것이다. 가니 칸이 이야기했던 우트만자이 마을의 무법자 무르타자 칸조차도 아타 칸을 살해한 대가로 형을 마치고 나서 실제로 쿠다이 키드마트가르의 한 사령관이 되었다. 하지만 그의 변화는 바드샤 칸의 경우와 같이 지속적인 것은 아니었다. 그는 "칸이 되면서 동시에 성인이 되는 것은 어렵다"는 것을 깨달았다. 그럼에도 불구하고 강도와 살인을 일삼았던 이 폭력적인 파탄 사람은 국경지역의 감옥 안에 있으면서 마음과 행동의 변화가 일어나기 시작했고, 그 변화는 4년간 지속되었으며, 그의 생애에 지워지지 않는 감동을 남기게 되었다.[25]

가니는 무르타자에게 한때 무법자였던 그가 어떻게 비폭력을 신조로 삼을 수 있게 되었는가를 물은 적이 있다. 무르타자의 평범한 대답은 인간 정신의 잠재력을 일깨워주는 사티아그라하, 즉 영혼의 힘의 역동성을 엿보게 하는 것이다. 그는 가니에게 이렇게 대답했다.

"나는 4년 동안 작은 성인이었네. 욕망 대신에 꿈을 이루어가며 살려고 노력했지. 그것은 위대했고, 기적이었다네. 나는 희망을 위해서 부를 포기했고, 사랑스런 소녀들을 살려주었어. 그들이 나를 믿고 나를 바라보았기 때문이지."

무르타자의 말은 비폭력, 행동하는 사랑의 파급력을 일깨워주는 것이었다. 그는 또 가니에게 말했다.

"너는 너를 사랑하는 사람을 사랑하지 않을 수 없어. 그리고 너를 신뢰하는 사람을 해칠 수 없어. 나는 사람들이 나에게 기대하는 모습의 인간이 되려고 노력했지."

그래서 머리가 반백이 된 그 무법자는 다시 감옥으로 갔다. 그러나 이번에는 민족의 자유를 위해 '신의 종'으로서 감옥에 갔던 것이다.

*

칸이 평화롭게 활동하는 시기는 오래 지속되지 않

았다. 1941년 12월, 일본이 진주만을 공격하고 남서 아시아로 빠르게 진군하기 시작했다. 말레이시아가 함락되고, 다음으로는 싱가포르, 그리고 1942년 3월에는 랑군이 일본군의 손아귀에 들어가게 되었다. 일본군들은 인도 접경 지역까지 와 있었다.

영국 행정부는 다시 인도 국민회의파에 전쟁 지원을 받으려고 시도했다. 그러나 합의가 이루어지지 않았다. 국민회의파는 지난 세계대전 이후에 인도에 행한 처우를 생각하고는 즉각적으로 확실한 권리를 주장했으나 처칠은 인도를 포기할 생각이 전혀 없었다. 새로운 투쟁을 위한 압력이 가해지기 시작했다.

1942년 7월, 간디는 인도에서 영국인의 통치를 몰아내기 위해서 전면적인 운동을 벌일 것을 제안했다. 이전의 시민불복종운동은 하나의 구체적인 법이나 문제를 목표로 했다. 간디는 이번만은 영국인들에게 포괄적인 요구를 하기로 결정했다.

"인도를 포기하라!"

이보다 더 명백한 요구는 있을 수 없었다.

영국인들은 그 메시지를 받았다. 1942년 8월 9일에 간디와 국민회의파 실무위원회 위원들은 모두 체포되었고, 또한 전국에 흩어져 있던 국민회의파 지도자 수백 명이 체포되었다.

국경지역에서는 쿠다이 키드마트가르 자원자들이 국민회의파 깃발을 들고 행정부 사무실과 법정으로 들어가 영국을 반대하는 노래를 불렀다. 그런 행위는 국경지역 범죄규제법에 저촉되는 것이었다. 행정부는 건물을 봉쇄하고 들어가려고 하는 자원자들을 구타했다. 영국의 정책에 저항하기 위해서 1939년에 수상직을 물러난 칸 사헤브 박사는, 이제 붉은 옷을 입고 3년 전만 해도 자신의 휘하에 있던 인도 공무청사로 걸어들어가 전쟁을 비난하는 연설을 했다.

가파르 칸 역시 체포를 유도했다. 그러나 그가 마을에 나갈 때마다 행정부는 단순히 그를 순찰차에 태워서 페샤와르에 데려다 놓았다. 실망한 칸은 차르사다에서 자원자들 50여 명을 모아서 마르단에 있는 법정을 '습격'했다. 그들은 전방에 제복을 입은 경찰들이 밀집해 있는 것을 보고는 팔에 팔을 걸고 함께 걸었다. 경찰들은 강철 쇠가 붙어 있는 1미터가 넘는 곤봉으로 그들을 구타해 땅에 쓰러뜨렸다. 그 과정에서 칸의 갈비뼈가 두 개나 부러졌다. 그는 체포되어 중죄수들이 수감되는 하리푸르 감옥에 수감되었다.

그해 연말이 되자 감옥에 수감된 인도 사람들은 모두 6만 명에 달했다. 행정부는 이미 전시 상황에서 전전긍긍하고 있었고, 미얀마에서 일본군의 위협조차

받는 상황이어서 인도의 시위대를 해산시키기 위해 최루탄과 곤봉과 실탄을 사용했다. 간디와 국민회의파의 모든 지도자들이 감옥에 있었고, 인도 전역에서는 폭력 사태가 벌어졌다. 영국인 통치의 상징이었던 경찰서, 우체국, 철도역이 폭파되고 전보와 전화선이 절단되었다.

영국인들은 대규모 물리력을 가지고 대응했다. 처칠은 이렇게 인정했다.

"그 나라에 있는 백인 군대의 수는 현재 영국이 관련했던 그 어느 때보다 많다."

하지만 기적적으로 국경지역은 비폭력 상태로 남아 있었다. 피켓 시위와 '습격'은 계속되었지만, 파괴 행위는 없었다. 몇몇 자원자들은 칸에게 와서 통신전선을 절단해도 좋겠느냐고 물었다. 단순히 통신전선을 절단하는 것은 누구도 해치지 않는 일이기 때문이었다. 이 물음에 칸은 그렇게 하라고 답하고, 그렇게 한 후에 경찰에 자수하라고 당부했다. 그러고 나서 담담하게 이렇게 덧붙였다.

"이렇게 하는 것이 일꾼들에게 용기를 더해줄 것입니다."

그들은 자신들의 바드샤가 지독하게 비폭력을 고집하는 것을 보고 머리를 흔들었다.

*

전쟁의 나머지 기간 동안 인도의 정치지도자들은 모두 감옥에 있었고, 한편으로 무차별 탄압은 자유운동을 궁지에 몰아넣었다. 하지만 종전이 가까워지면서 인도에 대한 영국의 태도는 부드러워지기 시작했다. 대중의 정서가 인도의 독립을 지지하는 쪽으로 기울었고, 1945년 여름이 되자 모든 정치범들이 석방되었다. 가을에는 인도에 자유를 허락할 것을 약속했던 노동당 정부가 들어섰고, 처칠은 수상직에서 물러났다. 1945년 3월에 칸 사헤브 박사는 다시 국경지역의 수상직에 오르게 되었다. 무슬림동맹 내각이 신임투표에서 패배했기 때문이었다.

일본이 항복하자마자 런던의 새로운 행정부는 '인도의 자치를 조기 실현할' 의사가 있음을 공포했다. 실제로 자유가 쟁취된 것이다. 이제 남은 문제는 권력을 누구에게 이양해 주어야 할 것인가 하는 문제였다. 그것은 분명히 학문적인 문제는 아니었다. 왜냐하면 국민회의파와 무슬림동맹이 연립정부를 구성할 수 없었기 때문이었다. 무슬림동맹은 자신들이 무슬림의 대표자로 지정되어야 한다고 요구했다. 그러나 단 3퍼센트의 당원만이 무슬림이었던 국민회의파는 그 요구를 거절했다. 국민회의파는 힌두교도와 무슬림이 연합한 인도를 함께 대변하고 있었던 것이다. 무슬림동맹은 온전한 무슬림 국가를 원했으며, 영국인의 통치를 힌두교도의 통치로 대체하게 되는 연립정부에는 참여하지 않겠다고 주장했다.

결국 무슬림이 참여하지 않은 과도정부가 형성되자, 무슬림동맹은 배척운동을 요구했다. 그들은 1946년 8월 16일을 행동의 날로 선포하고, 자신들의 불만을 행동으로 나타내기로 결의했다.

그날 북부 인도가 폭발했다. 캘커타에서는 힌두교도와 무슬림 사이에서 폭력 사태가 벌어졌다. 양측에서 온 폭력배들이 전 도시를 장악하고, 상점에 방화하고 수천 명의 사람들을 살해했다. 경찰도 속수무책이었다. 나흘 만에 그 도시는 평온을 되찾았다. 그러나 마음속 깊이 간직하고 있던 감정들이 표출되고 난 이후의 일이었다. 그런 감정들은 일단 폭발하고 나면 다시 주워담을 수 없는 법이다.

동부 벵골 지역에 있는 노아칼리에서는 무슬림들이 보복을 했다. 힌두교도들이 구타를 당하고 살해되거나, 강제로 이슬람으로 개종되었다. 간디는 그 폭력 사태의 추이를 지켜보고 있었다. 그는 당시 76세의 고령으로 건강도 좋지 않았다. 그러나 이제 가만히 두고 볼 수만은 없었다. 그는 직접 노아칼리로 가겠다고 공표했다. 그는 자신의 안전을 염려하는 의회 지도자들에게 이렇게 말했다.

"내가 알고 있는 사실은, 내가 거기에 가지 않으면 나 스스로가 편안하지 않으리라는 것입니다."

간디는 아무런 계획도 없었다. 그는 아무런 보호 장치도 없이 노아칼리의 소요 지역으로 들어갔다. 그는 오로지 마음속에 간직한 사랑만을 믿었다. 그는 한 기도모임에서 이렇게 말했다.

"불화의 마지막 씨앗이 다 소멸될 때까지 나는 벵골을 떠나지 않을 것입니다. 만일 필요하다면 나는 거기서 죽겠습니다."

다음 소요 사태에서는 힌두교도들이 보복을 할 차례였다. 비하르에서는 힌두교도들이 격분하여 소수 무슬림들에게 달려가 그들을 거의 초토화시켰다. 간디는 칸에게 자신을 대신해서 비하르로 가달라고 부탁했다. 그 온화한 파탄 사람은 간디와 마찬가지로 사랑과 비폭력이라는 무기로 무장하고 불구덩이 속으로 뛰어들었다. 그는 간디에게 보내는 편지에 이렇게 썼다.

"선생님이 옳았습니다. 우리의 비폭력은 지금 시험을 받고 있습니다."

수천 명의 경찰과 군인들이 폭력 사태에 대해서 손도 쓸 수 없었던 상황에서, 두 간디의 사랑은 마술적인 힘을 발휘하기 시작했다. 간디는 손에 지팡이를 들고 노아칼리의 50여 개 마을을 걸어서 돌아다녔다. 마을에 들어서면 그는 무슬림 가정에 머물면서 그들과 함께 식사를 하고, 그들과 함께 기도를 올렸다. 저녁이 되면 마을사람들이 기도 모임으로 모여들었다. 처음에는 몇몇 힌두교도들만 모였지만 점차 무슬림들도 모이기 시작했다. 그는 계속해서 모든 종교의 저변에 흐르고 있는 '일치'에 대해서 이야기했다. 그는 특히 우리가 신을 라마라고 부르든 라힘이라고 부르든 신은 같은 분이라는 것을 반복적으로 이야기했다. 3월이 되자 노아칼리는 평정을 되찾았다. 마을에서 피신했던 힌두교도들은 이제 안전하다고 생각하고 다시 집으로 돌아왔다.

비하르에서 칸은 마음을 털어놓고 이야기했다. 그는 마을사람들에게 이렇게 말했다.

"인도는 지옥처럼 보입니다. 우리의 집들이 우리 자신의 손으로 불태워지는 것을 보면서 나는 울고 싶은 심정입니다."

겁에 질린 무슬림들은 두려운 나머지 집안에 간직해 둔 것을 땅 속에 묻어두고 피신했다. 그들은 두려운 나머지 돌아올 엄두도 내지 못하고 있었고, 무슬림 행정부 관리들조차도 그 지역으로 들어가 사람들을 도우려 하지 않았다.

"내가 여러분과 함께 가겠습니다."

칸은 그렇게 약속하고 그들을 이끌고 폐허가 된 마을로 들어갔다.

노아칼리가 평정을 되찾자, 칸은 간디에게 비하르로 와서 합세해 줄 것을 요청했다. 두 사람은 파트나에 머물면서 매일 낡은 차를 타고 마을들을 방문했다. 차를 타고 가는 중간 중간에 나이가 많은 마하트마는 종종 그의 조카 마누의 무릎을 베고 다리는 칸의 무릎에 얹고 낮잠을 자기도 했다. 간디가 잠이 들면 칸은 그의 발을 주물러주기도 했다. 마을에 도착할 때마다 간디는 수치를 당한 힌두교도들을 모아놓고, 무기를 자신에게 맡기고 다시는 무슬림 형제자매들을 공격하지 않겠다고 서약을 하도록 했다. 종종 그는 옆에 말없이 서 있는 거구의 무슬림을 소개하면서 그가 무서운 파탄 사람들을 비폭력으로 변화시켰다고 말해 주기도 했다. 그가 힌두교도들이 본받기를 원했던 것은 용감한 자들과 강한 자들의 비폭력이었다.

그리고 그는 기도를 올리곤 했다. 한 힌두교 극단주의자가 기도 모임에서 코란경을 읽는 것을 반대하자, 간디는 이렇게 반박했다.

“당신이 지금 터무니없는 광신으로 하는 행동은 힌두교에 아무런 도움이 되지 않습니다. 이 사람은 바드샤 칸입니다. 무슬림이고 신의 사람입니다. 육신을 가지고 있는 사람으로서는 어디도 흠잡을 데가 없는 분이지요. 당신은 이 사람이 존경스럽지 않습니까?”

그러나 두 사람의 간디가 모든 곳을 다 찾아갈 수는 없는 일이었다. 펀자브 지방에서는 두 종교의 극단주의자들로 인해서 흥분하고 놀란 힌두교도와 무슬림이 서로에게 테러를 가하기 시작했다. 폭력 사태는 국경지역까지 전염되었다. 페샤와르에 있는 힌두교도들이 위협을 받게 되자, 칸 사헤브 박사는 쿠다이 키드마트가르 1만 명을 소집했다. 그들은 모두가 무슬림이었다. 오로지 용기와 믿음으로 무장하고 붉은 옷을 입은 그 파탄 사람들은 소수민이었던 힌두교도와 시크교도를 보호해 주고, 그 도시를 다시 평화롭게 만들었다.

그러나 집단적인 폭력은 계속 번져나갔다. 독립이 가까워지면서 인도는 내전으로 치닫고 있었다. 국민회의파 지도자들은 너무나 큰 탄압을 받고 있었고, 한편으로 그들이 이루어놓은 모든 것이 수포로 돌아갈 것만 같은 두려움 속에서, 결국 독자적인 무슬림

국가를 세우겠다는 무슬림동맹의 요구를 용인하기로 결정했다.

*

3월 22일, 인도제국의 스무번째 총독이자 마지막 총독인 마운트배튼 경이 델리에 도착했다. 그의 임무는 신속하고 질서 있게 권력을 이양하는 것이었다. 그 전 해에 영국의 한 내각위원회는 광범위한 조사를 실시하고 인도를 분할하는 데 반대했다. 그러나 폭력사태가 급속도로 번지고 있었고, 그것을 막을 수 있는 방법을 찾을 수 없었다. 국민회의파 지도자들과 무슬림동맹 지도자들 간의 수차례에 걸친 회의 끝에, 마운트배튼 경은 자신의 임무를 성공적으로 완수하는 유일한 방법은 인도를 독자적인 힌두교 국가와 무슬림 국가로 분할하는 것이라고 결론지었다. 그는 무슬림동맹이 제안한 생각을 구체적으로 실현할 하나의 계획안을 작성했다. 원칙적으로 무슬림이 다수를 차지하고 있는 주들은 파키스탄 지방이 될 것이고, 힌두교도들이 수적으로 우세한 지역은 인도로 남게 될 것이었다.

간디가 생각하기에 인도의 분할은 내전보다 더 나

뿐, 중대한 실수였다. 그는 인도를 분할시키는 폭력은 전쟁만큼이나 두려운 것이고, 또 그보다 훨씬 더 깊은 상처를 남기게 될 것이라고 생각했다. 그는 무슬림의 이익을 보장하기 위해서 하나의 대안적인 계획안을 작성하고, 전체 내각을 무슬림 내각이라고 지칭할 정도까지 양보를 하면서 무슬림동맹을 초대했다. 그러나 그 계획안은 실제로 지지를 얻지 못했으며, 무슬림동맹으로부터도 환영을 받지 못했다. 1947년 3월 31일에 국민회의파 지도부는 마운트배튼 경의 계획안을 원칙적으로 받아들였다. 인도는 갈라지게 될 참이었다.

칸과 간디만이 반대했다. 간디는 일단 영국인들이 떠나고 나면 힌두교도와 무슬림은 하나의 통일된 인도 안에서 차이를 극복해 낼 수 있을 것이라고 주장했다. 분할로는 집단적 폭력을 해결할 수 없다는 것이었다. 그렇게 국가를 분할하는 것은 문제를 더 악화시킬 뿐이었다. 왜냐하면 분할이 된다 해도 파키스탄에는 수백만의 힌두교도들이 남게 되며, 인도에도 수백만의 무슬림이 남게 되기 때문이라는 것이었다.

그의 생각은 옳았다. 1947년 8월 분할이 이루어지자, 파키스탄에 남아 있는 힌두교도와 북부 인도에 남아 있던 무슬림이 그들이 살던 지역을 탈출하느라 세계 역사상 가장 큰 규모의 사람들이 이동을 하게 되었다. 무려 1천5백만 명의 사람들이 집을 떠났고, 뒤이은 혼란 속에서 50만 명 이상의 사람들이 실종되었다. 주의 한가운데가 잘리게 된 벵골과 펀자브에서는 분할로 인한 폭력과 공포가 후유증으로 남게 되었고, 오늘날까지도 계속되고 있다.

칸은 분할이 '포기'를 의미한다고 생각했다. 인도가 분할되면 북부 국경지역은 무슬림동맹의 관할하에 들어가게 될 참이었다. 무슬림동맹은 칸과 그의 쿠다이 키드마트가르와 10년간이나 전쟁을 치러왔다. 칸과 그의 동지들은 종종 무슬림동맹과 대립하여 간디와 국민회의파의 편을 들어왔다. 이제 분할이 되면, 그들은 칸의 영향력과 반대에 원한을 품고 있던 무슬림동맹 각료들의 손안에 들어가게 될 것이다.

간디는 자신과 인도가 그들을 버리지 않을 것이라고 칸을 안심시켰다. 그는 칸에게 이렇게 말했다.

"형편이 허락하는 대로 곧 국경지역에 가려고 합니다. 나는 여권도 가져가지 않을 것입니다. 나는 분할을 받아들일 수 없기 때문입니다. 그래서 결국 누군가가 나를 죽인다면, 나는 기쁜 마음으로 죽을 것입니다. 만일 파키스탄이라는 나라가 생겨나게 된다면, 나는 파키스탄에서 살 것입니다."

간디는 훗날 고백하기를 칸이 비통해하는 모습을 차마 그대로 두고 볼 수가 없었다고 한다.

"그의 마음의 고뇌가 내 마음을 쥐어짜는 것만 같았습니다. 그러나 만일 내가 눈물을 흘렸더라면 소심하게 보였을 것이고, 그는 신념이 굳은 파탄 사람이었기에 쓰러졌을 것입니다. 그래서 나는 동요하지 않고 내 일을 계속 해나갔습니다. 그것은 쉬운 일이 아니었습니다."

칸은 델리에서 친구들에게 이렇게 말했다.

"우리는 양편 모두에게서 버림받은 자들이 될 것입니다."

그러나 그는 미래를 두려워하지는 않았고, 간디는 그들을 보호해 주겠다고 약속했다. 그는 동지들에게 이렇게 말했다.

"마하트마 선생님이 여기에 계신 한 나는 걱정하지 않습니다."

*

1947년 5월, 델리의 날씨는 무더웠다. 여름에 불어오는 몬순 바람이 공기를 서늘하게 식혀주려면 한 달을 더 기다려야 했다. 칸과 간디는 분할 문제를 놓고 국민회의파 실무위원회와 만나기 위해서 수도로 왔다. 간디는 몇 차례 총독과 만나 이야기를 나누면서, 인도를 나누어놓지 말고 그냥 떠나라고 설득하려고 애썼다. 마운트배튼 경은 자신도 인도가 분할되는 것을 원치 않지만, 그 상황에서 자기로서는 어찌할 수 없는 일이라고 말했다. 모하메드 알리 진나와 무슬림 동맹은 분할 이외에 어떤 제안도 받아들이려 하지 않았다.

5월 7일, 극단주의적인 힌두교도들에게는 불쾌한 일이었지만 간디는 몸소 진나의 집으로 찾아갔다. 두 지도자는 우호적인 분위기에서 이야기를 나누었다. 그러나 파키스탄에 대한 관점은 변화가 없었다. 두 사람은 인도의 장래에 대해 합의에 이르지 못했다. 간디는 비통하고 확고한 목소리로, 자신은 '분할'이라는 것은 생각할 수도 없는 일이라고 말했다. 그것은 무슬림을 위해서도 힌두교도들을 위해서도 잘못된 일이며, 그것이 잘못된 일이라고 확신하고 있는 한 도저히 동의할 수 없다고 했다.

간디는 저녁기도 모임에서 자신이 진나의 집을 찾아간 일을 두고 불평하는 자들과 이야기를 나누었다. 해로울 것이 무엇인가? 그들도 같은 인도 사람이다. 그들도 똑같은 땅에서 살아가야 한다. 그는 또한 벵골과 펀자브 지방에 사는 무슬림 광신자들이 악행을 저지르는 것을 보면서 코란이 나쁜 책이라고 하는 주장에 대해서 반박했다. 비하르에서 힌두교도들은 광분했으나 그렇다고 해서 『바가바드 기타』의 위대성이 손상되지는 않았다. 어떤 경전을 신봉하는 자가 밉다고 해서, 그 경전을 읽지 않게 되면 진정한 종교를 부인하는 마음만 생기게 되는 것이라고 그는 아주 분명하게 말했다. 그렇게 코란경을 부인하는 것은 힌두교를 보호하기는커녕 힌두교를 가장 빠르게 망하도록 만드는 지름길이다.

간디는 표정이 무거웠다. 그날은 너무나 길었다. 진나와의 대화는 정중하기는 했지만 매우 실망스러운 것이었다. 그는 눈을 감았다. 잠시 후 그의 입술이 움직이기 시작했다. 그는 큰 소리로 기도를 올렸다.

"오, 신이여! 나는 모든 일을 당신의 이름을 부르는 것으로 시작합니다."

그 구절은 매일 명상하면서 기도를 올릴 때 맨 처음에 사용하는 문장이었고, 바로 코란경에 나오는 말이었다.

당신은 끝없이 자비로우십니다.
당신은 우주의 창조자이시며,

또한 만물의 왕이요 주인이십니다.
나는 당신만을 찬양하고
당신의 도움만을 갈망합니다.
나에게 올바른 길,
당신의 성인들이 걸었던 길을 보여주소서…….

칸은 간디와 함께 머물렀는데, 열병을 앓았다. 그러나 그는 어떤 약도 거부했다. 그의 집념은 간디만큼이나 완강했다. 힌두교도 친구들이 그에게 몸을 너무 혹사하지 말라고 당부하자, 그는 수염이 텁수룩한 얼굴로 그들을 향해 이렇게 말했다.

"머지않아 우리 파탄 사람들은 인도에서 이방인이 될 것입니다. 선생님도 떠나고, 인도도 떠나고, 여러분들 모두가 떠나면 말입니다. 25년이라는 긴 세월의 투쟁 끝에, 우리는 파키스탄의 지배를 받게 되었습니다. 우리의 미래가 어떻게 될지 누가 알겠습니까?"

그 이튿날 간디는 캘커타를 향해 떠날 준비를 했다. 칸이 그를 언제나 다시 만나게 될지, 아니면 영영 만나지 못할지는 아무도 알 수 없는 일이었다. 두 사람이 함께 머무는 동안, 칸은 매일 저녁 간디의 다리를 주물러주었다. 하지만 이번에는 창백하고 열이 오르는 칸의 얼굴을 보면서 이제 좀 쉬라고 간디가 설득시키려 애썼다. 칸은 스승의 얼굴을 바라보며 그의 따뜻한 마음을 느꼈다. 그에게는 그분의 말씀이 곧 법이 아니었던가. 칸은 부드러운 목소리로 간디에게 애원했다.

"괜찮습니다. 오늘이 마지막 밤이 아닙니까?"

그리고 이렇게 덧붙였다.

"이렇게라도 해야 마음이 편할 것 같습니다."

간디가 조카에게 말했다.

"그야말로 진정한 수행자이다. 독립은 올 거야. 하지만 그 용감한 파탄 사람은 독립을 보지 못하겠지. 참 애석한 일이구나. 그래도 바드샤는 진정한 신의 사람이다."

다음날 간디는 기차를 타고 캘커타로 떠났다. 칸이 기차역까지 배웅했다. 헤어지면서 그는 간디에게 말했다.

"마하트마 선생님, 나는 선생님을 전적으로 믿습니다. 달리 의지할 데가 없어요."

노령의 두 전사는 플랫폼에 서서 한참 동안 서로를 바라보고 있었다. 힌두의 위대한 영혼과 무슬림의 수행자가 희생과 섬김에서 하나가 된 것이다.

무슨 말이 더 필요했겠는가? 그들은 이미 오래전부

터 말이 없어도 서로의 마음을 이해할 수 있었다. 그들의 마음은 이제 언어의 벽을 넘어 하나가 되어 있었던 것이다. 그 두 사람은 언제나 다시 만나게 될지 알 수 없었고, 또 알 필요도 없었다. 그들은 쿠다이 키드마트가르, 즉 '신의 종들'이었다. 그들은 신을 섬길 것이고, 따라서 언제 어디서의 문제는 신이 결정할 것이다.

칸은 기차가 역을 빠져나가는 것을 바라보았다. 그의 주변에는 긴 천옷을 걸친 수많은 사람들이 소용돌이치듯 움직여 역사의 큰 문을 향해 나아가고 있었다. 그들은 자유를 향해서 바삐 가고 있는 것이리라. 그렇다면 우리 파탄 사람들은 어떻게 되는 것인가? 파탄 사람들은 승리할 것이다. 자신이 가지고 있는 진정한 힘만 발견해 낼 수 있다면, 인도에 속해 있든 파키스탄에 속해 있든 그게 무슨 대수겠는가? 칸은 마치 혼자 있는 사람처럼 마음이 평화로웠다. 그는 이미 오래전에 모든 것을 신의 뜻에 맡겼기에, 아무리 실패를 겪어도 상처를 받을 일이 없었다. 그는 일찍이 이생에서 안식을 구하지 않았고, 지금도 그런 것을 구할 생각은 없었다. 할 일이 있지 않은가.

칸은 역사 높은 곳에 걸려 있는 열차 시간표를 쳐다보았다. 그날 열차의 도착 시각과 출발 시각이 적혀 있었다. 그는 빙그레 미소를 지었다. 두 시간 후면 국경지역으로 떠나는 열차가 있었다. 이제 그의 민족의 품으로 돌아가야 할 시간이었다.

그는 바삐 오가는 여행객들의 틈을 비집고 매표 창구로 갔다. 지금쯤이면 농가 뒤에 있는 자두나무 과수원이 붉게 물들었으리라. 이제 머지않아 그 아름다운 광경을 보게 되리라. 집으로 돌아가야 할 시간이었다.

에필로그

나는 노예가 되는 것이 범죄라고 생각합니다. 따라서 우리가 이 나라에서 모든 공동체들에 동등한 발전의 기회를 보장해줄 진정한 인민의 자치정부를 건설하기까지는, 여러분은 내가 자유를 위해 투쟁하고 있는 모습을 보게 될 것입니다. 누가 우리를 지배하고 있느냐 하는 것이 중요한 것이 아닙니다.

—바드샤 칸

1947년 8월 15일

에필로그

자정이 지나가면서, 인도가 자유를 얻게 되는 그 첫 시각에 미얀마의 마운트배튼 경은 뉴델리에 있는 총독 관저에서 자신의 직책으로부터 영국 통치의 모든 흔적을 말끔히 털어내고 있었다. 그는 새로운 지도자들이 산뜻하고 새롭게 시작하기를 원했고, 영국 통치의 상징을 지니고 있는 모든 것들을 특별한 의식을 갖추지 않고 깨끗이 치워버리고자 했다. 그의 보좌관이었던 앨런 캠벨 존슨은 그때를 이렇게 회상했다.

"그는 거의 초연하다고 할 정도로 침착했습니다. 그 역사적인 순간에 ……그의 개인적인 업적의 규모는 그가 의기양양해도 될 만큼 큰 것이었습니다. 그 역사적인 순간에 그의 마음에서는 옛 질서와 새 질서가 조화되어 가고 있었지요…….”

하인들이 말없이 드나들고 있을 때, 새롭게 구성된 입법의회의 의장 라젠드라 프라사드와 인도의 초대 수상인 자와할랄 네루가 마운트배튼 경의 집무실로 들어왔다. 인도의 새로운 행정부의 결의를 전달하기 위해서였다. 인도의 새 행정부는 마운트배튼 경이 초대 총독으로서 인도공화국을 위해 계속 봉사해 주기를 청하기로 공식적으로 결정했던 것이다.

캠벨 존슨은 이렇게 회상했다.

“그 이후로 이어진 광경은 우정이 그런 공식적인 분위기를 완전히 깨뜨려버리는 것이었습니다.”

물론 마운트배튼 경은 그 문제를 놓고 잠시 생각하다가 기꺼이 동의하겠다고 결정했다. 그런데 그는 방문객들의 아량 넓은 예절에 새롭게 감동을 느꼈다. 그는 요청을 반갑게 수락하면서, ‘마치 인도 사람처럼’ 인도를 위해서 봉사하겠다고 덧붙였다. 당시 새로 백작이 된 그는 자신이 인도에서의 업적 때문에 조지 6세에 의해서 작위가 승진되었다는 소식을 막 들었던 참이었다. 그는 찾아온 손님들에게 술을 따르고 건배를 청했다. 그는 네루를 바라보며 잔을 들고는 “인도를 위하여!”라고 건배를 청했다. 그는 네루를 마음속 깊이 존경하고 있었다. 네루도 그의 청을 받아 잔을 들어올리며 친구처럼 다정한 몸동작으로 "조지 6세를 위하여!"라고 응답했다.

그날 오후, 널찍한 더바 홀에는 스무 명의 총독 대리인들이 모였다. 그 자리에서 빅토리아 여왕의 증손자인 마운트배튼 경은 "독립한 인도의 겸손하고 성실한 첫번째 하인이 되겠다"고 엄숙하게 선서했다. 그러고 나서 그는 다시 새로운 행정부의 각료들에게도 똑같이 맹세했다. 그 자리에 참석한 사람들은 네루와 파텔, 아자드를 비롯해서 모두가 영국 감옥에서 옥고를 치른 사람들이었다.

뒷마당에서 스물한 발의 축포가 터지자 마운트배튼 경 부처는 의전용 마차를 타고 델리의 거리로 나가 관저로 향했다. 구름 떼처럼 거리로 쏟아져 나온 인도 사람들은 환호를 하며 손을 흔들었다. 저들은 어떤 사람들인가? 과거에는 신민들이었고, 영국인들의 오랜 적이었지만, 지금은 애정과 감사의 마음으로 손을 뻗어 이제 막 새로운 총독직에 오른 그의 손을 한 번이라도 잡아보고 싶어했다. 지난 3백 년 동안 인도를 통치하면서 험한 일들도 없지 않았지만, 이제 영국 통치의 마지막 대리인은 관저로 돌아오는 내내 거대한 군중 속에서 터져나오는 "마운트배튼 키 자이!", 즉 "마운트배튼 만세!"라는 함성 소리를 기쁜 마음으로 듣게 되었던 것이다.

그것은 전대미문의 광경이었다. 그러나 그것은 또한 권력이 최종적으로 영국인의 손에서 인도인의 손으로 이양되면서 인도 전역을 휩쓸었던 그날의 분위기를 말해주는 것이기도 했다. 이전의 통치자들과 신민들 사이에 있었던 상호간의 호의가 그렇게 헤아릴 수 없을 정도로 수많은 방식의 표현으로 터져나오리라고 예상했던 사람은 아무도 없었다. 식민의 역사에서, 그것은 참으로 유일무이한 사건이었다. K. M. 먼시는 그날에 대해서 이렇게 기록했다.

인류 역사상 그렇게 너그럽게 독립을 인정한 나라는 오로지 영국뿐이었을 것이다. 그리고 그렇게 너그럽게 빚을 인정했던 것도 인도밖에는 없을 것이다.

마운트배튼 경 부처는 역사적 사명을 수행하는 데에서 용기 있고, 온화하고, 품위를 갖추었다는 점에서 크게 신임을 받을 만했다. 그들은 이전에 식민지였던 나라의 시민들을 위해서 권력을 이양하는 일을 독특한 위엄과 존경을 잃지 않고 수행해 냈던 것이다. 오늘날까지도 그들은 인도에서 애정 어린 마음으로 기억되고 있다. 그러나 그 독립의 순간에 영국인과 인도인을 감싸고 있었던 가슴 벅찬 화해의 분위기는, 인도인들이 이전의 주인들에 대해서 지불했던 독특한 형태의 혁명이 만들어낸 직접적이고 당연한 결과로 주어진 것이다. 그러한 화해의 분위기는 그들이 비폭력적으로 저항하고, 제국의 의지를 무시하며, 그 결과로 수반되는 고통을 아무런 보복 없이 받아들이기로 선택했기에 온 결과였다. 인도인들의 그러한 선택의 호의는 오늘날까지도 이어지고 있다.

물론 이러한 호의가 생기게 된 것은 전적으로 간디의 덕택이었다. 간디는 절대로 적을 미워하지 않았고, 모든 고비에서 타협점을 구했으며, 인도 사람들에게 영국의 통치에 저항하되 통치자들만은 존중하고 심지어는 사랑할 것을 주장하여 역사에 길이 빛날 승리의 무대를 만들어놓았던 것이다. 인도 국민들은 무기도 들지 않은 채 인류 역사상 가장 거대한 제국과 투쟁하여 자유를 쟁취해 냈다. 이와 동시에 그들은 또한 대영제국의 존경과 애정을 얻어내기도 했다. 그 이후 수십 년 동안 식민지 국가들이 독립을 얻은 경우는 많았지만, 그 어떤 나라에서도 영국인들이 인도를 떠날 때 받았던 것 같은 우정의 분위기는 찾아볼 수 없었다.

인도 국민들에게 그러한 변화들은 총체적이면서도

돌발적인 것이었다. 인도의 장교들은 이전에는 지휘해 본 적이 없는 군대를 갑작스럽게 통솔하게 되었다. 인도의 공무를 담당했던 인도인 공무원들 가운데, 하루아침에 그렇게 큰 규모를 지니게 된 국가의 맥박을 통제해 본 경험이 있는 사람은 거의 없었다. 그리고 독립운동을 이끌었던 지도자들에게는 독립과 더불어 갑작스럽게 권력과 책임이 다가왔다. 네루는 수상이 되었고, 사르다르 파텔은 부수상이 되었다. 인도는 이제 한동안 총체적이고 돌발적이고 예측할 수 없는 변화를 겪게 될 상황에 처해 있었던 것이다.

하지만 두 사람의 간디에게 독립이라는 것 역시 진리를 위해서 섬기고 고통을 감내해야 할 또 하나의 기회에 지나지 않았다. 이 두 '신의 종'은 이 나라가 겪어야 할 엄청난 고통의 증인이 되고, 이 나라를 휩싸고 있던 어두움 가운데서 빛과 진리의 등불로 서 있도록 부름을 받았다. 인도와 파키스탄에 독립은 왔지만 독립이 곧 평화를 가져다주지는 않았다. 나라가 분할되면서 집단 간에 터져나온 폭력 사태로 인해서 수십 만이 목숨을 잃었다. 민족을 설득시킬 수 있는 다른 방법을 찾을 수 없었던 간디는 결국 1948년 1월에 '죽음을 각오한 단식'을 선언하고, 살육이 중지되고 다시는 살육이 일어나지 않으리라는 확신이 설 때에 단식을 멈추겠다고 했다. 그 이후로 이어진 고통의 나날 속에서, 모든 인도 사람들은 그 연약하고 사랑스러운 노인만을 주시하고 있었다. 아무리 많은 경찰력을 동원해도 진정시킬 수 없었던 집단적 광기는 간디의 죽음을 염려하는 걱정으로 겨우 가라앉게 되었다.

단식을 마친 간디는 파키스탄으로 가기를 원했다. 당시 총독이었던 진나는 그가 방문하는 것을 허락했다. 여전히 어떤 특정한 문제를 놓고 민족의 시선을 집중케 하는 일에 능숙했던 간디는, 걸어서 가기로 결정했고, 더구나 집단적 폭력 사태가 가장 극심했던 펀자브 지방을 가로질러 통과하기로 했다. 단순히 그가 존재한다는 사실만으로도 폭력 사태들이 남긴 깊은 상처를 치유해 줄 것만 같았다.

간디는 거의 팔순이 다 된 노인이었으며, 아직도 마지막 단식의 후유증으로 고통을 겪고 있었지만 마음만은 날아갈 것 같았다. 인도 사람들과 파키스탄 사람들은 똑같이 그의 단식에 대해서 말로 표현할 수 없는 엄청난 애정을 가지고 신실한 반응을 나타냈다. 그래서 그는 앞으로 보다 더 위대한 일들이 이루어지리라고 생각하고 있었다. 물론 바드샤 칸도 당시 파키스탄에 있었다. 간디는 쿠다이 키드마트가르에 대해서 아직도 하고 싶은 말이 너무나 많았다. 그리고 아직 방법은 확실치 않지만 어떤 식으로든 그들과 지켜야 할 약속이 있었다.

그러나 그 기회는 영영 찾아오지 않았다. 1948년 1월 30일, 간디는 자신의 연약한 몸에 총 세 발을 맞고, 총을 쏜 바로 그 사람을 신의 이름으로 축복한 직후에 숨을 거두고 말았다. 광신적 힌두교도였던 그 암살자는 간디가 무슬림들에게 너무 많은 것을 양보하는 것에 불만을 품었다. 특히 인도 행정부에게 분할 정착의 일환으로 파키스탄에 5억 5천만 루피의 부채를 갚아주어야 한다고 간디가 압력을 넣었던 일에 대해서 분개했다. 그는 마하트마가 친무슬림파라고 생각했다.

간디가 죽음으로서, 카슈미르라는 분쟁지역을 두고 인도와 파키스탄 사이에서 폭발했던 적대감의 위협 가운데 쿠다이 키드마트가르를 보호해 주겠다고 했던 그의 약속은 물거품이 되고 말았다. 그러나 설사 간디가 살아 있었다고 하더라도 그 일을 해낼 수 있었다고는 장담할 수 없는 일이었다. 바드샤 칸의 희생은 이미 이루어졌다. 그는 파키스탄을 받아들였던 것이다.

마운트배튼 계획의 논법에 따라서, 국경지역은 인

도에 남게 되어 있었다. 그 지역 주민들은 대부분 무슬림이었지만, 국경지역은 쿠다이 키드마트가르를 무슬림동맹의 대표자로 선출했던 것이다. 그러나 무슬림동맹은 국경지역이 없는 파키스탄은 받아들이려 하지 않았다. 결국 마운트배튼은 또 한 번의 선거를 주장했다. 인도로 갈 것이냐 파키스탄으로 갈 것이냐를 두고 국민투표가 실시되었다. 투표 시기를 둘러싼 집단 폭력의 공포는 말로 형언할 수 없을 지경이었다. 바드샤 칸은, 간디와 마찬가지로 그의 생을 남김없이 불사를 순간을 기다리고 있었다. 만일 그가 자신의 주장을 강하게 밀어붙이면, 국경지역은 나머지 북부 인도처럼 폭력 사태에 휘말리게 될 것이었다. 만일 파탄 사람들 사이에서 그런 폭력 사태가 발생한다면, 마을과 가문은 대대로 갈라지게 될 참이었다. 또한 그가 민족의 연합과 자존을 위해서 이루어놓았던 모든 것들은 다시 물거품으로 돌아가고 말 것이다. 바드샤 칸은 결국 모든 것을 포기하기로 결심하고 쿠다이 키드마트가르에게 국민투표에 기권할 것을 촉구했다. 국경지역의 나머지 사람들은, 집단적인 증오의 분위기 속에서 파키스탄을 선택했다.[26)]

선택의 결과는 즉각 나타나기 시작했다. 독립한 지 일 주일 만에 국경지역에 있던 칸 사헤브 박사의 행정부는 해체되고 무슬림동맹 내각이 들어섰다.

곧이어 사르다르야브에서 쿠다이 키드마트가르의 대집회가 열렸고, 그들은 거기서 '쿠다이 키드마트가르는 파키스탄을 조국으로 간주한다'고 결의하면서 '조국의 이익을 강화하고 보호하기 위해서 최선을 다할 것과 조국을 위해서 모든 희생을 다 바칠 것'을 맹세했다. 이와 동시에 바드샤 칸은 파키스탄 안에 모든 파탄 사람들이 '파탄 사람의, 파탄 사람에 의한, 파탄 사람을 위한 통치' 아래서 연합할 수 있도록 통일 파탄 자치구를 허용할 것을 요구했다. 이 계획에 따르면, 파키스탄의 주요 다섯 부족들은 자신들의 반자치적(半自治的) 자치구를 가지게 된다. 동부 벵골의 벵골족, 신드의 신드족, 펀자브의 펀자브족, 발루치스탄의 발루치족과 마찬가지로 칸은 파탄족들도 푸쉬투니스탄, 즉 '파탄족의 땅'을 가질 자격이 있다고 주장했다.

이제 그는 남은 여생을 그 꿈을 위해서 헌신하려고 결심했다.

칸은 국경지역을 순회하면서, 자신의 계획과 민족의 민주적인 권리를 위해서 과감하게 연설을 하고 다녔다. 카슈미르를 놓고 인도와 전쟁을 치르고 있던 행정부는, 칸이 파키스탄에 충성하지 않고 있으며 인도의 편을 들고 있다고 주장했다. 1948년 6월 15일 그는 '공개적으로 분리를 조장한다'는 죄목으로 체포되어 3년간의 금고형을 선고받았다. 쿠다이 키드마트가르는 금지되었고, 그들의 본부는 폐쇄되었다. 그들 가운데 1천 명 이상이 구금되었다. 바드샤 칸이 발행하던 잡지 『푸쉬툰』은 영원히 폐간되었다.

그래서 마운트배튼 경이 권력의 고삐를 인도와 파키스탄에 넘겨주던 그날 밤 이후 일 년도 채 지나지 않아, 마하트마 간디는 그를 친무슬림 세력이라고 오해했던 한 힌두교도에게 암살되었고, 바드샤 칸은 그를 친힌두교 세력이라고 주장했던 이슬람 행정부에 의해서 투옥되었다. 역사의 아이러니치고는 너무나 완벽했다. 인도에서 가장 독실했던 신의 사람이었던 간디와 칸은 종교의 이름으로 그렇게 희생당했던 것이다.

자유를 얻기 위한 칸의 두번째 시련은 그렇게 시작되었다. 그의 선고는 두 번이나 연장되었다. 그래서 그는 결국 실제로 7년간 복역을 한 이후에야 석방될 수 있었다. 그러나 이듬해 다시 투옥되는 신세가 되었다. 파키스탄이 창설되고 처음 30년 동안에 그는 15년을 감옥에서 보냈고, 7년간 망명 생활을 했다. 한편 파키스탄 자체는 그 기간에 군사독재와 계엄령 아래서 신음해야 했다.

감옥 밖에 있을 때 칸은 언제나 쉬지 않고 파탄 지구가 연합할 것과 민주주의의 기초를 세울 것을 민족에 호소했다. 1956년, 칸은 다른 세 명의 지도자와 함께 민족인민당(National People's Party)을 창립했다. 파키스탄에 생긴 최초의 사회주의 정당이었다. 이 정당은 국경지역의 지도자로 성장한 칸의 아들 왈리의 노력과 더불어 성장하며 60년대와 70년대를 거치면서 주요 야당 세력으로서의 역할을 담당했다. 바드샤 칸은 몇 차례 더 '반국가적 행위들'을 했다는 이유로 투옥되었다. 그는 침묵을 거부했으므로, 국가 분리 이후의 그의 삶은 투옥과 이따금씩 자유를 맛보게 되는 식의 석방으로 점철되었다.

그가 처음으로 우트만자이에서 학교를 열던 1910년부터 셈하자면, 바드샤 칸은 거의 80년 동안을 봉사하고, 개혁하고, 독재에 항거하는 일을 계속해 왔다. 세계 역사상 어느 곳에서도 그렇게 긴 세월을 자유를 위해서 헌신한 사람의 생애를 찾아보기는 아마도 힘들 것이다.

생애의 삼분의 일에 해당하는 30여 년의 세월을 감옥에서 지냈음에도 불구하고, 바드샤 칸은 그가 처음 일을 시작할 때 가졌던 '섬김과 사랑'이라는 원칙을 견지했다. 그래서 한 전기작가는 "그는 결코 굽히지 않을 것이다"라고 기록했다. 그는 온갖 고난과 실패를 겪으면서도, 자비롭고, 너그럽게 용서하며, 활달하고, 끈기 있게 신의 충실한 종으로 살았다.

*

간디의 마지막 개인비서였던 피아렐랄은 1965년에 카불에 있는 바드샤 칸을 찾아왔다. 당시 칸은 아프가니스탄 정부의 국빈으로 그곳에 망명 중이었다. 그녀는 우리에게 칸의 성품에 대한 생생한 기록을 남겨주었으며, 그 기록은 오늘까지도 전해지고 있다.

피아렐랄은 그의 친구가 자신의 숙소 앞에 앉아 있는 것을 발견했다. 그곳은 '아름답고 널찍하며, 현대적인 가구로 잘 꾸며진 저택'이었다. 수십 명의 방문객들이 그 집 주위를 에워싸고 있었다. 그의 모습은 독립 이전에 피아렐랄이 마지막으로 보았을 때와 달라진 게 없었다. "그는 회색 머리칼에 모자를 쓰지 않고 샌들을 신고, 옛날처럼 푸른 물을 들인 헐렁한 셔츠와 피자마를 입고 있었다." 이제 퇴역한 두 비폭력 전사는 라디오에서 흘러나오는 뉴스를 듣고 나서 간단한 식사를 했다. 칸은 정부가 제공하는 풍성한 식사를 정중하게 사양했다. 저녁식사를 마치고 두 사람은 산책을 했다. 피아렐랄은 이렇게 기록했다.

그가 살아온 75년이라는 긴 세월 동안, 그는 내내 유난히도 격정적이었던 것으로 생각된다. 그의 발걸음은 흔들림이 없었고 일정했다. ……그의 용모에서는 극심한 고난의 흔적이 보였지만 그의 눈동자에는 깊은 자애로움이 배어나고 있었고, 친근한 분위기가 그를 감싸고 있었다. 그러나 한 가지, 그 모든 것보다도 두드러지게 눈에 띄는 것은, 그와 그의 민족이 인도와 분리된 이후 그렇게 많은 고난을 겪었으면서도, 그리고 그 결과로 그렇게 천대를 받았음에도 불구하고, 그에게서 원한이나 괴로움의 흔적을 전혀 찾아볼 수 없다는 사실이었다. 그의 친구들과 국민회의파 동료들과 인도의 인민에 대한 그의 존경과 애정이 그가 겪어온 수많은 고난에 영향을 받지 않고 그대로 유지되고 있다는 사실은, 그가 얼마나 마음이 너그러운 사람인가를 웅변적으로 잘 말해주고 있다.

……내가 바드샤 칸을 떠나면서 맨 먼저 떠오르는 느낌은 이 신의 사람이 지닌, 정복할 수 없는 정신에 대한 경이와 찬탄이었다. 그는 감옥의 철창 뒤편에서 그가 목숨을 바쳐 해온 일들이 부서져나가는 것을 지

켜보아왔으며, 생애의 황혼을 맞이한 지금 그를 향해 끊임없이 거세게 몰아닥치는 장애들에도 불구하고 그 일들을 새롭게 일구어내려고 시작하고 있었다.

바드샤 칸은 여러 차례 자신은 이생에서는 안식을 찾으려 하지 않는다고 말하곤 했다. 분명히 그는 이 생에서 안식을 찾지는 못했다. 그럼에도 불구하고, 그가 오랜 세월 동안 겪었던 고난들은 오히려 그의 전체적인 정신을 더욱 넓게 만들어주었고 사랑할 수 있는 힘과 능력을 더 강하게 만들어주었을 뿐이다.

"우리는 고난의 학교에서 많은 것을 배웁니다."

그는 언젠가 이렇게 말했고, 그의 말은 간디의 말보다 더 감동적으로 다가왔다.

"만일 내가 편안한 삶을 살았더라면, 그리고 감옥이 주는 기쁨과 그것이 의미하는 모든 것을 맛볼 수 있는 특권을 누리지 못했다면 나는 어떻게 되었을까 의아스러운 생각이 듭니다."

*

평범한 인간의 삶의 기준들로 본다면, 신의 사람들의 삶이란 지나치게 많은 고난들로 점철되어 있고,

심지어 그 결과도 별로 대수로울 것 없는 듯 보이기도 한다. 이런 사실은, 앞서 바드샤 칸이 그의 생애를 시작할 때 비교하여 이야기한 아시시의 프란체스코의 삶도 마찬가지였다. 만년에 들어서 프란체스코는 자신이 세워놓은 제도가 흔들리고 쇠약해지는 것을 절망적으로 지켜보았다. 그러나 그가 역사의 흐름 속에 흘려놓은 심오한 물줄기들은 그가 세상을 떠날 때가 되어서는 이미 서방세계를 뒤흔들어놓았고, 그 물줄기는 계속되어 1천 년이 지난 오늘에도 감동을 주고 있다.

간디의 경우도 마찬가지다. 그가 세상을 떠나고, 그가 그토록 반대하던 조국 분단이 일어난 지 50여 년의 세월이 흐른 지금에도, 그의 생각이 지닌 감동은 그가 살아 있던 당시보다 더 세계의 많은 지역에서 큰 감동으로 다가오고 있다. 그의 영향력은 세월이 흐를수록 점점 커져서 세계의 여러 곳에서 많은 선각자들의 통찰력을 더해주고 있다. 세계의 정치 지도자들과 지식 계층의 지도자들이 '폭력'이라는 악마와도 같은 문제와 맞붙어서 씨름하는 일에 실패하고 있기에, 동양과 서양의 사람들은 모두 그의 비폭력적인 대안을 점점 더 크게 생각하고 검토하게 될 것이다.

그리고 바드샤 칸의 경우도 그러했다. 그의 각별한

통찰력이 지구 곳곳에서 빛을 발하게 되는 것은 시간 문제일 뿐이다. 비폭력의 유산에 대해 그가 기여한 것들은 이슬람 세계의 많은 나라들이 폭력으로 상처를 입고 있는 오늘날 각별한 의미를 지닌다. 간디가 오랫동안 잊혀져 왔던 '진리'와 '비폭력'의 유산을 인도인들에게 일깨워주었듯이, 바드샤 칸도 이슬람에게 똑같이 위대한 '섬김'을 수행했던 것이다. 그의 생애는 이슬람 초기부터 이슬람 자체 안에 배태하고 있던 '사랑과 믿음과 이타적 섬김'이라는 심오한 가치들을 반영하는 완전한 거울이라 할 수 있다. 비폭력적인 그의 '신의 군대'는 오늘날 난무하고 있는 자기파괴적인 폭력에 대해 대안을 찾고자 하는 모든 무슬림들에게 하나의 횃불처럼 우뚝 서 빛을 발하고 있는 것이다.

힌두교에서의 간디, 그리고 기독교에서의 마틴 루터 킹처럼, 바드샤 칸은 비폭력, 즉 행동하는 사랑이 활기차게 소생하는 이슬람과 완전한 조화를 이루고 있다는 것을 결정적으로 드러내주었다. 칸이 몸으로 살아냈던 소박함과 심오한 사랑과 이타적인 섬김은 이슬람 전통을 가장 순수하고 가장 지속성 있는 형태로 말해주는 것이다.

그러나 칸의 메시지가 이슬람에만 한정되는 것은

아니다. 그의 메시지는 비무슬림 세계를 향해 이슬람의 진정한 위대성을 이해하도록 만들어줄 뿐만 아니라, 그것을 넘어서서 모든 민족으로 하여금 그들이 지니고 있는 행동하는 사랑을 위한 잠재력을 일깨워주는 것이기도 하다. 바드샤 칸이 그렇게도 폭력에 깊이 빠져 있던 파탄 사람들 속에서 비폭력 군대를 일으킬 수 있었다는 사실을 본다면, 지구상 그 어디에서도 비폭력 군대를 일으키지 못할 곳은 없을 것이다. 이 책에서 보여주고 있는 그의 메시지는 단순하고도 절박한 것이다.

"오늘날의 세계는 비폭력을 통해서만 대량생산되고 있는 핵무기에서 살아남을 수 있다. 지구에서 문명과 인류가 사라져버리는 것을 원치 않는다면, 간디의 사랑과 평화의 메시지는 이전 어느 때보다도 절박하게 필요한 것이다."

세계는 아직도 이 소박하고, 용감하고, 비폭력적인 자유의 투사를, 그리고 그가 온몸으로 보여준 웅변적인 사랑의 메시지를 잘 알지 못하고 있는 것 같다.

후기

선한 싸움

티모시 플린더스

비폭력 무슬림들.

'신의 군대'에 속한 비폭력 무슬림들은 평생 동안 자유를 위해 싸우면서 보복을 하지 않고 자신들의 목숨을 바칠 것을 맹세했다.

마하트마 간디가 1930년에 소금 사티아그라하 운동을 전개하면서 바드샤 칸의 민족이 비폭력 저항운동을 하고 있다는 소식을 처음 들었을 때, 놀랐을 수도 있고 심지어 경외감을 가졌을 수도 있지만, 그는 결코 당황하지는 않았다. 인도의 다른 지역 사람들이 보기에 파탄 사람들은 동부 마피오스족처럼 무모하고, 혈연적이며, 보복을 좋아하고, 아무런 가책도 없는 사람들이 분명했다. 그러나 사티아그라하의 내적인 역동성을 누구보다도 잘 이해하고 있었던 간디가 보기에 칸의 '기적'은 그가 생각하고 있던 비폭력의 개념에 온전히 일치하는 것이었다. 사실상 간디는 자신의 논지를 입증하기 위해서 10년 동안 파탄 사람들을 지켜보고 있었다.

비폭력 투쟁에 대한 간디의 탐구는 1918년에 있었던 카이라 투쟁으로 거슬러 올라간다. 그 투쟁에서 그는 인도의 농민들을 부당한 세금에 대한 비폭력 투쟁으로 이끌었고, 카이라 농민들은 승리했다. 그러나 그 과정에서 농민들은 비폭력에 대해서 그들이 취하고 있던 진실의 진면목을 드러냈으며, 그것에 대해 간디는 당황했다. 그들은 오로지 폭력에 대항해서 싸울 용기가 없었기 때문에 비폭력을 선택했다고 인정했던 것이다. 간디는 이렇게 전했다.

"나와 몇몇 동료들의 경우만 비폭력은 강함에서 나온 것이었으며, '사티아그라하'라고 부를 수 있는 것이었다. 그러나 (저항자들) 대부분의 경우에 그것은 순전히 단순한 수동적 저항이었다. 그들은 너무나 나약해서 폭력의 방법을 사용할 수 없었기 때문에 비폭력에 의지한 것이었다."

이것은 간디가 생각하던 비폭력이 아니었다. 진정한 비폭력이란 나약함에서 나오는 것이 아니라 강인함에서 나오는 것이었다. 진정한 비폭력이란, 투쟁에서 무력을 사용하는 것을 자발적으로 강력하게 제어하는 것이었다. 다시 말하자면, 상대에게 고통을 가할 수도 있지만 고통을 가하기보다는 하나의 원칙을 고수하기 위해서 고통을 감내하기로 선택하는 것이었다. 간디는 이것을 카이라 농민들에게서 느꼈던 '약자들의 비폭력'에 반대되는 것으로서 '강자들의 비폭력'이라고 불렀다. 그는 이렇게 주장했다.

"내가 믿는 비폭력은 지극히 적극적인 힘입니다. 거기에는 비겁함이나 나약함이 비집고 들어올 틈이 없습니다."

농민들의 입장을 대변했던 함축적인 의미들에 관해 많은 생각을 한 끝에, 간디는 제1차 세계대전이 발발하자 카이라에서 대영제국을 위해서 투쟁할 인도인 신병을 모집하는 운동을 시작함으로써 동료들을 깜짝 놀라게 만들었다. 그는 이렇게 주장했다.

"만일 인도 사람들이 폭력을 두려워한다면, 그들은 먼저 투쟁하는 것을 배워야만 한다. 그래야만 투쟁을 포기할 수 있기 때문이다."

그는 자신의 입장을 이렇게 설명했다.

"나는 그렇다고 해서 인도 사람들이 투쟁을 해야만 한다고 말하는 것은 아닙니다. 오히려 나는 인도 사람들은 투쟁하는 방법을 배워야 한다고 이야기하는 것입니다."

간디가 정도에서 벗어나 길을 잃어버렸다고 생각하여 당황한 동료들에게 간디는 간단한 설명을 제시했다.

"투쟁하는 일에 자질을 갖추지 못한 민족은, 투쟁하는 일이 지니고 있는 덕을 체험적으로 증명해 낼 수 없습니다."

진정한 사티아그라하는 두려워하지 않고, 정열적이며, 끈질긴 투사들을 필요로 했다. 그래서 그는 이렇게 결심했다. 만일 그런 천부적인 투사들을 찾아낼 수 없다면, 설사 투사를 만들어내는 일이 그들을 전쟁으로 내보내는 일이라 하더라도 그런 투사들을 만들어내리라.

1918년에 있었던 간디의 모병운동은 실패로 돌아가고 말았다. 인도 사람들 대부분은 무기를 들 준비가 되어 있지 않았던 것이다. 간디는 한 동료에게 보낸 편지에 이렇게 적었다.

> 한데 어떤 사람도 살인을 저지르지 않으려는 이유로 (모병에) 반대한 사람은 없었다는 것을 아십니까? 그들은 죽는 것이 두려워서 반대한 것입니다. 죽음에

대한 부당한 두려움이 온 나라를 망치고 있습니다.

전쟁이 끝나자 그의 모병운동도 끝이 났다. 그러나 간디는 비폭력이 본질적으로 강한 자들을 위한 것임을 세계 만방에 증거해 줄 수 있는 타고난 전사들을 찾는 일을 멈추지 않았다. 그는 이렇게 주장했다.

"폭력적인 사람은 언젠가 비폭력적인 사람이 될 수 있는 희망이 있습니다. 그러나 비겁한 자에게는 희망이 없습니다."

1930년에 간디는 바드샤 칸이 이끄는 쿠다이 키드마트가르의 영웅적인 행동에 대해서 이야기를 들었는데, 자신이 찾고 있던 것을 이제야 발견했다고 생각했던 것이 분명하다. 파탄은 '싸울 줄 아는' 민족이었다. 그런 그들에게 그러한 일이 일어났다는 사실은 믿어지지 않는 일이었다. 그러나 위협적인 파탄인들에 대해 힌두인이 생각하는 이미지는 부정적이었다. 그들은 보복을 좋아해서, 무모해질 수도 있다. 그러나 양심의 가책이 아주 없는 사람들은 아니었다. 명예가 전부였다. 그들은 자기 수련의 소양을 지니고 있었고, 습관적으로 절제할 줄도 알았다. 스파르타식으로 안락함을 포기하도록 교육을 받으면서 자란 그들은, 마음속 깊은 곳에서 면면히 흐르는 신에 대한 신앙을 지니고 있었고, 두려움과 비겁함을 경멸하는 일에는 가히 전설적이라 할 만했다. 파탄 사람들에게는 이런 속담이 있다.

"비겁자는 죽는다. 그러나 그가 지른 비명은 남는다. 그래서 (파탄의 사내아이는) 비명을 지르지 않는 법을 배운다."

간디가 생각하는 비폭력의 사상에 이보다 더 적합한 사람들을 만들어낼 수는 없었다.

그러나 간디가 그들을 만들어낸 것이 아니었다. 게다가 그들을 변화시킬 필요도 없었다. 바드샤 칸이 이미 해놓지 않았는가. 에아스와란이 지적했듯이, 칸의 천재성은 파탄 사람들의 기질 속에 깊이 잠재된 저돌적인 정열까지 갖춘 고상함을 파악한 것이었고, 그런 고상함을 보다 숭고한 목적을 위해서 일깨워낸 것이었다. 칸은 이렇게 설명하고 있다.

"그들은 투사가 되기 위해 단련해 왔고, 규율을 배웠다. 이제 해야 하는 일은 그 규율을 비폭력적인 것으로 바꾸어놓는 것이 전부이다."

간디는 예외였지만, 그러한 규율의 전환이 효력을 발휘하자 놀라지 않은 사람이 없었다. 기록에서도 찾아볼 수 있듯이 칸이 이끄는 파탄 사람들은 "인도의 (비폭력) 병사들 중에서도 가장 용감하고 인내심이 강했다.”

칸조차도 자신의 성공을 보면서 당황했다. 그는 언젠가 간디에게 이렇게 말한 적이 있다.

“내가 파탄 사람들에게 비폭력을 가르치기 시작한 지는 얼마 되지 않았습니다. 그럼에도 불구하고, 비교해 보면 파탄 사람들은 인도 사람들보다 비폭력을 더 빠르게, 더 많이 파악하고 확신하는 것 같습니다. 선생님은 그걸 어떻게 설명하시겠습니까?”

자신감 있는 일에 대해서는 거의 말을 하지 않는 간디는, 그 파탄 지도자에게 이렇게 말했다.

“비폭력이란 비겁한 자들을 위한 것이 아닙니다. 용감한 자들, 담대한 자들을 위한 것이지요. 파탄 사람들은 인도 사람들보다 더 담대하고 더 용감합니다. 바로 그런 이유 때문에 파탄 사람들이 비폭력의 태도를 유지할 수 있는 겁니다.”

그렇게 칸이 이끄는 쿠다이 키드마트가르는 비폭력의 역사에서 독특한 위치를 차지하고 있다. 그들은 비폭력이 강자들을 위한 것이라는 간디의 주장을 증명해 주었다. 갈등의 상황에서 폭력이 아주 자연스러운 반응처럼 생각되고 있고, 또 비폭력은 너무나 나약하고 겁이 많아서 무기를 들고 싸울 수 없는 자들의 회피에 지나지 않는다고 폄하되고 있는 오늘날의 세계에서, 이러한 사실은 적잖이 중요한 의미를 지니는 것이다.

그러나 간디가 말하는 비폭력은 이외에도 또 하나의 측면을 가지고 있다. 정치적인 측면보다는 개인적인 측면, 즉 변화를 목표로 하는 측면이다. 우리는 그것을 정치적인 형태의 비폭력과 구분하기 위해서 '변혁적(transformative) 비폭력'이라고 부른다. 여기서 비폭력은 인간의 인격을 개혁시키고 갱신시키는 도구로 사용된다. 칸이 파탄 사람들 사이에서 벌였던 운동은 비폭력의 힘이 자아 안에 있는 부정적인 힘을 길들였다는 것과, 개인과 공동체와 더 나아가서는 사회를 변혁시키기 위해서 바로 그런 힘을 이용했다는 것을 보여주고 있다. 변혁적 비폭력은 오늘날과 같은 후기 산업민주사회 체제의 갱신을 위해서 특별한 용도가 있을 것이다. 이런 사회에서는 정치적인 독재가 보다 교묘한 형태의 억압, 즉 의미의 상실, 소외, 만연해 있는 불만, 권태 등으로 대체되었기 때문이다.

간디와 마찬가지로 칸도 본질적으로 개혁가였다. 그가 처음에 비폭력을 받아들인 것은 정치적인 무기로서가 아니었다. 그가 주장했듯이, 영국의 압제 때문에 어쩔 수 없이 정치적인 비폭력으로 갈 수밖에 없었다. 오히려 그는 비폭력을 격렬하고 무분별한 그의 민족을 오랜 세월 동안 마비시켜 온 폭력에 대한 교정 수단으로 받아들였던 것이다. 그의 제일의 관심사는 영국의 압제가 아니라 오히려 파탄 사람들이 가지고 있던 폭력과 보복에 대한 숭배였다. 칸은 간디가 말하는 비폭력이, 파탄 사람들의 기질을 그 열정만은 손상시키지 않으면서 힘차고 긍정적인 힘으로 개조해 낼 수 있다는 것을 발견했다.

칸은 이렇게 말했다.

"나에게는 비폭력이 나의 민족을 에워싸고 있는 모든 해악들을 치료하는 만병통치약과 같은 것이 되었다. 따라서 나는 진실과 평화라는 원칙에 기초한 사회를 확립하기 위해서 나의 모든 힘을 쏟아붓고 있다."

칸은 자신이 이끄는 '신의 종들' 가운데에서 파탄 사람들의 기질과 문화 속에 스며 있는 파괴적인 힘을 그 힘과 동등하면서도 반대되는, 사회적으로 온화한 힘으로 바꾸어놓으려고 애썼다. 그렇게 하는 가운데 그는 '변혁적 비폭력'의 강력한 역동성을 철저히 따르고자 했다. 그 변혁적 비폭력의 역동성은 간디가 이미 25년 전에 남아프리카에서 발견해 낸 바로 그것이었다.

비폭력이 가지고 있는 고유한 '힘'을 서술하기에는

'소극적 저항'이라는 말이 부적절하다고 생각했던 간디는 1906년에 그 자신의 용어를 만들어냈다. '사티아그라하'라는 말이었다. 산스크리트로 '사티아(satya)'는 진실, 혹은 진리를 의미하며, '아그라하(agraha)'는 산스크리트 어원으로 '……을 붙잡다'는 뜻을 가지고 있다. 이 단어를 간디는 '힘 혹은 세력'이라는 말과 동의어로 사용했다. 그래서 '사티아그라하'라는 말은 이중적인 의미를 지닌다. 그것은 진리를 확고하게 붙잡는 것, 혹은 진리를 붙들고 씨름하는 것을 의미한다. 그리고 동시에 그것은 그렇게 붙잡는 것, 혹은 붙잡고 씨름하는 것으로부터 발생하는 힘과 세력을 의미한다. 이것을 간디는 '영혼의 힘'이라고 불렀다. 따라서 '사티아그라하'는 수단과 목적, 즉 '투쟁'과 그 '투쟁 가운데서 생성되는 힘' 둘 모두를 의미한다.

마찰에서 열이 발생하듯이, 간디는 힘이란 진리를 향한 투쟁 가운데 인간 정신의 심연에서 뿜어져나오는 것이라고 주장했다. 이러한 힘의 원료는 고난이다. 간디는 이렇게 설명했다.

"나는 쓰라린 경험을 통해서 나의 분노를 보존할 수 있는 지극한 교훈을 얻었으며, 보존된 열이 에너지로 변화하듯이, 우리의 분노조차도 잘 제어하면 세계를 움직일 수 있는 힘으로 변화할 수 있다는 것을 알게 되었다."

이러한 '진리투쟁' 속에서는 어떤 것도 잃지 않고, 어떤 것도 억압당하지 않는다. 에너지는 보존되고 변화된다. 따라서 변혁적인 관점에서 보자면 비폭력은 전혀 비폭력이 아니라 변화되고, 제어되고, '이용되는' 폭력이라 할 수 있다. 우리는 그것을 '초폭력(超暴力, transviolence)'이라고 부를 수 있을 것이다. 그 상태에서는 분노, 증오, 두려움 같은 감정들의 힘이 잠재적인 투쟁의 힘으로 재형성되는 것이다.

칸에게는 포악하고 폭발성이 강한 파탄 사람들이 좋은 원료가 되었다. 그들에겐 폭력을 좋아하는 강렬한 성향이 있어서, 비폭력을 위한 강한 잠재력도 있었던 것이다. 그들이 비폭력의 진리를 향해 투쟁하는 일에는 때때로 극심한 고통이 따르기도 했으며, 따라서 육체적 · 정서적 전향을 요구하기도 했다. 칸의 맹세를 받아들인 한 쿠다이 키드마트가르는, 폭력뿐만 아니라 그가 가지고 있던 가치체계의 초석이자 영웅적인 파탄 사람들이 떠받드는 '바달'이라고 하는 보복의 법전 자체를 포기했다.

"이 줄룸(독재)을 보복하지 않고 견디는 것은 참으로 어려운 일입니다."

1932년 영국의 압제가 극에 달했을 때 한 마을사람

이 엘윈에게 한 말이었다.

"그럼에도 당신은 아직도 비폭력을 신봉하십니까?"

"온 마음으로 신봉하고 있습니다."

정신적인 투쟁을 요구하는 일이었기에, 파탄 사람들은 칸의 지도를 받으면서 그들의 한계를 훨씬 넘어서는 용기와 의지의 원천에 호소해야만 했으며, 결국 내적인 힘, 즉 우리가 모두 가지고 있기는 하지만 아직은 알지 못한다고 간디가 주장했던 '영혼의 힘'을 소유하게 되었던 것이다. 그것은 인간 정신의 심연에서 우러나오는 힘이었다. 간디는 그것을 '신의 힘'이라고 불렀다.

1938년 국경지역을 방문했을 때, 간디는 변혁적 비폭력이 심오한 정신적 성격을 지니고 있다는 것을 분명하게 밝혔다.

"비폭력을 깨닫는다는 것은 여러분 내면에서 영혼의 힘을 느끼는 것, 즉 신을 아는 것을 뜻합니다."

우트만자이에서 그는 칸의 '붉은 옷' 장교들에게 이렇게 말했다.

"만일 쿠다이 키드마트가르가 무기를 포기한 이후에 자신의 마음속에서 영혼의 힘이 파도처럼 밀려오는 것을 실제로 느꼈다면, 그들은 자기 뒤에 신의 힘을 가지고 있다는 것을 깨닫게 될 것입니다."

우리가 그것을 무엇이라고 부르든, 간디와 바드샤 칸의 삶에서 이러한 힘이 드러났다는 것, 칸이 이끄는 쿠다이 키드마트가르의 집단적인 세력 가운데서 드러났다는 것만은 부인할 수 없을 것이다.

그들이 그렇게 생소한 행동강령을 받아들일 수 있었던 것이나 그런 행동강령을 사고와 행동의 전환을 위해서 사용할 수 있었던 것은 파탄 사람들이 가지고 있던 신앙의 역량, 그리고 용감성의 덕택이었다. 무르타자 칸의 경우와 같이 그들의 변화가 항상 완벽하고 영구적인 것만은 아니었다. 그러나 그들의 변화는 종종 심오한 것이었고, 그래서 무르타자 칸의 경우에도 그 변화들은 영원히 지워지지 않을 흔적을 남겼던 것이다.

칸의 운동이 민족의 발전을 위해서 끼친 영향을 완전히 측량한다는 것은 실로 불가능하다. 쿠다이 키드마트가르의 이야기에서 빠뜨릴 수 없는 것으로 남아 있는 칸의 운동의 영향은, 비폭력이라는 것은 올바르게 수행하기만 한다면 인간의 인격을 개조해 내고 또 힘을 불어넣을 수 있다고 하는 사실이다. 이런 종류의 변화에 대해서 우리는 거의 무지한 상태이다. 학자들은 정치적인 무기로서의 비폭력에 대해서는 다소 관심을 기울이기는 했지만, 비폭력이 그것을 실천하는 자들에게 끼치는 영향에 관해 다루고 있는 문헌은 거의 찾아볼 수 없는 현실이다. 우리는 영혼의 힘이라든가, 신앙, 의식적인 고난과 같은, 손으로는 만질 수 없는 무형적인 것들, 즉 양으로 측정해 내고 관찰하기 어려운 속성들을 다루고 있기 때문에 비폭력이 가지고 있는 이러한 차원들은 전통적인 학문의 영역에서 제외되었을 것이다.

그리고 아마도 그럴 수밖에 없을 것이다. 결국 그런 차원의 비폭력, 즉 '진리를 붙잡는 것'의 차원은 인간의 정신과 마음속에서 일어나는 개인적인 일이기 때문이다. 이런 차원의 비폭력이 좀더 널리 받아들여지도록 만들기 위해서 필요한 일은, 그 원칙을 받아들일 각오를 하고 있는 헌신적인 개인들을 연구하는 일만은 아니다.

이 분야에 대한 연구 업적이 없다고 해서 우리가 혼자서 원칙 없이 연구를 해도 되는 것은 아니다. 무엇보다도 간디가 있었고, 그 길에 바드샤 칸도 빛을 비추어주고 있다. 이런 점에서 볼 때, 에크나스 에아스와란이 서양의 독자들에게 바드샤 칸의 이야기를 들려주는 것은 각별하게 중요한 일이다. 왜냐하면 칸이든 간디든 가장 기본적인 관심은 결함이 많은 인간의 인격들을 선을 위한 영구적인 세력으로 개인적인 차원에서 변화시켜내는 것이었기 때문이다. 이 자리는 비폭력이 요구하는 규율의 정확한 속성들에 관해 논의할 자리는 아니다. 이것에 대해서는 에아스와란이 다른 책에서 깊이 있게 이야기했다. 그러나 칸의 발자취를 따라가려는 이들에게 그가 독재와 싸우면서 보여주었던 출중한 용기와 끈기에 관한 이야기는, 그의 발자취를 따르는 일에서 요구되는 것에 관해 어떤 환상도 남겨놓지 않고 있다. 정치적이든, 사회적이든, 개인적이든, 비폭력이란 하나의 투쟁이다. 즉, 용기와 사랑과 믿음이라는 무기를 사용하여 독재에 맞서서 싸우는 지칠 줄 모르는 의지의 수행인 것이다. 칸이 쿠다이 키드마트가르에 이야기했듯이, "여러분은 모두 독재자에 항거해야 합니다. 그들이 누구이든, 개인들이든 아니면 국가들이든 ……여러분은 그들에게 항거해야 합니다." 그 독재 세력이 한 개인의 마음속 음침한 곳에서 인간의 내면에 독재를 행사하는 영혼의 난폭한 세력이라고 할지라도 경우는 마찬가지일 것이라고 우리는 가정할 수 있다.

이러한 부름을 따르기로 작정한 사람들은 투사들의 오랜 전통의 흐름 안으로 발을 들여놓는 것이다. 그 전통은 부다나 예수도 포함하고 있고, 성 프란체스코를 통해 면면히 이어지고 있으며, 오늘날까지 이어져 간다. 마틴 루터 킹, 마더 테레사, 그리고 바드샤 칸과 같은 인물들에서 살아나고 있다. 칸이 이야기했듯이, 투쟁이란 '항상 고상한 것이며', 따라서 이 '신성한 건축물'에 들어가려고 애쓰는 사람들은 그들의 힘이 용솟음치는 것을 깨닫게 될 것이다. 세계는 그러한 사람들을 필요로 하고 있다. 그들은 힘을 얻을 것이며, 바드샤 칸이 이야기했듯이 '스트레 마셰', 즉 결코 지치지 않을 것이다.

이 책의 이해를 돕기 위한 부가 설명

티모시 플린더스

파탄족 또는 푸쉬툰족이라는 용어

바드샤 칸의 모국어인 푸쉬토어(아프가니스탄어)에서 푸쉬툰(Pushtun) 또는 팍툰(Pakhtun)이라는 말은 단순히 '푸쉬토어를 사용하는 사람'을 의미한다. 영국령 인도에서는 팍툰이 파탄(Pathan)이 되었고, 대략 바톤(baton)으로 발음되었다. 그래서 이 이름은 영어식 용례가 되었다. 이 책의 전반적 배경을 이루고 있는 '간디의 인도'에서 바드샤 칸의 민족을 영어로 부를 경우에는 '파탄족'이라고 불렀으며, 그래서 이 책에서도 파탄족, 파탄인, 혹은 파탄 사람으로 표기했다.

하지만, 오늘날 파탄족이라는 말은 결정적으로 영국이 조작해 낸 식민지적인 분위기를 띤다. 영국인들은 인도의 주변에

---

* '이 책의 이해를 돕기 위한 부가 설명'과 '용어 및 전문적 이해를 돕기 위한 주'에 인용된 참고 문헌은 저자명과 해당 쪽수만 간략하게 표기되어 있으며, 책 말미에 온전한 서지사항이 실려 있다.

경계를 정하면서 양쪽 지역에 사는 주민들에 대해 다른 이름을 붙였다. '아프간'이라는 말은 '자유로운 아프가니스탄에 사는 사람'을 의미하며, '파탄'은 '영국령 인도에 사는 사람'을 의미했다. 그들 가운데 바드샤 칸의 동족은 자신들을 (별다른 구별 없이) 계속해서 아프간족, 푸쉬툰족, 또는 다소 다른 방언의 변형적 이름으로 불렀고, 지금도 그렇게 부르고 있다. 그러나 이 책에서 우리는 그들을 일관되게 '푸쉬툰'이라고 부를 것이다. 바드샤 칸은 영국인들이 떠난 후에도, 동족의 단합을 위해 영어를 사용하는 경우에도 이 이름으로 불렀기 때문이다.

'아프간'이란 말은 우연히도 한때 (기원으로는 페르시아에서) '푸쉬툰'이라는 말의 동의어에 지나지 않았다.(Dupree, *Muslim People*, 323) 푸쉬툰족과 이웃들에게는 '아프가니스탄'이라는 이름이 아직도 '아프간족의 땅'이라는 문자적 의미를 내포하고 있으며, 사실상 원래의 아프가니스탄왕국도 하나의 지역적인 단위체를 형성하기보다는 모든 푸쉬툰 부족들의 연합을 시도하기 위해서 형성된 것이었다.(Fletcher, 245) 푸쉬툰족은, 지금도 그렇지만 항상 아프가니스탄에서 주류를 이루는 민족 집단이었다. 그럼에도 불구하고 정치적으로 경계가 잘못 그어져, 1893년 영국인들이 그어놓은 듀런드 라인(Durand Line)은 아직까지도 아프가니스탄과 파키스탄의 경계로 유지되며 논란의 대상이 되고 있고 푸쉬툰 부족과 마을들까지도 자의적으로 나누어놓고 있다. 그 결과 푸쉬툰족의 절반 정도는 아프가니스탄에 살고 있고, 나머지 반 정도는 파키스탄의 북서부 국경지역에 살고 있다. 푸쉬툰족으로서는 이러한 분리가 얼마나 자의적인 것인가를 기억해 두는 것이 칸의 이야기에 나오는 특정한 대목에서 아프가니스탄의 중요성을 이해하는 데 도움이 될 것이다.

푸쉬툰의 기원은 고대 속으로 사라지고 말았다. 그들의 땅은 예언자 조로아스터의 고향이며, 힌두인들의 베다 경전의 고향이고, 이슬람교가 전래되기 오래전에 융성했던 불교문화의 고향이기도 했다.

언어에 관하여

푸쉬툰족이 사용하는 언어는 푸쉬토(Pushto)라고 하며, 방언에 따라서는 푹투(Pukhtu), 푸쉬투(Pushtu), 파쉬토(Pashto), 또는 다른 많은 이름들로 불린다. 방언은 경음어와 연음어로 크게 구별된다. 카불 강 북쪽의 푸쉬툰족이 '팍투(Pakhtu)', '페카와르(Pekhawar)'라고 말하는 반면, 남부 사람들은 '푸쉬토(Pushto)'와 '페샤와르(Peshawar)'라고 말한다. 이런 이유 때문에, 우리는 영어로 굳어진 철자를 사용하고 있지만 혼란이 빚어지고 있는 것이다.

압둘 가파르 칸이라는 이름과 그 변형들에 관하여

'압둘'이라는 이름은 푸쉬툰족 귀족 집안의 사내아이 이름에는 거의 다 붙어 있다. 그러나 이 이름은 서양 사람들이 일반적으로 생각하는 것과 같은 이름이 아니다. 압둘 가파르 칸은 소년 시절에는 단순히 가파르라고 불렀다. 그래서 우리는 이 책에서 그의 청년 시절을 이야기할 때는 그렇게 불렀다. 성인이 되어서 그는 공식적으로는 칸 압둘 가파르 칸(처음에 나오는 '칸'은 직책을 의미한다), 또는 바드샤 칸('바드샤'는 왕을 의미한다)으로 알려지게 되었다. 서양 사람들에게 혼란을 더 부채질하는 것은 인도 사람들과 푸쉬툰 사람들이 종종 자신을 '칸 사헤브'라고 말하고 쓴다는 사실이다. 여기서 '사헤브'라는 이름은 습관적으로 남자의 이름에 존경의 의미를 담아서 덧붙여지는 것이며, 바드샤 칸의 형인 압둘 야바르 칸(1883~1956)은 인도에서는 한결같이 '칸 사헤브 박사'로 알려져 있다. 그가 다른 이름으로는 알려져 있지 않기 때문에 이 책에서는 '칸 사헤브'라는 이름을 그대로 사용했다.

용어 및 전문적 이해를 돕기 위한 주

1. 영국의 통치(British Raj) : 1858년 이후로 인도에서의 영국 통치는 British Raj(힌두어로 raj는 통치 · 지배를 의미한다)로 불리게 되었다. 그때 빅토리아 여왕이 동인도회사의 소유권을 인수하고 런던 의회에 대해서 책임을 지는 총독을 통해서 인도를 다스렸기 때문이다. 하지만 좀 개괄적인 의미에서 Raj는 로버트 클리브 대령이 플래시 전투에서 벵골의 태수를 무찔러 벵골주에 대한 군사통치를 시작했던 1757년부터 기원하는 것으로 이야기할 수 있을 것이다. 이 용어는 영국인들이 막강한 무굴제국의 후임이라는 함축적인 의미를 지니고 있다.

2. 스페인 내란 때 독일 공군의 무차별 폭격으로 폐허가 된 게르니카를 상상해 보라. 그러나 군사적인 목적이 아니라 테러 행위로서 최초로 민간인들에게 공중 폭격을 가한 것은 영국, 프랑스, 이탈리아 등 서양 권력의 식민령들에서였다. 카불과

잘랄라바드는 1919년 제3차 아프간전쟁에서 영국 공군에게 폭격을 당했다.(Dupree, *Afghanistan*, 442) 그 후로 영국인들을 습격했던 푸쉬툰 사람들의 집을 더 파괴하기 위해서 국경지역에 있는 마을들에 폭격이 행해졌다.(Caroe, 408)

1933년 제네바에서 열린 공군 군축회의에서 민간인들에 대한 공중 폭격을 금지하는 안에 반대를 했던 것은 독일이 아니라 영국이었다. 앤서니 이든 경은 "특정한…… 접근하기 어려운 산악지역들, 거주민들이 드문드문 흩어져 있는 곳, 난폭하고 무장한 산악지역의 부족들이 왕왕 이웃들의 평화를 깨뜨리고자 하는 강렬한 열망이 있는 곳들"에 대해서는 예외를 인정할 것을 요구했다. "그런 지역들에서 그런 방법(즉, 폭격)으로 질서가 유지되지 않는다면, 유일한 대안은 지상군 부대를 사용하는 것이었다. 보통 때에도 많은 수의 군대가 필요하며 (그리고) 불상사가 있을 때에는 중무장한 군대가 필요했다." 그는 이렇게 결론지었다. "이런 지역들의 치안을 유지하는 일은 참으로 어려운 문제다."(Tendulkar, 154쪽에서 인용)

3. 쿠샬 칸 : 루이스 뒤프레는 이렇게 기록하고 있다. "이상화한 푸쉬툰족 남성은 전투에서 용감하고 지르가(의회)에서 유창하게 말을 잘하는 전사-시인이다. 이런 필수 조건을 다 갖춘 남자들은 드물었다. 그러나 당대의 영웅이 되는 자들은 쿠샬 칸 카탁과 같은 특별한 영웅이 그러했듯이……."(Dupree, *Afghanistan*, 327) 쿠샬 칸의 시는 아직도 푸쉬툰 사람들의 접객소에서 아취 있게 음송되고 있으며, 그의 민족에 대해서 글을 쓰는 외부인들은 그의 시를 존중하는 마음으로 인용하고 있다. 전사요, 시인이며, 철학자요, 역사가인 그는 푸쉬툰족의 정신,

그 민족이 가지고 있는 명예를 사랑하는 마음과 자유를 향한 정열, 고국의 산과 강에 대한 갈망, 세속적인 명예와 부의 덧없음을 받아들이는 마음 등을 노래하고 있다.(Caroe, 221~246 ; Spain, 107~116쪽을 보라)

4. 대폭동 : 처음에는 인도 군대의 반란으로 시작되었지만 그 '폭동'은 실제로 대중적인 반란이었다. 그러나 그것은 진정한 의미에서의 민족주의적 반란은 아니었다. 그리고 결국 진압되었다. 왜냐하면 영국인들은 여전히 일부 인도 부대들(특히 거르카족과 시크교도)의 도움을 얻어낼 수 있었기 때문이다. 푸쉬툰 사람들은 그들의 역사에서 이 부분을 회상하는 것을 자랑스럽게 생각하지 않는다. 당시 인도의 나머지 지역들과 유대가 빈약했고, 동족들 가운데 많은 사람들이 인도의 제1차 독립전쟁으로 알려진 그 전쟁에서 패하도록 하는 데 도움을 주었기 때문이다.

이 봉기가 그 후의 영국 통치에 어두운 그림자를 드리웠다는 것은 아무리 과장해도 지나치지 않을 것이다. 그 후로 이어진 모든 인도의 저항 행동이 아무리 엄격하게 비폭력을 맹세하고 또 비폭력이 유지되었다고 할지라도, 비교적 소수에 지나지 않는 영국군인과 민간인은 영국의 지배를 벗어나고자 하는 성난 주민들을 대하면서 1857년에 있었던 그날의 공포를 떠올렸을 것이다.

영국인들이 그 봉기의 과정에서 인도인들에게 저질렀던 만행을 떠올리는 것은 이해할 수 있는 일이다. 네루는 이렇게 기술하고 있다. "그러나 그 광경에는 또 하나의 측면이 있다. 그 광경은 인도인들 자신에게도 지울 수 없는 인상을 남겨주었으며, 내가 사는 지역의 도시와 마을에서는 특히 그 광경에 대한 기억이 오랫동안 지속되고 있다. 우리는 그 사건을 잊고 싶어 한다. 왜냐하면 그 사건은 나치즘이나 현대의 전쟁으로 만들어진 야만성의 새로운 기준들로 본다고 하더라도, 최악의 상태에 빠진 인간을 보여주는 소름끼치는 참혹한 광경이었기 때문이다."(Nehru, 238~239) 그 반역 사건이 있고 나서 한 달 동안 무차별 보복이 이어졌다. 의회에 보내는 공식적인 보고서에서도 인정하고 있는 바에 따르면, 그 보복은 여자와 어린아이를 포함한, 순전히 인도인들 전체를 향한 것이었다. 이런 보복은 반란으로 인해서 영국인들이 받았을 상처만큼이나 깊은 상처를 다시 인도인들에게 남겼다.

영국인들이 이 대재난으로부터 배운 한 가지 교훈이 이후의 정책을 지배하게 되었다. 그것은 인도가 연합하지 못했기에 승리할 수 있었다는 것이었다. 그래서 힌두인과 무슬림 사이든, 카스트 계급에 속하는 힌두인과 불가촉천민들 사이든, 또는 국경지역과 인도의 다른 지역 사이든 조직을 만들거나 연합을 꾀하는 모든 시도는 영국의 지배에 대한 잠재적인 위협으로 간주되었다.

5. 모하메드 악바르는 아프가니스탄의 첫번째 수장이자 (푸쉬툰족이었던) 도스트 모하메드의 아들이었다. 동인도회사는 그를 수장의 자리에서 물러나게 하고 샤 수자를 그 자리에 앉히려고 계획했다. 샤 수자는 그의 민족에게는 무시당했지만,러시아가 그의 나라로 들어오는 것을 막겠다고 약속하여 영국인들의 총애를 받았다.

6. 엄격하게 말하자면, 북서부 국경지역은 1901년까지는 하나의 속주(province)로 불리지 않았다. 빅토리아 여왕 즉위 50주년이 되는 해에도 그 지역은 단순히 펀자브의 뒷 지역이었다.(그리고 대체로 무시되었다.) 펀자브 지역도 꼭 50년 전에 동인도회사에 의해서 합병되었던 것이다.

7. 처칠은 인도에 주둔하고 있던 자신의 부대에서 휴가를 얻고, 국경지역에서 일어난 소요 사태에 전쟁통신원으로 일하기 위해 여러 연줄을 동원했다.

8. 전진파의 정책에 대한 서술은 밀러(Miller)의 견해를 따른 것이다. 그 이상의 정보는 캐로(Caroe)와 제임스(James)의 저술에 실려 있다. 한편, 스페인(Spain)은 이렇게 기술하고 있다. "키플링(Kipling)이 요란하게 기술하고 있듯이, 그 '큰 도박'은 팽창하고 있는 두 개의 제국이 서로 유리한 위치를 점하려는 광적인 경주가 되었다. 국경지역에서의 평화와 발전은 인도를 지배하던 사람들에게는 관심사가 아니었다. 안정이 가장 중요한 목적이었다. 이런 목적을 위해서 아프가니스탄은 완충지역으로 간주되었다. 인더스 강 지역을 따라서 정착한 파탄족 지역들은 인도에서 빼놓을 수 없는 중요한 부분이 되었다. 산악지역에 있는 (그 사이에 있는) 부족의 영토는 지배해야만 하는 늪지대였다." 푸쉬툰족의 고향이 그 큰 도박의 지정학으로 어떻게 분할되었는가 하는 것은 이 책의 앞에 실린 지도에서 찾아볼 수 있다.

9. 『알 힐랄』은 뛰어난 무슬림 학자이자 확고한 민족주의자

요, 간디와 초기에 같이 활동했던 충직한 동료 마울라나 압둘 칼람 아자드에 의해 창간되었다. 아자드와 간디는 1920년에 손을 잡았는데, 그때 그들은 힌두-무슬림 연합전선으로 최초의 비협력운동을 시작한 3인위원회에 참여했다.

10. 가파르 칸은 하지 사헤브가 본질적으로 이슬람 학교를 세우기 위해서 노력한 사회개혁가라고 서술하고 있다. 그는 학교를 통해서 '낡아빠지고 무모한 전통'이 이슬람과의 동질성을 잃지 않으면서도 보다 새로운 생각으로 대체될 수 있다고 믿었다는 것이다. 이런 생각은 당시의 영국인들의 견해가 아니었다. 영국인들이 보기에 그는 단순한 무법자에 지나지 않았다. 그는 마문드족을 단결시켜서 몇 차례 영국인들에 대항해 봉기하도록 만들었고, 그래서 영국인들은 국경지역에서 그를 도주하도록 내버려둔 것을 후회했다고 한다. 당시 영국인의 군사기록을 보면, 투랑자이의 인물들 가운데서도 하지는 유일하게 장수를 누린 적대자였다.

11. 가니의 질병과 가파르 아내의 죽음에 관한 이야기는 가파르 칸의 저서 39~40쪽에서 인용한 것이다. 가니 칸은 후에 이렇게 기술했다. "어머니는 일찍 죽어서 (아버지의) 오랜 침묵과 어두운 분위기가 결연한 행동으로 변화되는 것을 보지 못했다. 어머니는 스물다섯이 되기도 전에 세상을 떠났다. 우리는 그녀의 시신을 꽃으로 덮어주고, 결혼 예복을 입혀서 장사지냈다. 어머니는 어린 사내아이 둘을 남겼는데, 그들의 눈동자에는 당황하고 두려워하는 기색이 역력했다. ……가파르 칸은 그의 아이들을 늙은 어머니에게 맡기고, 깊은 슬픔에 잠겨

봉사하는 일에만 몰두했다."

12. 아이러니하게도 로래트 법령이 만들어진 1919년 바로 그 해에 조지 5세는 소위 몬터규-쳄스퍼드 개혁안을 공포했다. 그 개혁안은 소위 '양두(兩頭)정치' 체제를 도입함으로써 인도인들의 정서를 유화시키자는 것이었다. 주(州)들은 그 주의 일들(농사, 건강, 교육 등)을 다스리기 위해서 인도인 장관을 선출하고, 인도의 중앙정부는 완전히 영국식 그대로 두는 방안이었다. 이 조치는 자치에 대한 인도인의 요구를 거의 만족시키지 못했지만, 영국의 입장에서 보자면 상당히 큰 양보였다.

결국 몬터규-쳄스퍼드는 1920년에 북서부 국경지역을 제외한 인도의 모든 주들을 방문하게 되었다. 국경지역이 제외되었던 것은 파탄 사람들의 원로회의(지르가)가 전 세계에서 가장 오래된 형태의 평등주의의 '독창적' 민주제도였음에도 불구하고, 그 지역이 민주적 개혁에 '부적합'하다고 간주되었기 때문이라고 했다. "파탄 사람들에게는 어떤 특권도, 선거도, 입법도, 각료 구성도, 심지어 지역 단체들을 결성하기 위한 선거도 허용되지 않았다."(Caroe, 425)

몬터규-쳄스퍼드를 둘러싸고 일어났던 사건들은 그 개혁조치가 왜 공허한가를 잘 설명해 준다. 로래트 법령은 1919년 3월 18일에 발효되었다. 4월 6일, 그 법령에 저항하기 위한 하르탈(기도와 단식의 날)이 인도의 대부분의 도시에서 준수되었다. 일 주일 후, 들끓고 있는 펀자브 주를 담당하고 있던 육군 준장 레지널드 다이어는 나흘 동안 시크교도의 성지인 암리차르에서 열린 (무장하지 않은 남자와 여자와 어린아이들이 모인) 평화로운 집회에서 모든 출구를 봉쇄하고, 군인들에게 탄약이 떨어질 때까지 발포하라고 명령했다. 공식적인 영국의 집계에 따르면 총 1천6백50발이 발사되어 1천5백16명의 사상자가 났다고 한다.

암리차르 대학살에 뒤이은 계엄령하에서의 공개적인 태형과 능욕은 (아주 멀리 떨어져 있기는 했지만) 고국에 있는 영국인들뿐만 아니라 인도에 있는 영국인들에게까지 많은 사람들의 빈축을 샀다. 그러나 그 사건은 인도 국민들 전체를 흥분하도록 만들어 결코 잊혀지지 않게 되었다. 그런데 그 사건이 벌어진 지 채 8개월도 되지 않아 몬터규-첼스퍼드 개혁안이 공포되었던 것이다. 그 제도는 영국인들이 여전히 금지, 경찰, 군권적 지배권을 장악하도록 놓아두고 있었고, 또한 계엄령인 로래트 법령이 철회되지 않았기 때문에 영국인의 통치는 인도에서의 영국 군대의 태도를 말해주는 다이어주의(Dyerism)를 결코 벗어날 수 없다는 사실을 한층 더 분명하게 해주었을 뿐이다.

13. 푸쉬툰족이 이슬람 왕국인 아프가니스탄으로 집단 순례를 한 것은 인도 무슬림의 또 하나의 불만을 표출한 것이었다. 제1차 세계대전에서 영국인들은 터키에 대항해서 인도에 무슬림 군대를 파견했다. 터키의 술탄은 터키제국의 세속적인 지배자일뿐만 아니라 모든 이슬람의 칼리프(caliph), 즉 영적인 지도자였다. 그리하여 인도의 무슬림들은 전쟁이 끝나고 나서 강력한 칼리프직, 즉 강력한 '킬라파트(khilafat)' 운동을 고조시켰으며, 그 운동은 영국의 통치에 대한 분노로 더욱 끓어오르게 되었다. 간디는 로래트 법령과 칼리프에 대한 영국인들의 태도에 대해서 공동전선을 형성하여 저항할 것을 촉구함으로써 힌두교도와 무슬림은 처음으로 (그리고 유일하게) 연합하여 비

폭력적인 비협력운동을 전개했다.

14. 쿠다이 키드마트가르의 창설을 서술하는 광경은 칸의 자서전에 극적으로 묘사되어 있다. “우리는 이 운동이 정치와 관련되는 것을 원치 않았다.” 그리고 그는 이렇게 덧붙이고 있다. “그러나 후에 영국인들이 우리에게 가한 압제로 인해서, 우리는 이 운동을 정치와 무관한 것으로 유지할 수가 없게 되었다.”(Ghaffar Khan, 95~96) 캐로는 다음과 같이 인정한다. “(칸의 운동의) 힘은 원래 1920년 ‘몬터규-쳄스퍼드 개혁안’에서 인도의 다른 곳에서는 다 제정했던 대표기구 제도를 파탄 사람들에게만 허락하지 않은 영국의 실패에서 나온 것이다.”

15. 이슬람교에서의 비폭력 : 서양인들은 이슬람교에 대한 이해가 짧기 때문에, 칸이 어떻게 해서 비폭력을 ‘예언자의 무기’라고 이야기할 수 있었는지 좀더 설명하는 게 좋을 것 같다. 대개 ‘인내’라든가 ‘참고 견딤’으로 부적절하게 번역되고 있는 ‘사브르(sabr)’라는 단어는, 코란경에서 반복적으로 권고되고 있다. 그러나 그 단어가 사용되는 문맥으로 보건대, 만일에 그 단어를 한 단어로 옮기자면 그것이 의미하는 바는 ‘사티아그라하’에 가장 가깝다고 할 수 있을 것이다. 그 단어는 예언자 모하메드가 메카에서 처음에 가르치기 시작할 때를 언급하고 있는 것이다. 당시 그와 그의 추종자들은 주위의 비웃음과 혹독한 고문까지 참고 견뎌야만 했다. 그들의 입장은 한결같이 ‘진리를 붙드는 것’, 즉. ‘사티아그라하’의 문자적 의미 그대로였다. 즉. 보복이나 복수를 하지 말고, 신의 진리에 대한 완전한 복종(이슬람)과 그에 따르는 그들의 믿음을 의미하는 것이었다.

'사브르'는 이 모든 것과 그 이상의 것을 말한다. 그것은 의로운 대의(大義)의 고수, 불행을 만나면 기쁜 마음으로 단념하는 것, 용서, 극기(克己), 포기, 복수를 하지 않는 것, 타격을 당하고도 소리를 내거나 원망하지 않고 절을 하는 것 등을 의미한다. 한 경구는 간디의 말과 비슷하다. "'사브르'는 첫 타격에서 드러난다." 우마르가 이야기한 것으로 알려진 한 경구는, 중세 이슬람교의 특정한 집단들에서 이 덕목에 고상한 가치를 부여했다는 것을 말해준다. "우리는 우리 삶의 가장 좋은 것을 '사브르' 안에서 발견했다." 신비주의자들, 특히 알 가잘리(al-Ghazzali)에게 사브르는 모든 인간 존재가 자신의 심장을 바치도록 부름을 받고 있는 선과 악의 성전(지하드)에서 중추적인 덕목이 되고 있다.(Shorter Encyclopedia of Islam, s.v. "Sabr.")

물론 칸의 비폭력 저항이 사브르는 아니다. 사브르의 의미를 '강한 자들이 일체의 보복을 포기하는 것'으로 확장시킨 것은 칸의 놀라운 아이디어였다.

16. 이때 영국인들은 쿠다이 키드마트가르보다 더 많은 부담감을 가지고 있었다. 바드샤 칸과 그의 추종자들은 비폭력적인 행동으로 체포를 유발시키고 있었고, 한편으로 푸쉬툰 일부 부족들은 혼란을 이용하여 습격을 해왔다. 그들은 두 번이나 페샤와르를 급습했다.(Caroe, 272) 캐로나 배튼 같은 영국의 저술가들은 (그리고 뒤이어 밀러 같은 미국의 저술가도) 이런 폭력적 봉기들이 쿠다이 키드마트가르와 관계가 있다고 보았으며, 그래서 칸의 운동의 비폭력성에 이의를 제기하고 있다. 20년 동안 국경지역에서 재직한 영국인 행정관 배튼은 1939년 이런 기술을 남겼다. "광신적이고, 철저히 반영국적인 파탄 사람

(칸)은 ……국경지역을 돌아다니며 분리를 전파했고 ……붉은 옷의 대리인들은 디르와 바자우르와 말라칸드의 보호구역에서 영국인들에 대항해서 전쟁을 일으킬 것을 호소했다."(Barton, 164) 물론 영국인들은 칸이 산지의 '자유로운' 부족들과 함께 일하도록 허용하지 않았으며, 이런 봉기들은 모두 그가 감옥에 있을 때 일어난 것이었다.

특별히 중요한 것은 칸이 체포된 직후에 일어난 페샤와르에 대한 습격이다. 키베르 관문 주변에 살고 있던 아프리디족은 쿠다이 키드마트가르에 대한 처우의 소식을 듣고, 페샤와르로 행진하여 최후통첩을 전달했다. "바드샤 칸을 석방하라, 마랑 바바(벌거벗은 성인, 즉 간디)를 석방하라, 쿠다이 키드마트가르를 석방하라, 그리고 파탄 사람들에 대한 잔혹 행위와 억압을 중지하라. 그렇게 하지 않으면 우리는 당신들에게 전쟁을 선포할 것이다."(Tendulkar, 74) 아프리디족의 공격은 영국인 기병대와 전투기로 제지되었다. 그러나 그동안에 남부에서는 와지리족이 영국군 수비대를 포위 공격했다.

산지 부족의 폭력은 영국군의 압도적인 군사력에 의해 신속하게 진압되었지만, 칸의 비폭력운동은 모진 탄압에도 불구하고 1932년에 이르러서는 영국으로부터 푸쉬툰족에게 중요한 정치적 양보를 얻어냈다는 사실을 상기하는 것이 의미 있을 것이다.

흥미롭게도, 인도의 영국 정부 보고서는 이 같은 습격이 벌어지는 동안에 "부족사람들은 마을을 지나가면서도 그들이 습관적으로 해오던 약탈을 전혀 하지 않았다"고 언급하고 있다.(Tendulkar, 74) 만일 칸이 1930년 이전에 20년 동안 이런 산지 부족들 사이에서 활동을 할 수 있었다면, 그는 그들을 감동시켜 비폭력적인 이상으로 교화시킬 수 있었을 것이다.

17. 서양의 저술가들이 쿠다이 키드마트가르에 관하여 언급하는 경우에 거의 빼놓지 않고 이야기하는 것이 바로 1930년에 일어났던 페샤와르 '소요 사태'이다. 칸의 비폭력은 종종 이 사건을 바탕으로 하여 평가되고 있기 때문에, 자료와 관련된 일부 평가들은 정당한 것이다. 밀러나 배튼과 같은 저술가들은 오로지 영국의 군사기록에만 의존하면서, 인도 국민회의파 조사위원회의 보고서에 수집되어 있는 페샤와르 사태에 대한 목격자들의 증언은 무시하고 있다.

밀러는 그의 책에 제시된 다른 내용들과 마찬가지로 다르게 채색된 해석을 하고 있다. 그의 기록에 따르자면, 그 '소요 사태들'은 '전면적인 폭동'으로 비화하여, 거기서 "정규군 보병과 기병부대는 때때로 몽둥이와 칼을 지니고 있는 붉은 옷의 비호를 받은 사람들의 벽돌 세례를 받고 흩어지거나 패주할 지경이 되었다."(Miller, 349)

배튼이나 밀러는 일반적으로 총이나 칼, 혹은 그 둘 모두를 가지고 다니는 푸쉬툰족이 그들의 무기를 버리는 대신 장갑차와 기관총으로 무장한 기병대와 대항해 왜 벽돌과 돌만을 가지고 싸우려 했는지에 대해서는 자문하지 않고 있다.

18. 푸쉬툰족의 비폭력 이외에도 영국인들을 불안하게 하는 또 하나의 요인이 있었으니, 그것은 칸이 쿠다이 키드마트가르를 지난 20년 동안 영국인들에게 협조적이었던 무슬림동맹과 손을 잡게 하지 않고 인도 국민회의파와 합세하도록 만들었다는 사실이다. 칸은 이렇게 기술하고 있다. 무슬림동맹의 지도

자들은 "우리를 도울 준비가 되어 있지 않다. 왜냐하면 우리가 영국을 반대하고 있었기 때문이다." 쿠다이 키드마트가르가 인도 국민회의파와 손을 잡자, 정부는 "나에게 메시지를 보냈다……. 그 메시지에는 이렇게 적혀 있었다. '국경지역 주는 인도에서 실시된 모든 개혁들을 즉각 누리게 될 것이며, 장차 우리는 지금 인도를 위해서 하고 있는 것보다 더 당신들에게 잘 대해 줄 것이다. 그러나 거기에 단 한 가지 조건이 있는데, 그것은 당신들이 인도 국민회의파와 결별하는 것이다.'" 평소에 그랬던 대로 칸은 그 제안을 거부했다.

19. 피아렐랄은 칸의 마을 활동의 중요성을 알 수 있게 해준다.(Tendulkar, 525~526) "어떻게 해서 세상에서 가장 성격이 급한 전사들을 비길 데 없는 비폭력 전사로 만드는 일에 그렇게 놀라운 성공을 거두게 되었느냐"는 질문을 받고, 칸은 "그 성공은 단순히 개인적으로 직접 만나서 교육을 시킨 것에서 기인한 것"이라고 대답했다고 한다. "그는 대부분의 시간을 마을에서 살았고, 사람들과 가정에서 함께 살았다. (그는 말했다.) '우리는 그들에게 일상생활의 기본적인 것들을 가르쳤습니다. 깨끗하게 위생적으로 생활하는 것이라든가, 서로 평화롭게 지내는 방법…….' 전사인 그들은 이미 규율을 배워서 알고 있었다. 그가 해야 할 일이란 그 규율을 비폭력적인 것으로 바꾸어 놓는 것에 지나지 않았다."

20. 인도에 있던 영국인들이 칸을 어느 정도나 공산주의자라고 생각했는지는 확실하지 않다. 현재로서는 증거가 부족하여, 그렇게 그를 공산주의와 연관시켰는지 혹은 그렇게 생각했는

지 확실한 판단을 하기가 힘들다. 어쨌든 국경지역에서든 영국 본토에서든 영국인들이 러시아의 팽창을 상당히 두려워했다는 것은 사실이다. 푸쉬툰족과 관련된 영국인들의 행태와 정책은, 영국의 해외정책이 한 세기가 넘는 긴 세월 동안 '러시아의 위협'에 대한 두려움으로 일관되게 끌려왔다는 것을 기억할 때만 비로소 이해할 수 있는 것이다. 모리스는 이렇게 언급하고 있다. "차르 니콜라이 2세는 영국의 정책을 마비시키기 위해서 자신이 할 수 있는 최선의 일이 러시아의 투르키스탄 군대를 가동하도록 전보를 보내는 일이 고작이었음을 알고 있었다."

21. 간디의 건설 프로그램은 비협력운동과는 달리 독립을 예상한 것이었다. 그래서 한편으로는 정의로운 사회 질서를 형성하면서 황폐화한 인도의 마을을 재건하는 일을 시도한 것이었다. 그 프로그램에는 물레가 중심에 있었다. 왜냐하면 그것은 일 년의 절반을 할 일 없이 지내는 수많은 마을사람들에게 노동을 제공하고, 비용이 많이 들지 않는 수입원이 되었기 때문이다. 그 프로그램의 다른 측면에는 위생, 외국 옷감 불매운동, 힌두교도와 무슬림의 연합, 여성해방, 그리고 불가촉천민제도를 없애는 것 등이 있었다.

22. '알레 키타브(Ahle Kitab)'는 예언자 모하메드가 유대인들이나 기독교인들을 가리키기 위해서 코란경에서 자주 사용한 용어이다. 유대인과 기독교인은 무슬림과 함께 초기의 계시서적(율법서, 시편, 복음서들)을 공유하고 있으며, 이슬람교도는 그런 서적들이 코란경으로 완성되고 완전하게 되었다고 생각한다. 『이슬람 백과전서(*Shorter Encyclopedia of Islam*)』에서

는 상호간의 종교적 관용에 대한 관심 가운데서 인도에서조차도 "이슬람은 '알 알 키타브(Ahl al-Kitab)'의 초기의 범주를 그 원래의 한계 이상으로 확장시켰다"고 언급하고 있다.

23. 1935년 인도 행정부 법령은 각 주의 수상을 처음으로 선거에 의해 선출된 관리로 한다고 정하고 있다.(그 이전에는 영국이 임명한 사람이었다.) 1937년에 처음으로 선거가 실시되었다. 칸 사헤브 박사는 쿠다이 키드마트가르로서 국경지역 주의회의 절대 다수의 지지를 얻어 수상으로 선출되었다.

24. 간디가 바드샤 칸과 쿠다이 키드마트가르와 나눈 대화의 내용은 그가 국경지역을 여행할 때 수행했던 개인 비서 피아렐랄에 의해서 고스란히 전해지고 있다.(Pyarelal, *Pilgrimage*, 57~76)

25. 분노를 변화시키고 길들이는 것은 칸에게는 쉬운 일이 아니었으며, 오랜 기간에 걸친 노력이 있었던 것으로 생각된다. 그는 1938년에 그의 동지들과 이야기를 나누면서 이런 노력이 어떤 것이었는가를 시사한 바 있다. "나는 사람이 분노를 제어하는 것이 어렵다는 것을 알고 있습니다. 그러나 여러분은 신 앞에서 스스로 그것을 맹세했습니다. 인간은 본성적으로 약하지만, 신은 전능하십니다. 여러분 자신의 힘만으로 완전히 비폭력적으로 되고자 하는 노력은 실패할 것입니다. 그러나 신의 도움이 있다면, 여러분은 성공할 것입니다. 그것은 단번에 이루어지지 않을 수도 있습니다. 발전은 더딜 것이며, 때로는 좌절도 있을 것입니다. 그러나 매번 노력할 때마다 여러분은

여러분의 길에서 한 걸음씩 앞으로 나아가게 될 것입니다. 마음을 굳게 가지십시오."(Pyarelal, *Pilgrimage*, 69)

26. 국민투표 : 마운트배튼 계획은 인도를 이미 무슬림이 지배하고 있는 지역을 따라 분할하는 것이 아니라, 선거로 선출된 대표가 무슬림동맹에 속하는지의 여부에 따라 나누는 것이었다. 이런 판단 기준으로 보자면, 국경지역은 다른 인도의 주들과 같은 근거에 의해서 인도의 한 지방으로 남아 있게 될 참이었다. 바로 일 년 전만 하더라도 확고한 다수가 무슬림동맹보다는 칸 사헤브 박사와 다른 국민회의파 민족주의 후보자들에게 표를 던졌던 것이다.

그럼에도 불구하고 진나는 국경지역을 포함하지 않은 '좀이 먹은 파키스탄'을 받아들이려 하지 않았다. 더 나아가 무슬림동맹은 95퍼센트가 무슬림으로 구성된 그 주의 주민들이 무슬림동맹에 반대하는 투표를 했다는 이유로 '무슬림 인도의 자격이 없는 대표라고 주장할' 수는 없었다.(Gopal, 333) 많은 영국인 관리들은(1946년 이후로 국경지역의 총독이었던 올라프 캐로 경을 포함하여) 개인적으로 무슬림동맹을 지지했다. 그 동맹은 1920년대 이후로 영국인들에게 충성스럽게 협력했기 때문이었다. 한편 그들의 편에서 보자면 쿠다이 키드마트가르와 인도 국민회의파는 눈엣가시와 같은 존재였다. 그들이 보기에는 무슬림 주를 국민회의파가 다스리는 것은 제거되어야 마땅한 일이었다. 캐로는 "'국민회의파는 여기서는 자연스럽지 않다'는 전제를 가지고 공공연히 행동했으며", 마운트배튼에게 보내는 한 서한에서는 그가 "반복적으로 (칸 사헤브 박사에게) 그의 내각에서 힌두교도를 축출할 것과 국민회의파와 손을 끊을 것을 촉구했는데, 이는 헌법에서 정한 총독의 지위에는 걸맞지 않은 조언이었다"는 것을 시사하고 있다.(Gopal, 348)

캐로는 마운트배튼에게 국경지역을 무슬림 이웃들과 동맹을 맺도록 하기 위해서 또 한 번의 선거가 필요하다고 주장했다. 그는 그것만이 파키스탄을 현실화시키는 유일한 방법이라고 생각했다. 마운트배튼은 캐로의 계획을 자신의 것으로 받아들여서 국민회의파에 압박을 가했고, 국민회의파 지도자들은 그들을 에워싸고 있는 폭력이 점점 더 악화되자 결국 그의 계획을 묵인했다. 북부 인도는 힌두-무슬림 소요 사태로 인해 산산조각으로 찢겨졌으며, 그래서 일종의 공포 분위기가 자리잡게 되었다. 분리의 문제가 해결될 때까지 자치는 완전히 봉쇄되고 말았던 것이다.

용어 해설

파탄족의 어휘

나나와티 nanawati—망명자들에게 성소를 내어주는 것에 관한 파탄족의 법전.

나마즈 namaz—이슬람교에서 일정하게 정해놓고 매일 드리는 기도.

데라 derah—여행자들과 마을 모임을 위한 접객소.

라즈 raj—(힌두어로 '통치'를 뜻함) 제국, 특히 무굴제국 또는 영국령 인도를 가리킴.

막타브 maktab—모스크에서 운영하는 학교.

멜마스티아 melmastia—파탄 사람들이 가지고 있는 자선 법전.

무에친 muezzin—신도들에게 기도하라고 알려주는 사람.

무하바트 muhabat—사랑, 자비.

물라 mullah—무슬림 종교지도자.

바달 badal—보복, 상호 복수, 유혈적 불화.

바드마쉬 badmash—악당, 불량배.

바드샤 badshah—왕.

사티아그라하 satyagraha—'영혼의 힘', 간디의 비폭력운동.

사티아그라히 satyagrahi—사티아그라하를 수행하거나 훈련하는 사람.

세포이 sepoy—인도 태생의 군인. 일반적으로 소위 호전적인 부족들, 즉 시크족, 거르카족, 파탄족에서 선발됨.

수르나이 surnai—파탄족의 피리.

시타르 sitar—북부 인도의 현악기.

아말 amal—이타적 섬김.

아미르 amir—아프간 통치자.

아슈람 ashram—영적인 수련에 기초한 공동체.

알레 키타브 ahle kitab—경전의 사람들.

야킨 yakeen—믿음, 신앙.

줄룸 zulum—독재, 억압, 불의.

지르가 jirgah—원로들, 부족의 지도자들, 또는 가문의 우두머리 의회.

칠라 chilla—명상과 단식의 기간.

칠룸 chillum—담배를 피울 때 사용하는 작은 그릇 모양의 점토 파이프.

카와 qahwa—소금이나 설탕을 넣어 마시는 녹차. 파탄 사람들의 국민음료임.

칸 khan—마을 혹은 부족의 우두머리. 일반적으로 명예직이다.

툴와르 tulwar—휘어진 검.

파키르 fakir—세속적인 것을 포기한 성자.

퍼르다 purdah—베일, 여성들을 격리시키는 관습.

푸쉬토 Pushto, **팍투** Pakhtu—파탄 사람들의 언어.

푸쉬툰 Pushtun—파탄.

푸쉬툰왈리 Pushtunwali—'파탄족의 길'. 바달, 멜마스티아, 나나와티 등 파탄 사람들이 자신을 다스리는 사회적 법전을 일컬음.

피르 pir—무슬림 성자.

피자마 pyjama—북부 인도와 그 밖의 일부 지역에서 입는 통이 불룩한 바지와 긴 윗도리(힌두어).

하즈 haj—순례.

하지 haji—메카로 순례를 떠난 사람.

바드샤 칸과 그 시대 연표

바드샤 칸의 생애와 관련된 사건들은 왼쪽 칸에 연대기순으로 기록했고, 일반적인 사건들은 오른쪽 칸에 기록했다. 1947년 이전의 사건들은 전체적으로 영국령 인도에서의 사건들의 전개를 따랐고, 1947년 이후로는 파키스탄에서의 전개를 따랐다.

바드샤 칸, 우트만자이에서 태어남.	1890	
	1897	
	1894	총독 엘진 경 취임.
	1895	영국군, 치트랄 지역에 대한 정벌 원정.
	1897	빅토리아 여왕 즉위 60주년. '국경지역 대전쟁' 발발.
페샤와르 자치위원회 학교에 입학.	1898	
	1899	총독 커즌 경 취임.
페샤와르에 있는 에드워즈 기독교학교에 입학.	1901	'북서부 국경지역'이 생겨남.
	1903	국경지역 범죄규제법 제정.
	1905	총독 민토 경 취임.

가이드 부대 입대 포기.	1905	무슬림동맹이 결성됨.
알리가르에 있는 이슬람 학교에 입학.	1908	
영국 유학을 포기함.	1909	
우트만자이에서 첫 학교를 시작함.	1910	총독 하딘지 경 취임.
결혼. 투랑자이 하지의 개혁운동의 지도자직을 맡음.	1912	
아그라에서 열린 무슬림 동맹회의에 참석. 첫아들 가니 출생.	1913	
바자우르로 감. 장기간의 단식 후 고향의 부족과 함께 일하기 위해 귀국.	1914	제1차 세계대전 발발.
차남 왈리가 태어나고, 아내가 사망함.	1915	간디가 남아프리카에서 인도로 돌아옴.
알힐랄 등지에서 무슬림 르네상스를 경험함.	1916	총독 쳄스퍼드 경 취임.
	1918	제1차 세계대전 끝남.

체포되어 6개월 징역을 선고받음, 킬라파트 운동이 시작됨.	1919	3월, 로래트 법안 통과. 4월 6일, 간디가 전국적인 저항을 촉구함. 4월 13일, 암리차르 대학살. 인도에 계엄령 선포됨. 10월, 간디가 『젊은 인도』 신문 발행. 12월, 몬터규-첼스퍼드 개혁안이 시행됨.
석방됨. 재혼함. 델리에서 열린 킬라파트 대회 참석. 간디, 아자드 등을 만남. 킬라파트 저항의 일환으로 아프가니스탄 집단 순례에 참가.	1920	12월, 인도 국민회의파 나그푸르 대회에서 간디의 촉구를 수용하여 최초로 자치와 비폭력 정책을 선언.
우트만자이에 고등학교 설립. 안주만 에 이슬라울 아프게나(아프간개혁협회)창설. 12월, 체포되어 3년형을 선고받음.	1921	총독 리딩 경 취임.
	1922	2월, 간디가 사티아그라하를 선언함.

	1922	간디가 체포되어 6년 징역형을 선고받음.
어머니 별세.	1923	
석방됨. '아프간의 자존심' 이라는 칭호를 얻음. 메카를 순례하고, 무슬림 나라들을 여행함. 아내가 예루살렘에서 사망함.	1924	간디가 석방됨.
아버지 별세.	1926	총독 어윈 경 취임.
안주만 에 자민다란(농민협회)이 칸의 지도하에 창설됨. 비협력 교화 센터가 지역 농업을 진흥시킴. 푸쉬툰 지르가(푸쉬툰 청년동맹)가 칸의 지도하에 창설됨.	1927	사이먼위원회가 거부됨. 펀자브 지방의 소요. 라즈푸트 라이가 경찰에 살해됨. 12월, 경찰 간부가 암살됨.
12월, 캘커타에서 열린 킬라파트 대회와 국민회의파 대회에 참석.	1928	
쿠다이 키드마트가르 창설. 『푸쉬툰』 창간. 12월, 국민회의파 라호레 대회에 참석.	1929	12월 31일, 국민회의파가 독립을 선언함.

간디와 네루를 만남.	1929	
4월 23일 체포되어 집단 시위가 일어나고 페샤와르에서 발포 사태. 5월 13일, 우투만자이 진압 사태.	1930	1930 3월, 간디가 소금행진을 시작함. 5월, 단디에서 소금 사티아그라하가 시작됨. 인도 전역에서 수많은 사람들이 공격을 당하고 투옥됨. 영국 통치사상 최악의 억압사태가 국경지역에서 발생. 5월 4일, 간디가 체포됨.
3월, 석방됨. 마을 순회 시작. 국민회의파 카라치 대회에 참석. 간디와 함께 실무위원회에 가담.	1931	1월, 간디 석방. 간디-어윈 협정 체결. 시민저항운동 연기. 총독 윌링던 경 취임.
		9~10월, 간디가 인도의 독립문제로 원탁협상을 하기 위해 영국에 감.
국민회의파 지도자들 투옥됨.		새 총독하에서 간디-어윈 협정이 파기됨. 국민회의파의 지도자들이 투옥됨. 12월, 국경지역 외 다른 곳이 억압받으며 계엄령이 시행됨.

	1932	1월, 간디가 재판 없이 투옥됨. 시민저항운동이 재개됨. 국경지역 압제에 대한 엘윈의 보고서가 작성됨.
	1933	5월, 간디가 단식 시작을 선언. 간디가 체포되었다가 석방됨. 재투옥되고, 재석방됨.
석방됨. 8월, 국경지역 방문 금지령. 와르다에서 간디와 합류. 벵골의 무슬림 방문. 국민회의파 위원장직 거절. 봄베이에서 연설, 10월에 체포됨.	1934	9월, 간디가 건설 프로그램에 몰두하기 위해서 정치에서 물러남. 10월, 국민회의파 봄베이 대회. 간디가 물러나면서 후원을 약속함.
7월, 석방됨. 국경지역 방문 금지령이 떨어짐.	1935	인도 행정부 법령이 주 관리들의 선거 선출제도를 마련함(국경지역 포함).
	1936	총독 린리스고 경 취임.
새로운 국경지역 행정부에 의해 추방됨. 8월에 귀환.	1937	국민회의파가 주 선거에서 다수석 차지. 칸 사헤브 박사가 국경지역 수상이 됨.

국경지역에서 건설 프로그램이 시작됨.	1938	5월과 10월, 간디가 국경지역을 방문함.
	1939	제2차 세계대전 발발, 국민회의파 내각 각료들 사퇴.
페샤와르 근처 사르다르야브에서 건설 프로그램이 시작됨.	1940	3월, 무슬림동맹이 독자적 무슬림국가 창설을 결의함.
6월, 국민회의파가 비폭력 운동에 참여하기를 거부하여 탈퇴.		6월, 국민회의파가 영국이 독립을 약속하면 전쟁에 협력하겠다고 약속함. 8월, 약속을 거절하여 협력을 거절함.
	1941	간디가 국민회의파의 지도자직 포기하고 개인적 시민저항운동을 시작함.
		12월, 진주만 공습.
	1942	싱가포르가 일본에 넘어감. 랑군이 뒤이어 함락.
'인도포기운동'을 지지할 것을 맹세함. 국경지역에서 시민저항운동이 시작됨.		8월, 간디가 '인도포기운동'을 시작함. 간디와 국민회의파 실무위원회가 체포됨.
	1943	총독 웨이블 경 취임.

10월, 투옥됨.	1944	5월, 간디가 석방됨.
3월, 석방됨.	1945	제2차 세계대전이 끝남. 정치범 대사면. 칸 사헤브 박사가 국경지역 수상으로 재취임.
		새롭게 들어선 런던의 노동당 정부가 인도의 독립을 준비함.
	1946	권력을 이양하는 것에 대한 시믈라 대회가 파키스탄 문제로 실패.
		무슬림동맹의 직접 행동의 날, 8월 16일, 캘커타에서 소요 사태.
		9월, 인도에 과도정부가 형성됨. 10월 10일, 노아칼리 대학살.
비하르 방문.		10월 28일, 간디가 노아칼리로 감. 비하르 소요.
	1947	1월, 간디와 칸이 비하르에서 만남.

	1947	편자브 지방과 국경지역에서 소요 사태. 3월 22일, 총독 마운트배튼 경 델리 도착. 5월 1일, 국민회의파가 분리를 원칙적으로 받아들임.
쿠다이 키드마트가르에게 국민투표를 거부할 것을 촉구. 8월, 푸쉬툰족 문제가 파키스탄 행정부에 의해 보류됨.		7월 6~18일, 국민투표. 국경지역이 파키스탄에 속하기로 됨. 8월 15일, 독립으로 인도와 파키스탄 탄생.
9월, 쿠다이 키드마트가르 집회에서 파키스탄을 받아들일 것을 촉구.		9월 24일, 칸 사헤브 내각이 파키스탄에 의해 와해됨. 카슈미르에서 전투가 시작되고, 파키스탄과 인도 간에 논란이 됨.
2월 23일, 파키스탄에 충성을 맹세함. 3월 13일, 파키스탄 인민당 당수로 선출됨. 칸 사헤브와 함께 투옥됨. 6월, 쿠다이 키드마트가르가 탄압을 받음.	1948	1월, 간디가 '죽음을 각오한 단식'을 수행함. 1월 30, 간디가 암살됨. 9월 11일, 진나 사망. 파키스탄 나지무딘 총독 취임.

	1951	파키스탄 총독 굴라트 모하메드 취임.
석방되어 가택연금.	1954	칸 사헤브 박사가 석방되어 파키스탄의 중앙내각과 합류.
7년간의 구금 끝에 국경지역으로 돌아옴.	1955	이스칸더 미즈라 장군이 파키스탄 대통령직을 맡음. '단일체' 계획으로 중앙정부의 지도하에서 국경지역과 서파키스탄의 다른 지역들이 합병됨. 칸 사헤브 박사가 서파키스탄의 수상이 됨.
체포됨. 6월, 벌금을 대신해서 재산이 몰수됨.	1956	파키스탄이 이슬람 공화국임을 선포. 3월 23일, 헌법 제정.
7월, 국민 아와미당 결성.	1957	5월 9일, 칸 사헤브 박사 암살됨.
10월 11일, 체포됨.	1958	미즈라 대통령, 계엄령 선포. 헌법 폐지. 중앙과 지방의 행정부들을 해산하고, 모든 정당을 해산시킴.

	1958	미즈라 망명. 10월 28일, 아유브 칸 장군이 쿠데타로 실권 장악.
4월, '나이와 건강을 고려하여' 석방됨. 모든 공직 자격을 박탈당함.	1959	
4월 12일, '불만을 퍼뜨렸다'는 이유로 수백 명의 동료들과 함께 투옥됨.	1961	
국제사면위원회가 올해의 죄수로 결정.	1962	3월 1일, 아유브 칸이 새로운 헌법을 공포.
1월, '건강악화'로 석방되어 가택연금. 9월, 치료를 위해서 영국행이 허락됨. 아프가니스탄으로 망명.	1964	5월 27일, 인도에서 칸을 가장 옹호하던 자와할랄 네루 사망.
	1965	인도와 파키스탄 간에 카슈미르 분쟁이 일어남.
	1968	4월, 쿠다이 키드마트가르 수천 명이 단일체법 폐지와 국경지역 주의 회복을 위해 시위함. 학생들과 반체제인사들이 체포됨.

인도를 방문하여 간디 탄생 100주년 연설. 인도에서의 힌두-무슬림 단결을 위해 단식.	1969	파키스탄 전역에서 학생과 노동자 소요. 3월 25일, 아유브 칸이 야히야 칸 장군에게 정권을 이양하고, 야히야 칸은 계엄령을 선포함.
	1970	새 파키스탄 헌법이 만들어짐.
12월, 파키스탄에서 12년간의 군사통치가 끝나 망명에서 귀환.	1971	3월, 동서 파키스탄의 긴장으로 내전 발발. 12월, 내전 종식. 동파키스탄이 방글라데시의 독립국가로 분리됨. 12월 20일, 야히야 칸이 물러남. 알리 부토 대통령 취임. 국경지역, 발루치스탄 등이 다시 별개의 주임을 선언함.
	1972	1월 30일, 파키스탄이 영국연방에서 탈퇴함.
	1973	8월, 새 파키스탄 헌법이 제정됨. 부토가 최고 실무자가 됨.

	1973	발루치스탄이 분리를 시도하여 내전이 시작됨.(1977년까지 계속됨.)
투옥됨. 국민 아와미당이 불법단체로 공포됨.	1975	
'고령임을 고려하여' 석방됨.	1977	발루치스탄에서 종전. 지아 장군이 정권을 장악하고 계엄령을 선포.
	1979	12월, 소련이 아프가니스탄을 침공.
	1980	1월, 유엔이 아프가니스탄에서 외국 군대는 즉각 철수할 것을 요구. 아프간 사람들이 인도와 파키스탄 등지로 집단이주.
아들 왈리를 비롯한 모든 반대파 지도자들이 체포됨. 정부가 말하는 '준투옥' 상태로 가택연금. 12월, 가택연금 해제, 병원에 입원.	1983	민주주의회복운동(모든 재야세력이 제휴함)이 군사통치에 대하여 전국적 비폭력 저항운동 전개.

카불에 있는 병원으로 감.	1984	
인도 국민회의파 창설 100주년 기념식에 참석하기 위해 왈리와 인도를 방문함.	1985	모하메드 칸 주네조가 파키스탄 수상으로 취임.
신병 치료를 위해 국빈 자격으로 인도로 감. 인도인이 아닌 사람으로는 최초로 바라트 라트나('인도의 보석')상 수상.	1987	
여름, 페샤와르에서 쓰러져 병원에 입원. 1월 20일 오전 6시 35분, 수차례의 발작과 폐감염으로 페샤와르 레이디 리딩 병원에서 사망. 그의 요청대로 아프가니스탄 잘랄라바드의 그의 집 정원에서 장례가 치러짐. 아프가니스탄의 모든 당파가 그의 장례를 존중해 휴전. 추모객 2만 명이 키베르 관문을 통해 그의 관을 운구함.	1988	4월, 유엔이 주도한 평화협상에서 1999년 2월 15일까지는 소련군이 아프가니스탄에서 철수할 것을 동의함. 8월, 지아 대통령이 의문의 사고로 사망. 베나지르 부토가 파키스탄의 수상으로 선출됨.

참고 문헌

Barr, Mary, "A Tribute to the Frontier Gandhi," *Bapu: Conversations and Correspondence with Mahatma Gandhi*, 2nd ed., Bombay: International Book House, 1956.

Barton, Sir William, *India's North-West Frontier*, London: John Murray, 1939.

Campbell-Johnson, Alan, *Mission with Mountbatten*, London: Robert Hale, 1951.

Caroe, Olaf, *The Pathans: 550 B.C.-A.D. 1957*, New York: St. Martin's Press, 1958.

Churchill, Winston S., *Great Destiny*, edited by F. W. Heath, New York: G. P. Putnam's Sons, 1965.

Collins, Larry, and Dominique Lapierre, *Freedom at Midnight*, New York : Simon and Schuster, 1975.

Desai, Mahadev, *Day-To-Day with Gandhi*, Benares : Sarva Seva Sangh Prakashan, 1968.

Desai, Mahadev, *Two Servants of God*, Delhi : Hindustan Times Press, 1935.

Dupree, Louis, *Afghanistan*, Princeton : Princeton University Press, 1980.

———, "Pushtun," in *Muslim Peoples*, edited by Richard V. Weekes, Westport, Conn. : Greenwood Press, 1978.

Fischer, Louis, *The Life of Mahatma Gandhi*, New York : Harper & Brothers, 1950 ; Collier Books, 1962.

Fletcher, Arnold, *Afghanistan : Highway of Conquest*, Ithaca, N.Y. : Cornell University Press, 1965.

Gandhi, M. K., *All Men Are Brothers*, edited by Krishna Kripalani, Ahmedabad : Navajivan Publishing House, 1960.

———, *The Mind of Mahatma Gandhi*, edited by R. K. Prabhu and U. R. Rao, Ahmedabad : Navajivan Publishing House, 1967.

———, *Satyagraha in South Africa*, Ahmedabad : Navajivan Publishing House, 1950.

Gopal, Sarvepalli, *Jawaharlal Nehru : A Biography*, Cambridge : Harvard University Press, 1976.

James, Lionel, *The Indian Frontier War : Being an Account of the Mohmund and Tirah Expeditions*, 1897.

Khan, Abdul Ghaffar, *My Life and Struggle*, Delhi : Hind Pocket Books, 1969.

Khan, Ghani, *The Pathans : A Sketch*, Bombay : National Information and Publications, 1947.

Kumar, Ravinder, *Khan Abdul Ghaffar Khan : A Centennial Tribute*, Har-Anand Publications, 1995.

Mayne, Peter, *The Narrow Smile*, London : John Murray, 1955.

Mehta, Ved., *Mahatma Gandhi and His Apostles*, New York : Penguin Books, 1976.

Miller, Charles, *Khyber : British India's NorthWest Frontier ; The Story of an Imperial Migraine*, New York : Macmillan Co., 1977.

Morris, James, *Pax Britannica : The Climax of an Empire*, London : Faber and Faber, 1968.

Nehru, Jawaharlal, *The Discovery of India*, edited by Robert I. Crane, Garden City, New York : Doubleday & Co., Anchor Books, 1960.

Pennell, T. L., *Among the Wild Tribes of the Afghan Frontier*, London : Seeley & Co., 1909.

Pyarelal, *A Pilgrimage for Peace : Gandhi and Frontier Gandhi Among the N. W. F. P. Pathans*, Ahmedabad : Navajivan Publishing House, 1950.

———, *Thrown to the Wolves : Abdul Ghaffar*, Calcutta : Eastlight Book House, 1966.

Said Khan, Mohammed, *The Voice of the Pukhtoons*, Lahore, 1972.

Sharp, Gene, *Gandhi Wields the Weapon of Moral Power : Three Case Histories*, Ahmedabad : Navajivan Publishing House, 1960.

Singer, André, *Guardians of the North-West Frontier : The Pathans*, Amsterdam : Time-Life Books, 1982.

Spain, James W., *People of the Khyber : The Pathans of Pakistan*, New York : Frederick A. Praeger, 1962.

Tandon, Prakash, *Punjabi Century : 1857-1947*, Berkeley : University of California Press, 1968.

Tendulkar, D. G., *Mahatma : Life of Mohandas Karamchand Gandhi*, 2nd ed. 8 vols., Delhi : Publications Division, Ministry of Information and Broadcasting, 1962.

Tendulkar, D. G., *Abdul Ghaffar Khan: Faith Is a Battle*, Bombay: Gandhi Peace Foundation (Popular Prakashan), 1967.

Tuchman, Barbara W., *The Proud Tower: A Portrait of the World Before the War, 1890-1914*, New York: Macmillan Co., 1966.

Wolpert, Stanley, *A New History of India*, 2nd ed., Oxford: Oxford University Press, 1982.

Yunus, Mohammad, *Frontier Speaks*, Bombay: Hind Kitabs, 1947.

Zutshi, G. L., *Frontier, Gandhi: The Fighter, the Politician, the Saint*, Delhi: National Publishing House, 1970.

역사인물찾기 14
바드샤 칸

2003년 9월 20일 초판 1쇄 찍음
2003년 9월 30일 초판 1쇄 펴냄

지은이 / 에크나스 에아스와란
옮긴이 / 김문호
펴낸이 / 김영현
만든이 / 박문수, 정은영, 홍진, 신봉기
관리 · 영업 / 김경배, 김태일, 이용희
펴낸곳 / (주) 실천문학
등록 10-1221호(1995. 10. 26.)

(121-839) 서울특별시 마포구 서교동 384-15
전화 322-2161~3(영업), 322-2164~5(편집)
팩스 322-2166. 홈페이지 www.silcheon.com

ISBN 89-392-0453-0 03840